MANUELA INUSA
Die Chocolaterie der Träume

Buch

Keira ist eine Genießerin und Lauries beste Freundin. In *Keira's Cho-colates*, ihrer kleinen Chocolaterie in der romantischen Valerie Lane in Oxford, stellt sie traumhafte Pralinen in sorgfältiger Handarbeit her und liebt das, was sie tut, über alles. Genau wie für ihre Freundin-nen aus der Valerie Lane ist die einzigartige Valerie Bonham Keiras großes Vorbild.
Jeden Mittwoch treffen sich die fünf Freundinnen auf einen Tee in *Laurie's Tea Corner* und gönnen sich dabei Keiras großartige Pralinen, die überall beliebt sind. Bei all den leckeren Sachen kann Keira selbst oft nicht widerstehen und wird von Jahr zu Jahr ein wenig molliger. Aber was macht das schon? Sie steht zu ihrer Leidenschaft und zu ihren Kurven. Wenn sie ehrlich ist, sind ihr ihre Pralinen oft auch ein Trost, nämlich immer dann, wenn ihr Freund Jordan sie wieder wegen ihrer Figur kritisiert. Zum Glück stehen Keira ihre Freundinnen immer zur Seite – und dann gibt es noch diesen einen charmanten Kunden, der in letzter Zeit häufiger bei *Keira's Chocolates* einkauft …

Autorin

Manuela Inusa wusste schon als Kind, dass sie einmal Autorin wer-den wollte. Die gelernte Fremdsprachenkorrespondentin arbeitete sich durch verschiedene Jobs, wollte aber eigentlich immer nur eins: Schreiben. Kurz vor ihrem 30. Geburtstag sagte sie sich: Jetzt oder nie! Inzwischen hat sie im Selfpublishing mehr als dreißig Romane veröffentlicht, die viele Leserinnen erreichten. Die Autorin lebt mit ihrem Ehemann und ihren beiden Kindern in ihrer Heimatstadt Hamburg. In ihrer Freizeit liest und reist sie gern, außerdem liebt sie Musik, Serien, Tee und Schokolade.

Von Manuela Inusa bereits erschienen
Jane Austen bleibt zum Frühstück
Auch donnerstags geschehen Wunder
Der kleine Teeladen zum Glück

Besuchen Sie uns auch auf www.facebook.com/blanvalet und
www.twitter.com/BlanvaletVerlag

MANUELA INUSA

Die Chocolaterie der Träume

Roman

blanvalet

 Dieses Buch ist auch als E-Book erhältlich.

MIX
Papier aus verantwortungsvollen Quellen
FSC® C014496

Verlagsgruppe Random House FSC® N001967

3. Auflage
Copyright © der Originalausgabe
2018 by Blanvalet in der Verlagsgruppe Random House GmbH,
Neumarkter Str. 28, 81673 München
Redaktion: Angela Kuepper
Umschlaggestaltung und -motiv: © Johannes Wiebel | punchdesign,
unter Verwendung von Motiven von Shutterstock.com
(© Joy Brown, © Shutterschock, © Johan Larson,
© jirawatfoto, © irisdesign, © Simon Baylis, © Nick Starichenko,
© Marbury, © M.Leheda)
JF · Herstellung: sam
Satz: KompetenzCenter, Mönchengladbach
Druck und Bindung: GGP Media GmbH, Pößneck
Printed in Germany
ISBN 978-3-7341-0501-2

www.blanvalet.de

Für Leila ♥

PROLOG

An einem kalten Morgen Ende Januar trafen fünf Frauen in einer kleinen Straße in Oxford zusammen, die von sechs alten Straßenlaternen und acht leeren Blumenkübeln gesäumt wurde, in denen im Sommer die herrlichsten Blumen blühten und ihren Duft versprühten. Diese winzige kopfsteingepflasterte Gasse ging von einer der großen Hauptverkaufsstraßen ab und war leicht zu übersehen; hatte man sie aber erst einmal entdeckt, hatte man viel mehr gefunden als nur ein paar Geschäfte – nämlich Wärme, Geborgenheit und von Herzen kommende Freundlichkeit. Denn die Gasse namens Valerie Lane, die ausschließlich von weiblichen Ladenbesitzerinnen belebt wurde, war nach einer ganz besonderen Namensgeberin benannt …

Valerie Bonham, auch schlicht »die gute Valerie« genannt, war eine Legende. Jeder in der Umgebung kannte eine Vielzahl von Geschichten über die Frau, die vor über einhundert Jahren ihr eigenes Geschäft in dieser Straße betrieben hatte, und jeder hier nahm sie sich zum Vorbild. Nie zuvor hatte man einen Menschen mit einem größeren Herzen gekannt, und nie zuvor war eine Frau so verehrt worden, und das allein aufgrund ihrer vollkommenen Güte.

Die gute Valerie besaß einen kleinen Gemischtwaren-laden, in dem sie neben Holzkohle, Kartoffeln, Nähgarn, Brot und Tee das Allernötigste für das tägliche Leben verkaufte. Sie war zwar mit einem lieben Ehemann, Samuel, jedoch nicht mit eigenen Kindern gesegnet. Auch wenn es nicht leicht für sie war, so wusste sie sich doch anderweitig zu betätigen und ihre Fürsorge denen zu geben, die sie so dringend benötigten. Valerie strickte für die Armen, versorgte jene, die Hunger litten, und beschenkte all die Menschen, die sonst niemanden hatten.

Im Jahre 1912 starb Valerie im Alter von nur dreiundfünfzig Jahren an einer schweren Grippe, doch sie hinterließ neben ihrem Namen und ihrem guten Geist auch eine ganz besondere Atmosphäre, die die Valerie Lane noch heute einhüllt.

Die fünf Freundinnen blickten zu dem alten Kirschbaum am Ende der Straße hinüber, von dem ein paar Eiszapfen herabhingen. Dass die gute Valerie von den Kirschen jenes Baumes Marmelade gekocht hatte, war nur eines der vielen Dinge, die man sich noch heute erzählte. Eine Geschichte über sie gefiel den fünfen aber ganz besonders, und das war die, in der es hieß, Valerie habe an jedem Mittwochabend nach Ladenschluss ihre Türen geöffnet, um jene einzulassen, die eine heiße Tasse Tee, ein offenes Ohr oder eine Schulter zum Anlehnen brauchten. Und ebendiese Tradition führen die neuen Ladenbesitzerinnen der Valerie Lane noch heute fort – in Gedenken an Valerie Bonham, die gütigste Frau von Oxford.

So würde es auch am kommenden Mittwochabend

wieder der Fall sein. Doch jetzt lächelten sie einander an und gingen in ihre Läden, um diese um Punkt neun Uhr zu öffnen … Und ein neuer Tag in der Valerie Lane begann.

KAPITEL 1

Keira betrat ihren Laden – Keira's Chocolates – und eilte zur Heizung, um diese anzustellen. Es war eiskalt draußen. Natürlich musste sie darauf achtgeben, die Räume nicht zu überheizen, damit die Pralinen nicht schmolzen, jedoch konnte sie es ihren Kunden nicht zumuten, sich in dieser Kälte aufzuhalten. Und sie selbst zitterte natürlich auch nicht gerne.

Im letzten Monat war die Heizung wegen eingefrorener Rohre einmal ausgefallen, und es hatte sich gleich bemerkbar gemacht: Die Kunden waren nicht lange geblieben, hatten keine Zeit für ein Schwätzchen gehabt und waren auch nicht neugierig auf die allerneuesten Köstlichkeiten gewesen, die Keira in liebevoller Handarbeit selbst herstellte. Sie waren geflüchtet, so schnell sie konnten, um sich in einem der großen Geschäfte in der Cornmarket Street aufzuwärmen. Und das, wo die umsatzstarken Läden der Hauptgeschäftsstraße den fünf Frauen der Valerie Lane, die von Monat zu Monat zu überleben versuchten, eh schon ein Dorn im Auge waren. Die Konkurrenz war groß, doch zum Glück gab es treue Kunden, die ebendiese persönliche Note schätzten, welche die Valerie Lane ausmachte. Hier wurde man noch beraten, hier wurde man auf ein nettes Gespräch eingeladen, hier wusste man, was man bekam – und Keira war dankbar für jeden einzelnen Kunden, der es ihr ermöglichte, ihre Chocolaterie am Laufen zu halten.

Die Neunundzwanzigjährige nahm die Mütze vom Kopf und fuhr sich durchs schulterlange braune Haar, das sie heute offen trug. Dann rieb sie die Hände aneinander und pustete in die Luft, um zu sehen, ob ihr Atem in der Kälte noch zu erkennen war. Ein wenig, ja, aber es wurde von Minute zu Minute wärmer. Sie trat ans Fenster, von wo aus sie ihre Freundin Orchid erblickte, die schräg gegenüber auf der anderen Straßenseite ihr Schaufenster neu herrichtete. Noch kein Kunde war zu sehen. Keira ging ihre überwiegend weißen Regale entlang, in denen sie die verschiedenen Kekssorten – in Schachteln, hübschen Dosen und in kleinen Zellophantütchen – aufgereiht hatte. Hier und da hatte sie ein wenig dekoriert, nicht zu viel, denn ihre Produkte sollten im Vordergrund stehen. Jedoch fand sie in Orchids Geschenkartikelladen ständig irgendein neues bezauberndes Accessoire, das perfekt passte und ihre Süßigkeiten noch ein wenig mehr hervorhob. So stand neben den schlichten weißen Schachteln voll Kokosplätzchen eine blassrosa Vase mit einem Strauß dunkelrosa und weißer Rosen, die so echt aussahen, dass niemand je bemerkt hätte, dass sie aus Seide waren. Die kleinen Metalldosen mit den Pfefferminzplätzchen waren in einem Regalfach aufgetürmt, das einer dieser knallpinken Schwäne zierte, die im letzten Jahr der absolute Renner bei Orchid gewesen waren.

Keira hatte im ganzen Laden, der sich in zwei ineinander übergehende offene Räume aufteilte, an genau den richtigen Stellen kleine Akzente gesetzt. Meist in Rosa oder femininen Farben, um ihr Hauptpublikum anzusprechen; es gab jedoch auch eine Ecke extra für Kinder mit Schokoteddys und kunterbuntem Süßkram und eine für die männliche Kundschaft, wo sie dunkle Herrenschokolade und Cognacpralinen anbot, Bourbon-Täfelchen aus Kanada, Marzipan aus Deutschland und Schokolade in Zigarrenform aus Frankreich. Diesen Bereich hatte sie mit einer alten hölzernen Zigarrenkiste und einer goldenen Taschenuhr ausgestattet, die sie sich aus dem Antiquitätenladen ihrer Freundin Ruby ausgeliehen hatte. Sie war sehr stolz auf ihre große internationale Auswahl, am stolzesten aber war sie immer noch auf ihre selbst hergestellten Pralinen und Trüffeln, die sich auch am besten verkauften. Das war seit jeher so gewesen.

Ja, in der Valerie Lane legte man noch Wert auf Handarbeit, auf mit Liebe hergestellte Waren. Laurie mischte viele Teesorten für ihre Tea Corner selbst, Susan verkaufte im Wool Paradise neben jeder nur erdenklichen Art von Wolle auch Selbstgestricktes und -gehäkeltes, und Orchid hatte handgemachte Kerzen im Sortiment. Und Ruby aus dem Antiquitätenladen durchstöberte beinahe jedes Wochenende eigens die Flohmärkte der Stadt und suchte mit viel Liebe neues Altes für ihre Kunden zusammen.

In dem leerstehenden Laden zwischen Susan's Wool Paradise und Orchid's Gift Shop war bis vor einem Dreivierteljahr noch selbst gemachtes Eis verkauft worden. Die frühere Besitzerin von Donna's Ice Cream Parlour jedoch hatte das Geschäft geschlossen, um mit ihrer großen Liebe nach Holland zu gehen, und seitdem stand der Laden leer. Keira war sich aber sicher, dass dort ganz bald wieder jemand Neues einziehen und der Valerie Lane alle Ehre machen würde. Mr. Spacey, der Verwalter, würde schon mit Bedacht jemanden auswählen, dem er den Laden anvertraute. Ihm lag die alte Straße nämlich genauso am Herzen wie ihnen allen. Keira konnte mit Worten gar nicht ausdrücken, wie wohl sie sich in der Valerie Lane fühlte, wie sehr sie die anderen Ladenbesitzerinnen schätzte und wie froh sie jeden Morgen war, ihr Geschäft zu betreten.

»Guten Morgen, Miss Buckley«, erklang es von der Tür her. Sie hatte das Läuten der Türglocke gar nicht gehört, war sie in Gedanken doch wieder einmal ganz woanders gewesen.

»Mr. Monroe. Einen schönen guten Morgen!« Keira band sich mit dem Haargummi, das sie ums Handgelenk trug, einen hohen Pferdeschwanz und stellte sich hinter dem Verkaufstisch in Position.

Der Mann Mitte fünfzig mit dem Ziegenbart, der über Orchid's Gift Shop wohnte, lächelte sie an und trat näher an die Glasvitrine heran, in der sie ihre handgemachten Pralinen und Trüffeln ausgelegt hatte.

»Ist das wieder kalt heute.« Er zog seine ledernen Handschuhe aus und machte eine Zittergeste, um seine Worte zu unterstreichen. »Brrr.«

»Das können Sie laut sagen. Womit kann ich denn heute dienen?« Sie schenkte ihm ein freundliches Lächeln.

»Haben Sie noch welche von den Rumtrüffeln, die …

14

Oh ja, da sehe ich sie!« Er freute sich richtig und sah begierig auf einen Berg voll igeliger dunkelbrauner Kugeln.

»Aber selbstverständlich. Ich habe gerade vorgestern neue gemacht.«

»Ausgezeichnet! Dann nehme ich doch gleich zweihundertfünfzig Gramm.«

»Sehr gerne.« Keira wählte eine der hübschen Schachteln aus dünner, weiß glänzender Pappe mit einer schlichten goldenen Verschnörkelung auf dem Deckel und füllte diese. Sie wog ab und griff dann mit der Zange zu einer anderen Sorte, um ein kleines Extra beizulegen. »Ich gebe Ihnen auch noch eine von den neuen Mandelkrokant-Pralinen mit, ja? Zum Probieren.«

»Sie sind ein Schatz.«

Ja, das war sie wohl. Und jeder wusste ihre Großzügigkeit zu schätzen – nun, beinahe jeder …

»Das macht zwölf Pfund siebzig, bitte.«

Mr. Monroe bezahlte und wünschte noch einen schönen Tag. Als er die Tür öffnete und sich zum Gehen wandte, drang eisige Luft herein. Keira ließ sich auf ihrem Hocker nieder. Sie starrte auf eine der blauen Blumen auf der Bluse, die sie zu ihren Lieblingsjeans trug, und seufzte.

Heute war einer dieser Tage, an denen sie sich, sosehr sie ihren kleinen Laden liebte, am liebsten zu Hause verkrochen hätte. Die Szene mit Jordan vom Vorabend steckte ihr noch in den Knochen. Es war unglaublich, wie ein paar verletzende Worte einem dermaßen die Kraft rauben konnten.

Jordan war seit acht Jahren ihr Partner, und seit fünf

wohnten sie zusammen. Sie hatten sich in dem Jahr eine gemeinsame Wohnung genommen, in dem Keira die Chocolaterie eröffnet hatte. Ein gutes Jahr, es sollte das beste ihres Lebens werden. Wie gerne dachte sie an die schönen Zeiten zurück! Doch von da an war es bergab gegangen, zumindest mit Jordan, denn es lief von Jahr zu Jahr und von Monat zu Monat schlechter. Manchmal fragte sie sich, warum er überhaupt mit ihr zusammengezogen war, wenn er doch so viel an ihr auszusetzen hatte. Ständig war er am Meckern, seine Bemerkungen wurden immer fieser, und sie hatte das Gefühl, ihm überhaupt nichts mehr recht machen zu können.

Ja, sie wusste selbst, dass sie sich in den vergangenen Jahren rein optisch sehr verändert hatte. Seit sie das Schokoladengeschäft besaß, war sie öfter am Naschen als zuvor. Aber das lag hauptsächlich daran, dass sie solchen Kummer hatte. Sie war halt eine Frustesserin, und Jordan war ihrer Meinung nach selbst schuld an der Misere. Es war ein Teufelskreis, aus dem es kein Entkommen zu geben schien.

»Mann, sitzt deine Hose eng!«, hallten seine Worte, die er ihr statt einer Begrüßung um die Ohren gehauen hatte, noch immer in ihr nach.

Der Abend zuvor. Sie kam von der Arbeit und balancierte die Boxen mit chinesischem Essen, das sie auf dem Heimweg mitgenommen hatte. Zuzüglich trug sie noch zwei Kartons voll Trockenobst, das sie schokolieren wollte.

»Nett, danke«, erwiderte sie knapp. »Könntest du mir vielleicht mal was abnehmen?«

»Schon wieder Chinesisch? Weißt du eigentlich, dass diese vielen Kohlenhydrate am Abend nicht gut sind?«

»Natürlich. Du sagst es mir ja immer wieder.«

»Du bist wie ein Kind. Man kann dir etwas hundertmal sagen, und es kommt trotzdem nicht bei dir an.«

Kinder. Ein anderes schmerzvolles Thema.

»Was soll ich denn deiner Meinung nach tun? Gar nichts mehr essen?«

Jordan übertrieb, fand sie. Bei einem Meter vierundsechzig wog sie siebenundsiebzig Kilo. Okay, das war weit entfernt von schlank, aber fett? Ihre Freundinnen Laurie, Susan, Orchid und Ruby sagten ihr immer wieder, dass ihr die Extrapfunde standen, sie weiblicher machten. Jordan war da anscheinend anderer Meinung.

»Du könntest einen Salat essen.« Jordan, ein Meter dreiundachtzig groß, blond und gut durchtrainiert, schob sich die Brille auf der Nase zurecht, die ein wenig schief war, wohl sein einziger Makel.

»Ich stand den ganzen Tag im Laden. Ich habe Hunger.«

»Du kannst mir nicht erzählen, dass du den ganzen Tag nichts gegessen hast. Wahrscheinlich hast du mehr Pralinen gefuttert als verkauft.«

Er war so gemein! Auch wenn er alles immer mit einer Spur Witz oder Sarkasmus sagte, wusste sie doch, dass er es völlig ernst meinte. Aber nein, sie wollte sich nicht schon wieder auf einen Streit einlassen. Manchmal fragte sie sich, warum Jordan sie eigentlich immer so provozieren musste. Machte es ihm etwa Spaß, sie zu verletzen?

»Du hättest ja einen Salat vorbereiten können. Oder irgendetwas anderes Leichtes, wenn du was gegen Chinanudeln und Frühlingsrollen hast.«

»Ich habe nichts dagegen. Wenn man trainiert, kann man sich das ja auch erlauben. Und das habe ich übrigens den ganzen Tag gemacht. Ich war im Fitnessstudio, weshalb ich leider auch keine Zeit zum Kochen hatte.« Fitnessstudio – so verbrachte Jordan seine Sonntage, während Keira im Laden stand, denn die Geschäfte der Valerie Lane hatten wie die meisten anderen in Oxford auch sonntags geöffnet.

»Dann stecken wir wohl jetzt in der Zwickmühle, oder?«, sagte sie sauer.

»Tja …« Er stand auf und sah in die Boxen vom Chinaimbiss. Dann nahm er das Essen genervt mit in die Küche und füllte es auf Teller.

Kam es ihr nur so vor, oder hatte er von ihrer Portion etwas für sich abgezweigt?

»Guten Appetit«, sagte sie. Von Jordan kam nur ein Brummen.

Die Ladenglocke läutete. Keira erhob sich seufzend und setzte ein Lächeln auf.

»Barry, hallo.«

Barry war mit Laurie von nebenan liiert, er war ihr Teelieferant. Keira hatte monatelang mit angesehen, wie die beiden sich schüchtern an den jeweils anderen herangetastet hatten, bis sie endlich so weit gewesen waren, sich zu verabreden. Inzwischen waren sie so glücklich, wie ein Pärchen nur sein konnte, und obwohl Keira es nicht wollte, versetzte es ihr doch jedes Mal einen Stich ins Herz, sie zusammen zu sehen. Genauso, wie es sie schmerzte, Orchid mit ihrer großen Liebe Patrick zu sehen. Sie mochte keine turtelnden, händchenhalten-den, sich küssenden Pärchen um sich haben. Sie wollte sich einfach nur unter ihrer Decke verkriechen.

»Hi, Keira. Du, ich habe eine Bitte. Du kennst Laurie doch schon viel länger als ich. In zwei Wochen ist Valen-tinstag … was denkst du, worüber sie sich freuen würde? Ich meine, so richtig.«

Da musste Keira nicht lange überlegen.

»Verreise mit ihr. Sie ist so lange nicht in Urlaub ge-fahren, das würde ihr wirklich guttun, und sie würde sich ganz sicher darüber freuen.«

»Eine Reise? Denkst du, sie würde den Laden dafür schließen?«

»Für eine Reise mit dem Mann ihrer Träume? Natür-lich! Und selbst wenn sie anfangs noch Bedenken hat … Manchmal muss man Laurie einfach zu ihrem Glück zwingen.«

»Okay. Wenn du meinst. Dann werde ich mir was ein-fallen lassen.«

Keira nickte und hoffte nur, Barry würde nicht auf so blöde Ideen kommen wie Jordan, der im letzten Sommer eine Mountainbike-Tour durch Frankreich mit ihr hatte machen wollen. Etwas weniger Romantisches hätte sie sich nicht vorstellen können. Eigentlich hatte er sie gar nicht dabeihaben wollen bei seiner Tour, da war sie sich sicher. Höchstens, damit sie mehr Sport machte, abnahm, wieder die wurde, die sie einmal gewesen war. Nun, sie glaubte nicht, dass sie diese Frau jemals wieder sein wür-de. Nicht an Jordans Seite zumindest.

Laurie, die nicht nur ihre Ladennachbarin, sondern

auch ihre allerbeste Freundin war, hatte ihr schon öfter gesagt, dass sie sich das doch nicht anzutun brauchte. Dass sie einfach gehen konnte. Sie und Jordan waren weder verheiratet, noch hatten sie Kinder. Es wäre so einfach.

Ja, Laurie hatte leicht reden. Es war nämlich in vielerlei Hinsicht *nicht* so einfach. Zuerst einmal wusste Keira gar nicht, ob sie mit den Einnahmen aus der Chocolaterie allein die Miete für die Wohnung plus alle sonstigen Ausgaben bezahlen könnte. Einen Großteil der Rechnungen übernahm nämlich Jordan, der als Zahnarzt sehr gut verdiente. Dann wusste sie natürlich auch nicht, ob sie überhaupt in der Wohnung bleiben könnte. Was, wenn Jordan sie vor die Tür setzte? Wo sollte sie dann hin? Und was würde sie ganz allein mit sich anfangen? Sie war so daran gewöhnt, jemanden um sich zu haben, dass sie es sich ziemlich einsam vorstellte, plötzlich ohne Partner dazustehen. Aber der Hauptgrund war natürlich, dass sie Jordan trotz allem liebte. Sie wünschte sich noch immer eine Familie mit ihm, Kinder, und sie hoffte tagtäglich, er würde irgendwann erkennen, dass es das war, was er ebenfalls wollte. *Das* wäre das perfekte Valentinsgeschenk für sie. Vielleicht sollte sie genau das ihren Freundinnen sagen, für den Fall, dass Jordan auf die Idee käme, eine von ihnen aufzusuchen.

Aber Jordan war nicht Barry. Jordan war eine leise Hoffnung, an der Keira noch immer wie an einem Luftballonband festhielt, obwohl sie doch genau wusste, dass der Ballon sich längst gelöst hatte und davongeflogen war.

Das schlaff herunterhängende Band war übrigens die

perfekte Metapher dafür, wie sie sich zurzeit fühlte: ausgelaugt und ihrer Lebensfreude beraubt.

»Du hast recht. Vielleicht sollte ich sie mit nach Schottland nehmen, zu meiner Schwester und meiner niedlichen kleinen Nichte«, sagte Barry in seinem Holzfällerhemd jetzt, und seine Augen strahlten bei dem Gedanken.

Keira lächelte mit Tränen in den Augen. »Das würde ihr sicher gefallen.«

»Alles gut, Keira?«

Sie nickte. »Alles bestens.«

»Hast du wieder Stress mit Jordan?« Er hatte in den sechs Monaten, die er mit Laurie zusammen war, mehr mitbekommen, als ihr lieb war.

»Ja. Na ja …« Sie zuckte mit den Schultern.

»Der Kerl hat dich gar nicht verdient.«

»Ich weiß.«

»Dann weißt du sicher auch, dass es bessere Männer da draußen gibt, oder?«

Tatsächlich? Und wie sollte sie so einen finden?

»Möchtest du eine von meinen neuen Mandelkrokant-Pralinen probieren?«, fragte sie, um vom Thema abzulenken und nicht vor Barry in Heulkrämpfe auszubrechen.

»Gerne.«

Sie reichte ihm mit der Zange eine über die Theke. Er konnte nicht widerstehen und biss gleich hinein.

»Wow, die sind richtig lecker. Packst du mir davon ein paar ein?«

»Du musst jetzt nichts von mir kaufen, um mich aufzuheitern.« Sie lächelte durch ihre Tränen hindurch.

»Sie sind wirklich köstlich.«

»Na gut.« Keira steckte sechs viereckige Pralinen in ein Tütchen und reichte es Barry. »Geht auf mich. Danke für deine lieben Worte.«

Barry machte ein mitleidiges Gesicht.

»Nun hör schon auf, ich bin doch kein dreibeiniges Kätzchen, und ich bin auch nicht Gary, der bei dieser Eiseskälte draußen auf der Straße schläft.« Gary war ein junger Obdachloser, der fast immer an der Ecke Valerie Lane und Cornmarket Street anzutreffen war. »Mir geht es gut. Okay?«

»Okay. Danke für die Pralinen.« Er hielt das Tütchen in die Höhe und ging zur Tür, um zwei ältere Damen einzulassen, bevor er sich mit einem Winken verabschiedete.

»Bye, Barry«, sagte Keira mit einem Seufzer.

Laurie hatte wirklich Glück gehabt, fand sie. Sie hatte die sprichwörtliche Nadel im Heuhaufen gefunden. Dass ihr selbst das auch gelingen würde, war wohl eher unwahrscheinlich.

Ach, was war eigentlich ihr Problem? Sie hatte es doch Barry auch gerade verkauft: Ihr ging es gut. Sie musste weder Hunger leiden noch auf der Straße schlafen. Und sie hatte noch alle Beine. Alles war bestens. Besser könnte es gar nicht sein.

Das Dumme war nur, dass es so unheimlich schwer war, sich selbst zu belügen.

KAPITEL 2

Gegen Mittag kam Laurie zu Keira in den Laden. Sie hatte einen kirschroten Pullover an, der beinahe dieselbe Farbe hatte wie ihr langes Haar, das ihr heute in großen Locken über die Schultern fiel, dazu einen schwarzen Wollrock, denn Laurie trug so gut wie immer Röcke, selbst bei Temperaturen wie diesen.

»Heilige Sch … Schweinebacke, ist das kalt!«, rief sie aus und rubbelte sich die Oberarme.

Keira bediente noch die Kundin zu Ende und wandte sich dann an Laurie. »Heilige Schweinebacke?«

»Ich wollte eigentlich was anderes sagen, aber dann habe ich gesehen, dass du Kundschaft hast.« Sie grinste schief.

»Und Schweinebacke ist besser?«

»Keine Ahnung. Mir fiel auf die Schnelle nichts Besseres ein. Überleg du dir mal innerhalb von Sekunden etwas, das mit *Sch* anfängt.«

»Schokopraline, Schuhschleife, Schafswolle, Schinkenpizza«, entgegnete Keira, ohne überhaupt nachzudenken.

»Mann, du bist gut. Hihi, das ist super: Heilige Schinkenpizza! Merke ich mir.«

»Willst du mir nun endlich sagen, warum du mitten

am Tag deinen Laden verlässt und ohne Jacke rüberkommst?«

»Nur so.«

»Das glaube ich dir nicht. Barry hat was gesagt, oder?«

»Barry? Nee, den hab ich heute noch überhaupt nicht gesehen. Wie kommst du darauf?«

»Du bist so eine schlechte Lügnerin, weißt du das eigentlich?«

»Habe nie damit geprahlt, eine gute zu sein.«

Eine Kundin betrat den Laden, Mrs. Witherspoon. Sie war eine sehr geschätzte alte Dame, die in der Nähe wohnte und öfter mal in die Valerie Lane kam, um ein bisschen zu tratschen, von früher zu erzählen oder einfach, um die Zeit totzuschlagen – mit siebenundachtzig Jahren hatte man wohl nicht viel anderes zu tun.

Mrs. Witherspoon strahlte die beiden mit ihrem lieblichen, faltigen Lächeln an. Keira wurde warm ums Herz. Man musste die Dame einfach gernhaben. Neben ihrem Charme hatte sie auch noch die besten Geschichten über Valerie auf Lager, und nicht selten revanchierten sich die Ladeninhaberinnen mit ein paar Pralinen oder Keksen, einer Tasse Tee, einem Paar selbst gestrickter Handschuhe oder einem kleinen Präsent. Eigentlich ging die Gute nie mit leeren Händen oder einem leeren Magen wieder nach Hause.

»Hallo, ihr beiden Hübschen. Wie geht es euch heute?«

»Prima«, kam es sofort von Laurie.

»Bestens«, sagte Keira und erntete sogleich ein Stirnrunzeln von Laurie. »Und wie geht es Ihnen?«

»Mir geht es fabelhaft«, teilte Mrs. Witherspoon ihnen

mit. Ihr weißes Haar war vom Wind so zerzaust, dass Keira es ihr am liebsten in Ordnung gebracht hätte. Andererseits glaubte sie nicht, dass ein paar verwehte Haare die alte Dame störten.

»Ja? Das freut mich.«

»Verraten Sie uns auch, warum es Ihnen so fabelhaft geht?«, fragte Laurie.

»Das kann ich euch gerne sagen. In fünfzehn Tagen ist Valentinstag.«

»Ooooh. Haben Sie etwa einen Verehrer?«

»Das könnte schon sein.« Mrs. Witherspoon zwinkerte ihnen schelmisch zu.

Oh nein, dachte Keira. Nicht auch noch Mrs. Witherspoon. War denn hier jeder glücklich verliebt außer ihr? An den Valentinstag wollte sie gar nicht denken. Wahrscheinlich würde Jordan ihr ein Kochbuch mit fettarmen Rezepten schenken.

»Was, ehrlich?« Laurie freute sich und klatschte in die Hände, eine Geste, die sonst Mrs. Witherspoon vorbehalten war. Diese stimmte auch sofort mit ein.

»Es gibt da diesen Mann ... Humphrey. Ich habe ihn in der Suppenküche kennengelernt.«

Keira hatte sofort einen Kloß im Hals. In der Suppenküche? Das war nicht gerade romantisch, sondern eher traurig. Andererseits – waren das nicht die wahren Liebesgeschichten, aus denen Hollywoodfilme gemacht waren?

»Er heißt also Humphrey? Erzählen Sie uns von ihm«, bat Laurie.

»Nun, er ist ein sehr netter Gentleman. War einmal

Pilot, vor langer Zeit.« Sie sagte es mit einer Spur Melancholie, und Keira wurde bewusst, dass sie nie gefragt hatte, was Mrs. Witherspoon früher beruflich gemacht hatte. Vollzeit-Mutter war sie nicht gewesen, denn Kinder hatte sie keine – so viel wusste sie zumindest.

»Und, ist er älter oder jünger als Sie?«, erkundigte sich Laurie neugierig.

»Er ist ein junger Spund!«, sagte Mrs. Witherspoon und lachte wie ein verliebtes junges Mädchen. »Er ist erst neunundsiebzig.«

»Sie sind mir ja eine!«, scherzte Laurie und wedelte mit dem Finger.

Keira brachte überhaupt kein Wort mehr heraus. Sie biss auf ihrer Lippe herum, dachte an Suppenküchen-Szenen, an zwei Menschen, die aufeinandertrafen und sofort wussten, dass sie füreinander bestimmt waren … Dachte an zwei Menschen, die es vielleicht nie gewesen waren … Dann riss sie sich aber zusammen, Mrs. Witherspoon zuliebe.

»Wir würden Ihren Humphrey gerne kennenlernen. Bringen Sie ihn doch mal zu einem unserer Mittwochstreffen mit.« Mrs. Witherspoon war fast jedes Mal dabei. Es sei denn, sie fühlte sich nicht wohl genug, um das Haus zu verlassen. Diese Tage waren aber, wie es schien, Vergangenheit. Die alte Dame sprühte vor neuer Lebensenergie.

»Damit ihr ihn euch vornehmen und ihn ausquetschen könnt wie eine reife Zitrone?«

»Was denken Sie nur von uns?«, fragte Laurie schockiert. »So etwas würden wir nie wagen!«

»Na gut. Vielleicht bringe ich ihn mal mit. Dann ist er zwar der Hahn im Korb …«

»Ich könnte Barry fragen, ob er auch kommen mag. Dann fühlt Humphrey sich nicht so allein.«

Keira dachte an Jordan. Er würde sich niemals – *niemals* – dazu herablassen, sich ihr zuliebe an einem Mittwochabend in einen Teeladen zu setzen.

»Kann ich Ihnen irgendetwas anbieten?«, fragte Keira nun, die ihre Unhöflichkeit bemerkte.

»Nein, nein, mein Kind. Vielen Dank. Pralinen habe ich schon von Humphrey bekommen.«

»Sie haben sich einen richtigen Romantiker geangelt.« Laurie lächelte warmherzig. »Wie wäre es mit einem Tee bei mir nebenan?«

»Da sage ich nicht Nein. Ich möchte aber zunächst noch zu Ruby in den Antiquitätenladen.«

»Oh. Wollen Sie sich ein paar Antiquitäten zulegen?«, fragte Keira überrascht. Sie alle wussten, dass Mrs. Witherspoon quasi am Hungertuch nagte.

»Iwo, das Gegenteil. Ich überlege, ein paar meiner Löffel zu verkaufen, und wollte mich mal erkundigen, was ich dafür bekommen würde.«

Keira brach das Herz, wusste sie doch, wie wertvoll Mrs. Witherspoon ihre Löffelsammlung war – wertvoll im emotionalen Sinne. Es war das Einzige, das sie niemals hergegeben hatte, auch nicht in schlechten Zeiten, von denen sie so einige erlebt hatte …

»Oh nein! Darf ich fragen, was Sie so Dringendes brauchen, dass Sie daran denken, Ihre Löffel zu verkaufen?«, fragte Laurie. Keira hätte sich das nicht getraut.

»Mein Kühlschrank hat den Geist aufgegeben. Im Moment ist es kalt genug, dass ich die Sachen draußen auf der Veranda lagern kann. Aber wenn es wärmer wird ...«

So ein Mist! Sie alle taten, was sie konnten, um der Frau unter die Arme zu greifen, aber ein Kühlschrank war kein Klacks. Natürlich könnten sie zusammenlegen und ihr einen neuen kaufen, aber das würde Mrs. Witherspoon niemals annehmen, das wusste Keira. Sie hatte trotz allem ihren Stolz, und ein Kühlschrank war halt keine Schachtel Kekse.

»Das ist ja ärgerlich«, sagte sie. »Ich werde mal in meinem Umfeld herumfragen, ob nicht vielleicht jemand einen alten Kühlschrank zu verschenken hat.«

»Ja, das mache ich auch«, stimmte Laurie sofort zu.

»Das ist lieb von euch. Dennoch gehe ich mal eben zu Ruby. Man weiß ja nie, wofür man mal Geld braucht. Wenn Humphrey mir einen Antrag macht ...« Sie kicherte, und Laurie und Keira schlossen sich ihr an.

»Aber vergessen Sie nicht, noch bei mir im Laden auf eine Tasse Tee vorbeizuschauen. Ich sollte in fünf Minuten wieder drüben sein, ich muss nur ganz kurz etwas mit Keira besprechen.«

Mrs. Witherspoon nickte, verabschiedete sich und schlurfte davon, den dicken grünen Schal um den Hals und die passenden Handschuhe an den Händen, alles mit viel Liebe gestrickt von ihrer Freundin Susan, natürlich.

»Die Arme kann einem so leidtun«, sagte Keira, als Mrs. Witherspoon weg war.

»Ja, und *du* kannst einem auch leidtun. Was ist denn los bei dir? Streit mit Jordan? Schon wieder?«

Keira ging in sich, und ihr wurde bewusst, wie gut sie es hatte. Dass so ein kleiner Streit nicht das Ende der Welt bedeutete. Dass es Menschen gab, die weit schlimmer dran waren, die ihre Löffel verkaufen mussten, um sich einen neuen Kühlschrank leisten zu können.

»Es geht mir gut.«

»Bist du dir sicher?«

»Ich bin mir sicher.«

»Na schön. Aber du kannst jederzeit zu mir kommen, wenn du reden willst, das weißt du doch, oder?«

»Das weiß ich, Laurie. Und dafür bin ich dankbar.«

»Süße, ich mache mir Sorgen.«

»Musst du nicht. Ehrlich. Es geht mir bestens.«

»Das sagtest du schon. Ich weiß nur nicht, ob ich dir glauben kann.«

»Würde ich dich je belügen?«

»Da bin ich mir nicht so sicher. Was wollte Barry eigentlich bei dir?«

»Nur Pralinen kaufen. Was sonst?«

»Siehst du? Du kannst lügen, ohne rot zu werden.«

Keira grinste. »Möchtest du auch eine von meinen neu kreierten Mandelkrokant-Pralinen probieren?«

»Barry hat mir schon welche abgegeben. Hast du noch was anderes Neues?«

Keira musste überlegen. Was hatte sie denn am Wochenende alles gemacht? Gestern Abend nach dem Streit mit Jordan hatte sie Trockenpflaumen mit Vollmilchschokolade überzogen. Die hatte sie heute Morgen aber zu Hause vergessen. Was nichts machte, denn sie hatte noch genügend davon im Laden vorrätig, aber sie sorgte halt gerne vor. Am Samstag hatte sie nach Feierabend hinten in der Ladenküche neben den Rumtrüffeln noch Pistazienmarzipankugeln gemacht und Ingwerweiße-Schokolade-Trüffeln. Ja, das war's! Laurie liebte Ingwer!

»Hier, probier die! Mit Ingwer!« Sie nahm die metallene Zange in die Hand und langte in die Glasvitrine, um eine der kleinen Süßigkeiten herauszunehmen und sie Laurie zu reichen.

»Oh mein Gott, willst du mich umbringen?«, fragte Laurie, als sie gekostet hatte.

Kurz bekam Keira einen Schreck. »So schlecht?«

»So guuuut! Ich könnte zehntausend Stück davon essen!«

»Dann würdest du aber platzen.« Keira lachte.

»Sag ich ja!«

Oder dein Freund würde dich verlassen, weil du wegen der vielen Pralinen so fett geworden wärst, dachte Keira bitter. Die immer präsente Angst, dass Jordan sich eines Tages deshalb von ihr trennen würde, schob sie schnell beiseite.

»Gibst du mir ein paar davon mit? Und die möchte ich bezahlen, keine Widerrede!«

Keira lächelte und machte ein Tütchen zurecht.

»Ehrlich, Keira. Du übertriffst dich selbst immer wieder. Allein, wie die riechen …« Laurie hielt ihre Nase in die geöffnete Zellophantüte. »Ich glaub, ich bin im Ingwerhimmel.«

»Freut mich, dass sie dir schmecken. Ich hoffe, sie kommen auch bei meinen anderen Kunden so gut an.«

»Daran habe ich überhaupt keinen Zweifel. Jetzt muss ich aber echt wieder rüber. Ich möchte meine Kunden nicht so lange allein lassen.«

»Dann mach, dass du loskommst.«

»Eine Sache noch«, sagte Laurie. »Ist dir bei Mrs. Witherspoons Frisur vorhin auch der Film *Vom Winde verweht* in den Sinn gekommen?« Sie kicherte.

»Haha. Jetzt, wo du es sagst! Ich hatte allerdings eher *Das Beste kommt zum Schluss* im Sinn. Wegen Humphrey.«

»Awww. Ich finde das so süß. Ich hoffe, sie bringt ihn wirklich mal mit.«

»Das hoffe ich auch. Und nun spute dich.«

»Alles klar. Bis bald. Ich hab dich lieb!«

»Ich dich auch.«

Sie sah Laurie nach, wie sie hinüber in die Tea Corner lief, und dachte daran, dass ihre Freundin noch vor sechs Monaten niemals ihren Laden zur Hauptgeschäftszeit alleingelassen hätte, um mal eben rüberzukommen, wenn es nicht extrem wichtig gewesen wäre. Es lag an Barry. Er tat Laurie gut. Durch ihn war sie lockerer geworden, ausgelassener, entspannter. Sie hatte aufgehört, alles haargenau zu planen, und nahm die Dinge, wie sie kamen. Genoss ihr Leben. Und Keira freute sich unglaublich für sie. Manchmal nur wünschte sie, Laurie würde ihr ein bisschen von dieser Unbeschwertheit abgeben, das würde ihrem eigenen Leben sicher nicht schaden.

Wenig später sah sie Mrs. Witherspoon wieder an

ihrem Ladenfenster vorbeigehen, und in den folgenden Stunden konnte sie nicht aufhören, an sie zu denken. Wie sehr sie sich für sie freute, in ihrem Alter noch einmal die Liebe gefunden zu haben.

Die Ladenglocke bimmelte, und mit einem Mal wurde Keira bewusst, dass ja Montag war! Ihr liebster Tag der Woche. Das hatte einen ganz besonderen Grund, und dieser Grund stand in diesem Moment vor ihr.

KAPITEL 3

Sie kannte seinen Namen nicht, hatte ihn nie danach gefragt. Warum auch? Er war doch nur ein Kunde, einer von vielen, deren Namen sie nicht kannte. Jedoch war er, ohne es zu wissen, für Keira so viel mehr.

Er war der erste Sonnenstrahl, der sich nach einem düsteren Gewitter zeigte, er war das letzte braune M&M, das man ganz am Boden der Tüte doch noch fand, nachdem man die Hoffnung schon aufgegeben hatte. Er war ihr Lichtblick, jede Woche aufs Neue, wenn er in den Laden kam, um Pralinen zu kaufen. Für eine andere. Aber das war egal. Keira wollte ja überhaupt nichts von dem Mann, hatte keine romantische Beziehung mit ihm im Sinn und schon gar keine Affäre. Nein, sie fand es einfach schön zu sehen, dass es sie noch gab, diese Männer, die ihre Frauen so sehr liebten, dass sie Montag für Montag in ein Süßwarengeschäft gingen, um ihnen ihre Lieblingspralinen zu kaufen. Um ihnen eine Freude zu machen, um sie lächeln zu sehen.

Jordan hatte ihr niemals Pralinen geschenkt. Natürlich nicht. Erstens hatte er als Zahnarzt eine ziemlich negative Einstellung zu Süßigkeiten, zweitens fand er ja eh schon, dass sie zu dick war, und drittens dachte er sich hundertprozentig, dass man jemandem, der in einem Pralinengeschäft arbeitete, ja, der sogar eines besaß, doch keine Schokolade zu schenken brauchte.

Doch mal ehrlich: Das war lächerlich. Das war, als würde man jemandem, der bei der Post arbeitete, keine Ansichtskarten aus dem Urlaub mehr schicken. Oder als würde jemand, der als Hundesitter tätig war, keinen eigenen Hund besitzen können. Oder noch heftiger ausgedrückt: Als würde eine Kindergärtnerin keine eigenen Kinder haben dürfen.

Kinder. Da war es wieder, dieses schmerzhafte Thema.

Schon zu Beginn ihrer Beziehung vor acht Jahren – sie hatten sich auf einer Party gemeinsamer Freunde kennengelernt – hatte Jordan ihr klipp und klar gesagt, dass er keine Kinder wolle. Er sei einfach kein Familientyp, hatte er gesagt. Falls sie wirklich etwas Festes mit ihm wolle, müsse sie das akzeptieren.

Sie war in ihn verliebt gewesen, sehr sogar, und aus Liebe tat man oft die verrücktesten Dinge. Wie zum Beispiel, seinen sehnlichsten Wunsch auf Eis zu legen und doch immer noch zu hoffen, dass der Partner seine Meinung änderte. Es war nicht Jordans Schuld, er hatte sie in der Hinsicht nie belogen, sie hatte es ja von Anfang an gewusst. Es war ihre eigene Dummheit, jahrelang darauf zu warten, dass er ihr eines Morgens nach dem Aufwachen doch noch sagen würde: »Ich habe geträumt, wir hätten ein Kind, wären eine richtige Familie. Das war unglaublich. Wollen wir nicht auch im echten Leben endlich damit anfangen, Babys zu kriegen?«

Das Leben war kein Wunschkonzert. Man akzeptierte

es entweder, wie es war, oder man brach aus. Und Keira war einfach nicht der Typ für große Ausbrüche.

»Guten Tag«, sagte sie nun zu dem Namenlosen, der ihr von Woche zu Woche attraktiver vorkam, einfach wegen seiner zurückhaltenden, lieben Art. Sie wusste zweifellos, dass mehr hinter dieser eher schlichten Fassade steckte, dass da drinnen eine außergewöhnliche Seele wohnte.

Er war etwa eins fünfundsiebzig groß, hatte kurzes dunkelbraunes Haar, weiche Gesichtszüge, ein wunderschönes Lächeln und die wohl wärmsten braunen Augen der Welt. Keira schätzte ihn auf ein paar Jahre älter als sie. Heute steckte er in einem dicken hellbraunen Mantel. Er hatte einen Schirm dabei, obwohl es gar nicht regnete, und ganz rote Ohren von der Kälte.

»Guten Tag«, erwiderte er und trat lächelnd auf die Glasvitrine zu, hinter die Keira sich sogleich begab.

Er war der einzige Kunde im Laden, was sie freute, denn so konnte sie sich voll und ganz ihm widmen.

»Wie geht es Ihnen heute?«, fragte sie und bemerkte wieder diese unglaublich langen Wimpern, die seine Augen umrahmten.

»Es geht mir sehr gut und Ihnen?«

»Bestens«, sagte sie wieder, korrigierte sich aber gleich, denn ihre dahingesagte Standardantwort war hier fehl am Platz. »Fantastisch.« Das war die Wahrheit, und allein seine Anwesenheit bewirkte das.

»Sehr schön.« Er beäugte die Auslage. Warum er das immer wieder tat, war ihr ein Rätsel, denn er entschied sich am Ende doch jedes Mal für die gleichen Pralinen:

Buttertrüffeln in Vollmilchschokolade und Orangentrüffeln in Zartbitterschokolade.

»Dasselbe wie immer?«, fragte sie.

Manchmal sah er auch an anderen Tagen vorbei, montags kam er jedoch immer, und dann wusste er ganz genau, was er wollte.

»Ja, bitte.«

Sie holte eine von den hübschen Schachteln hervor und packte einhundert Gramm von jeder Sorte ein. Wie immer legte sie noch zwei Trüffeln dazu, ohne es ihm zu sagen. Die waren von ihr, für die Frau, die das Glück hatte, so einen wundervollen Mann an ihrer Seite zu haben. Sie beneidete sie sehr.

»Sie verpacken die Pralinen immer so nett«, sagte er, als sie noch eine rosa Schleife darum band. Bei seinem ersten Besuch in ihrem Laden vor etwa zwei Jahren hatte sie ihn gefragt, ob die Pralinen ein Geschenk für einen Herrn oder eine Dame seien, und er hatte strahlend geantwortet: »Für eine ganz besondere Dame.« Also hatte sie sich für eine rosa Schleife entschieden und dies beibehalten. Manchmal variierte sie auch, nahm eine lila Blüte dazu oder mischte zwei Farben wie Rot und Rosa. Er sah ihr jedes Mal konzentriert dabei zu, und Keira konnte die Liebe und die Vorfreude in seinen Augen sehen.

Sie steckte die Schachtel in eine kleine Papiertüte mit der Aufschrift ihres Ladens und stellte sie auf den Verkaufstisch.

Der Mann bezahlte und lächelte sie noch einmal an. Dann ging er und hinterließ wie jeden Montag ein Gefühl der Traurigkeit in ihr. Warum genau sie traurig war, konnte sie gar nicht sagen. Weil es eine ganze Woche dauern würde, bis sie ihn wiedersah? Weil es so herzzerreißend war, wie sehr er seine Partnerin liebte? Weil sie das auch wollte? Weil sie das mit Jordan niemals haben würde?

Sie seufzte zum wahrscheinlich achtundachtzigsten Mal an diesem Tag und brachte irgendwie die nächsten beiden Stunden hinter sich, bis die Kirchenglocken ihr sagten, dass es sechs Uhr war und sie endlich schließen konnte.

Auch wenn sie eigentlich vorgehabt hatte, nach Ladenschluss noch Pralinen in der Ladenküche zu machen, war sie auf einmal viel zu müde dazu und beschloss, nach Hause zu gehen.

Sie hängte das »Geschlossen«-Schild in die pink gestrichene Ladentür, die, auch wenn sie äußerlich aus dem Rahmen fiel, zu der dunkelgrünen Holzvertäfelung des Geschäfts passte, und drehte den Schlüssel zweimal herum. Die Farbe der Fassade hatte sie beibehalten, wie sie schon zu Valeries Zeiten war, auch wenn die meisten anderen Ladeninhaberinnen sie längst übermalt hatten. Laurie zum Beispiel hatte ihren Laden in einem hellen Blau gestrichen, was ihm eine ganz eigene Note verlieh. Orchid's Gift Shop war, wie sollte es anders sein, strahlend gelb. Er sah aus wie die Sonne höchstselbst und spiegelte Orchids Persönlichkeit zu hundert Prozent wider. Susans Laden war weiß und der von Ruby grün wie eh und je. Oft erinnerte die Valerie Lane Keira ein wenig an Notting Hill. In dem trendigen Stadtteil Londons, den sie vor vielen Jahren einmal mit ihrer Mutter besucht hatte, waren auch einige Straßen zu finden, in denen die Häuser kunterbunt gestrichen waren.

Mit langsamen Schritten ging sie die Valerie Lane entlang und spürte, dass sie trotz ihrer Müdigkeit gar keine Lust hatte, schon nach Hause zu gehen. Sie wollte nicht in eine leere Wohnung kommen und auf Jordan warten, der nach der Arbeit sicher mal wieder im Fitnessstudio war. Früher hatte er sich dort wenigstens ausgepowert, in letzter Zeit schien er aber seine schlechte Laune mit heimzubringen und an ihr auszulassen.

»Keira!«, rief Susan ihr von der anderen Straßenseite zu und winkte. Sie hatte ihren Englischen Cockerspaniel Terry dabei und musste nur aus ihrem Laden raus und eine Tür weiter zu ihrer Wohnung hinaufgehen.

Susan war die einzige der fünf Freundinnen, die auch in der Valerie Lane wohnte. In den alten Backsteingebäuden auf beiden Seiten der Straße gab es über den Läden noch mehrere Wohnungen, die aber alle schon seit vielen Jahren vergeben waren. Susan hatte Glück gehabt, als sie vor acht Jahren ihren Wollladen eröffnet hatte. Damals hatte sich nämlich gerade das ältere Ehepaar, das direkt darüber wohnte, entschlossen, in ein Seniorenheim zu ziehen, und Susan hatte neben dem Laden auch ein neues Zuhause gefunden. Auch wenn sie dort ganz allein wohnte – von Terry einmal abgesehen –, schien sie doch sehr zufrieden.

Keira hatte sich schon oft gefragt, warum Susan den Männern eigentlich abgeschworen hatte, aber darüber redete diese nicht gerne, und Keira wollte sie nicht bedrängen. Falls Susan ihr eines Tages ihre Geschichte erzählen wollte, würde sie für sie da sein. Bis dahin nahm sie ihre Freundin so verschwiegen, wie sie war, auch wenn sie es als große Schande betrachtete, dass so ein lieber Mensch wie Susan mit ihren vierunddreißig Jahren das Leben einer alten Jungfer führte.

»Ich wünsche euch einen schönen Abend!«, rief sie Susan und Terry zu.

»Danke! Den wünschen wir dir auch!«

Sie war kurz davor, Susan zu fragen, ob sie Lust hatte, noch etwas essen zu gehen, ließ es dann aber. Vielleicht könnte sie heute ja mal gesund kochen. Fettarm. Das würde Jordan sicher freuen. Und er hätte mal nichts zu meckern.

Ja, das war eine gute Idee. Sie machte also einen kleinen Abstecher in den Supermarkt, kaufte Zutaten für einen großen frischen Salat und fettarme Hühnerbrustfilets, die sie nur mit ein wenig Olivenöl und grobem Pfeffer anbraten würde, so wie Jordan es gern hatte.

Zu Hause machte Keira sich gleich daran, die Salatblätter zu waschen, die Tomaten in Achtel zu schneiden, die Oliven aus dem Glas abtropfen zu lassen und das Fleisch zuzubereiten. Als alles fertig war, sah sie auf die Uhr. Viertel vor acht, Jordan war spät dran, aber sicher würde er bald da sein und Augen machen. Sie deckte den Tisch, zündete eine Kerze an, schenkte ihnen Rotwein ein und setzte sich.

Eine Stunde später war Jordan noch immer nicht zu Hause. Das Hühnchen war inzwischen kalt. Sie wählte seine Handynummer, es ging aber nur die Mailbox ran. Sie schrieb ihm eine SMS, es kam keine Antwort.

Nach einer weiteren halben Stunde stand sie vom Tisch auf, ging in die Küche und holte sich einen Schokopudding aus dem Kühlschrank. Den aß sie im Stehen, an die Fensterbank gelehnt. Draußen gingen gerade ein paar Teenager entlang, Mädchen, die laut und ausgelassen lachten. So war sie auch einmal gewesen. Wo war dieser Mensch nur hin? Sie nahm sich einen zweiten Pudding, aß auch diesen auf und ging dann, nachdem sie die Kerzen ausgepustet hatte, ins Bett. Den blöden Salat ließ sie unberührt auf dem Tisch stehen.

Sie lag lange wach und hörte Jordan irgendwann spätabends nach Hause kommen, tat aber so, als würde sie schlafen.

In der Nacht träumte Keira wirres Zeug. Eine riesige Schüssel voll Schokopudding, in die sie hineingefallen war. Sie versuchte erfolglos, sich an der Oberfläche zu halten, wurde jedoch immer wieder nach unten gezogen. Dann war da Jordan, dem sie die Hand entgegenstreckte, der sie aber nicht ergriff. Und da war auch der Namenlose, der mit seiner wunderschönen Frau auf dem Rand der Schüssel saß, mit dem Finger auf sie zeigte und sie auslachte. Nach Luft schnappend, wachte sie gegen vier Uhr morgens auf. An Schlaf war nicht mehr zu denken, und so stand sie auf und begab sich in die Küche, um Früchte für ihren Laden zu schokolieren.

Sie breitete ihre Utensilien aus, legte getrocknete Feigen, Aprikosen, Datteln und Apfelringe zurecht, schmolz drei Sorten Schokolade und tunkte die Trockenfrüchte nacheinander in das himmlische Flüssige. Ab und zu steckte sie sich einen Apfelring in den Mund oder tunkte einen Löffel in die geschmolzene Vollmilchschokolade. Als die Küche aussah wie Willy Wonkas Schokoladenfabrik, holte sie zum Abschluss noch die teuren gefriergetrockneten Himbeeren hervor, die sie erst kürzlich geliefert bekommen und nach der Arbeit mit nach Hause gebracht hatte. Mit diesen musste man vorsichtig sein, da sie so zerbrechlich waren. Sie nahm behutsam eine mit der Zange aus der Schachtel, tunkte sie in die weiße Schokolade und legte sie auf ein mit Backpapier ausgelegtes Blech. Dasselbe tat sie mit dem Rest der Schachtel und wiederholte den Vorgang, sobald die Schokolade ein wenig getrocknet war.

Einfach köstlich! Sie würde am Mittwoch welche mit zu Laurie in die Tea Corner nehmen, wenn sie sich dort nach Ladenschluss trafen. Die anderen würden sicher begeistert sein. Mit ihren Freundinnen wollte sie auch unbedingt über den Valentinstag sprechen, es war höchste Zeit, dass sie mit dem Dekorieren begannen. Dies taten sie stets am ersten Februar. Als Keira einen Blick auf den Kalender warf, stellte sie mit Schrecken fest, dass der Mittwoch ja schon der Erste des Monats war!

»Herrje … Wir sind so spät dran in diesem Jahr«, murmelte sie vor sich hin, kratzte mit dem Löffel den Rest Schokolade aus dem Topf und ließ ihn direkt in ihren Mund wandern.

»Was machst du da?«, hörte sie auf einmal Jordans Stimme.

Ertappt drehte sie sich um und sah ihn im Türrahmen stehen, barfuß und nur in seiner Pyjamahose.

»Schokolierte Früchte«, sagte sie knapp. Sie war noch immer sauer wegen des gestrigen Abends. Sie hatte natürlich längst auf ihrem Handy nachgesehen und weder einen verpassten Anruf noch eine Nachricht von Jordan entdecken können.

»Wie lange bist du denn schon wach?« Draußen war es noch immer dunkel.

»Eine Weile.«

»Du hast da was am Mund hängen«, sagte er und zeigte mit dem Finger darauf.

Verdammt! Sie wischte sich mit dem Handtuch übers Gesicht und fing dann an, die Töpfe auszuwaschen.

»Tut mir leid wegen gestern Abend«, sagte er.

»Schon okay«, erwiderte sie.

»Nein, ehrlich. Ich wusste nicht, dass du kochst. Ich hatte einen ziemlich stressigen Tag und wollte nach der Arbeit noch ein bisschen Ausdauertraining machen. Beim Sport habe ich ein paar alte Freunde getroffen, und wir haben spontan beschlossen, noch etwas essen zu gehen.«

»Ich hätte auch mit Susan essen gehen können. Bin ich aber nicht. Und wenn, dann hätte ich dir wenigstens Bescheid gesagt.« Sie hörte selbst, wie vorwurfsvoll ihre Stimme klang.

»Ich habe doch gesagt, dass es mir leidtut.«

»Und ich habe gesagt, dass es okay ist.«

»Was willst du denn von mir, Keira? Soll ich mich auf Knien bei dir entschuldigen?«

Sie atmete einmal tief durch, drehte sich dann in seine Richtung und stemmte die nassen Hände in die Hüften, wobei ihre Schürze, die sie über ihrem Jogginganzug trug, ganz nass wurde. »Jordan …«

»Was?« Verständnislos starrte er sie an.

»Gar nichts.« Sie drehte sich wieder von ihm weg und sah nach, ob die Früchte schon getrocknet waren.

Im dunklen Fenster konnte sie sehen, wie Jordans Spiegelung den Kopf schüttelte und davonging, kurz darauf hörte sie die Dusche. Sie machte sich einen Tee, einen Beruhigungstee, den Laurie ihr neulich mitgegeben hatte, und setzte sich an den Küchentisch. Dabei fanden erneut ein paar der Apfelringe, die dort zum Trocknen auslagen, den Weg in ihren Mund.

Blöder Jordan! Er hatte ja recht! Sie aß wirklich zu viel Süßes, viel zu viel davon. Das musste endlich ein Ende haben!

Sie nahm sich den Block, auf dem sie sonst ihre Einkaufslisten schrieb, aus der Schublade und fing an, sich eine Liste zu machen. Besser, einen Diätplan.

Frühstück: Obst (kein schokoliertes Obst!)
Mittagessen: Salat
Abendessen: Salat

Das würde Jordan sicher gefallen. Sie starrte auf den Plan, riss den Zettel dann vom Block, zerknüllte ihn und warf ihn mit einem gezielten Wurf in den Mülleimer. Und da sollte Jordan noch mal sagen, sie wäre nicht sportlich!

Sie nahm sich eine mit weißer Schokolade ummantelte Dattel und biss ab, stand auf, machte sich auf ins Bad, aus dem Jordan endlich raus war, und kam dabei am Esstisch vorbei, der noch immer gedeckt war. Der Salat war nun ganz schrumpelig, die Kerzen waren niedergebrannt, und auf einem der Hühnerbrustfilets hatte es sich eine Fliege bequem gemacht. Keira blieb die Dattel im Hals stecken. So konnte das nicht weitergehen. Das war doch kein Leben! Und das Allerschlimmste war, dass sie Jordan kein Wort glaubte.

Wo war er wirklich gewesen?

Keira griff nach den Tellern, entschied sich dann aber anders und stellte sie wieder ab. Sie war gespannt, wer von ihnen den Anblick des misslungenen Candlelight-Dinners mit seinen heruntergebrannten Kerzen länger aushalten konnte.

Sie sprang unter die Dusche. Als sie aus dem Bad kam, war Jordan schon weg. Dem Tisch hatte er keinerlei Beachtung geschenkt.

KAPITEL 4

Am Mittwochabend stand Keira mit einer Schachtel schokolierter Himbeeren vor der Ladentür zu Laurie's Tea Corner. Sie konnte drinnen drei ihrer vier Freundinnen an einem der weißen, verschnörkelten Metalltische sitzen sehen. Susan, Orchid und Ruby lachten über irgendetwas, dann kam auch Laurie dazu mit einer Kanne Tee, aus der sie ihnen eingoss. Das Bild war so idyllisch und strahlte solch eine Wärme aus – und das nicht nur, weil es draußen so furchtbar kalt war –, dass sich auf Keiras Gesicht ein Lächeln ausbreitete.

Sie öffnete die Tür und begrüßte ihre lieben Freundinnen.

»Keira, da bist du ja. Wir haben uns schon gefragt, wo du bleibst«, sagte Laurie und gab ihr eine leichte Umarmung.

»Hallo, ihr Süßen. Ich habe noch ein paar Leckereien eingepackt«, erwiderte sie entschuldigend. Sie reichte Laurie die Schachtel. Dass sie eine gute Viertelstunde vor sich hin gestarrt und sich über Jordan geärgert hatte, erwähnte sie nicht.

»Oooh, was ist das denn wieder Köstliches?«

»Himbeeren in weißer Schokolade.«

»Yummy!«, machte Orchid und schmachtete die

Schachtel an. Sie trug ihr langes blondes Haar zu einem strengen, hohen Zopf gebunden, was einfach fantastisch aussah. Außerdem hatte sie sich heute Abend für einen hellroten Lippenstift entschieden, der ihren schönen Mund noch voller aussehen ließ. Sofort kam Keira Gwen Stefani in den Sinn.

»Ich hoffe, ihr mögt sie.«

»Ganz sicher. Gib mal her, ich lege sie auf einen Teller.« Laurie verschwand mit der Schachtel nach hinten, und Keira zog sich den Mantel aus und setzte sich zu den anderen.

»Was trinkt ihr denn da Schönes?« Es roch herrlich.

»Lauries selbst gemachten Gewürztee«, informierte Susan sie. Keira sah sich nach Terry um, den Susan meistens mitbrachte, doch heute lag er nicht in seiner Lieblingsecke. Sie hatte ihn wohl zu Hause gelassen.

»Magst du auch?«, fragte Laurie, die den Teller nun auf den Tisch stellte.

Gierig griffen mehrere Hände nach den Himbeeren.

»Gerne.« Keira lächelte Laurie an und bekam eine dampfende Tasse voll wunderbar nach Zimt und Nelken duftenden Tees eingeschenkt.

»Der ist schon gesüßt«, ließ Laurie sie wissen.

»Mmmmm!«, sagte Ruby. »Keira, die Himbeeren sind unglaublich.«

Ruby war mit ihren vierundzwanzig Jahren das Nesthäkchen unter ihnen, obwohl sie von ihnen allen wohl schon am meisten mitgemacht hatte im Leben. Nachdem vor zweieinhalb Jahren ihre Mutter ganz plötzlich verstorben war, hatte sie ihr Studium in London abgebrochen und war nach Oxford zurückgekehrt, um den Antiquitätenladen weiterzuführen und sich außerdem um ihren Vater zu kümmern, der, vorsichtig ausgedrückt, ein wenig durcheinander war. Die beiden lebten zusammen in einer Wohnung, und Ruby war entweder bei ihm, im Laden oder auf Flohmärkten – ein eigenes Leben schien sie gar nicht zu haben. Sie konnte einem wirklich leidtun. Was Keira am meisten schmerzte, war, dass sie schon in so jungen Jahren ihre Mutter verloren hatte. Sie erinnerte sich gut an Meryl, sie war einer der großherzigsten Menschen gewesen, die sie gekannt hatte. Der Tag, an dem sie von ihrem Tod erfahren hatten, war sehr traurig gewesen. Ein großer Verlust für die Valerie Lane.

»Nimm dir ruhig noch eine, Ruby.« Sie schob den Teller ein wenig in ihre Richtung.

»Die sind der absolute Hammer!«, kam nun von Orchid. Sie war diejenige unter ihnen, die immer offen war und klar und deutlich sagte, was sie dachte. Manchmal war sie vielleicht ein wenig zu offen und verletzte den einen oder anderen, jedoch geschah das nie mit Absicht, und wegen ihrer fröhlichen, unbeschwerten Art konnte man Orchid nie wirklich böse sein. Manchmal kam sie Keira vor wie sechzehn statt wie sechsundzwanzig. Sie war eine richtige Frohnatur und schien keinerlei Sorgen oder Probleme zu kennen, als wäre sie noch gar nicht richtig im Erwachsenenleben angekommen.

»Was gibt es Neues?«, fragte Susan, wie immer schlicht in Jeans und Pulli und ungeschminkt, und sah gespannt in die Runde.

Natürlich meldete Orchid sich als Erste zu Wort:

»Phoebe hatte Vorwehen. Wir dachten schon, jetzt ist es so weit. Lance hat sie ins Krankenhaus gefahren und alles. War aber nur falscher Alarm.« Phoebe war Orchids zwei Jahre ältere Schwester und Lance deren wunderbarer Ehemann, ein junger Denzel Washington, zumindest in Keiras Augen. Die beiden hatten im letzten Sommer geheiratet, und sie alle konnten es kaum erwarten, das niedliche kleine Mischlingsbaby auf dieser Welt begrüßen zu dürfen.

»Sie war neulich bei mir im Laden und hat Pralinen gekauft«, erzählte Keira nun. »Sie sieht aus, als wäre sie kurz vorm Platzen. Seid ihr sicher, dass es keine Zwillinge werden? Oder Drillinge?«

»Ziemlich sicher, ja.«

»Terry hat schon wieder eine Hündin geschwängert«, berichtete Susan, wo sie gerade beim Thema waren.

»Ehrlich?« Ruby, heute in einem altmodischen dunkelgrünen Hosenanzug, machte große Augen. »Ich dachte, du wolltest ihn kastrieren lassen?«

»Ich konnte es einfach nicht übers Herz bringen. Aber so geht das echt nicht weiter.«

»Hast du ihn deshalb zu Hause gelassen?«, wollte Laurie wissen. »Zur Strafe?«

»Könnte man so sagen. Ich mag ihn kaum noch mit rausnehmen.«

»Wenn du bei ihm bist, kann doch aber eigentlich nichts passieren, oder?«

»Ha! Das denkt ihr! Er wittert läufige Hündinnen an jeder Ecke, und wenn ich mal eine Minute nicht hinsehe, schleicht er sich davon und macht ihnen den Hof.«

Orchid lachte. »So ein böser kleiner Schlingel.« Im Grunde wäre das Mrs. Witherspoons Wortwahl gewesen, wenn sie denn heute Abend hier gewesen wäre. Sie hofften alle, dass sie jeden Moment reinschneien würde, mit ihr war es einfach immer doppelt so spaßig.

»Heute ist der erste Februar«, lenkte Keira das Gespräch nun in wichtigere Bahnen.

»Ja und?« Laurie sah sie fragend an.

»Na, der erste Februar! In zwei Wochen ist Valentinstag, und wir sind ganz schön spät dran mit Schmücken dieses Jahr.«

»Herrje, das war mir gar nicht bewusst«, sagte Laurie und sah sich um. Bisher war in der Tea Corner noch absolut nichts vom Valentinstag zu sehen.

»Also, ich habe meinen Laden bereits dekoriert«, informierte Orchid sie. »Sind euch denn die Herzen in meinem Schaufenster nicht aufgefallen?«

»Da hängen doch immer Herzen«, winkte Laurie ab. »Die Hälfte deiner Waren hat irgendwas mit Herzen zu tun. Du führst einen Geschenkartikelladen.«

»Haha! Also, Keira hat recht. Wir sollten uns schnellstens was für die Valerie Lane überlegen. Wie wollen wir die Straße diesmal dekorieren?«

Im letzten Jahr hatten sie ganz viele Amor-Figuren aufgehängt und falsche rote Rosen, die jedoch der Regen ziemlich zerstört hatte. Nach dem Valentinstag hatten sie alles wegwerfen müssen.

»Ich bin für Lichter«, sagte Keira, die es im vergangenen Jahr fast schon ein wenig zu kitschig gefunden hatte. »Lichterketten in Herzform oder so. Es wird immer noch recht früh dunkel, da würden die super zur Geltung kommen.«

»Aber wo kriegen wir welche her?«, fragte Susan.

»Ich könnte mal in den Katalogen meiner Lieferanten nachschauen«, bot Orchid an.

»Wir benötigen sie bald«, erinnerte Laurie sie.

Ruby zuckte nur die Schultern. Sie sprach nicht viel, war eine sehr zurückhaltende Person und oftmals der ruhende Pol, den sie brauchten.

»Ich habe neulich welche bei Mitchell's gesehen«, gab Keira nun preis, obwohl sie wusste, dass sie sich damit Ärger einheimsen würde.

Orchid sah sie dann auch gleich schockiert an. »Bei Mitchell's?«

»Was hast du denn bei Mitchell's zu suchen?«, fragte Laurie ebenso verblüfft.

Mitchell's war nämlich eines der großen Kaufhäuser in der Cornmarket Street und einer ihrer größten Konkurrenten überhaupt.

»Ich habe ein Geschenk für meine Mutter besorgt«, sagte Keira und machte es damit nicht besser.

»Ein Geschenk?«, fragte Orchid empört. »Bei Mitchell's?«

Ruby schüttelte verständnislos den Kopf.

»Und du konntest ihr kein Geschenk in der Valerie Lane kaufen?«, fragte Susan vorwurfsvoll. »Tee vielleicht oder eine Kerze oder etwas hübsches Antikes? Wolle zum Stricken?«

»Meine Mutter strickt nicht, sorry. Nun seht mich nicht so böse an. Sie hat sich ein sprudelndes Fußbad gewünscht, und so was führt, soweit ich weiß, keiner von euch.«

»Ach so. Na, dann sei dir verziehen.« Susan sah sie an, als wäre sie nur knapp der Todesstrafe entgangen. Da war sie wohl noch mal mit einem blauen Auge davongekommen.

»Also«, verkündete sie, »bei Mitchell's gibt es solche Lichterketten in Herzform, allerdings weiß ich nicht, ob die auch für draußen geeignet sind.«

»Ich gehe gleich morgen früh hin und überprüfe das«, teilte Orchid mit.

»Perfekt. Seid ihr alle einverstanden mit Lichterketten?«, erkundigte sich Laurie.

Kopfnicken allerseits. Gut, dann konnten sie dieses Thema erst mal abhaken. Keira hatte ehrlich gesagt auch keine große Lust, noch weiter vom Valentinstag, dem Tag der ach so Verliebten, zu reden.

»Was macht ihr so am Valentinstag? Habt ihr schon was vor?«, fragte Susan jedoch. Auch wenn sie selbst sich nicht mehr für Männer interessierte, war sie doch ganz verrückt nach Liebesgeschichten. Sie liebte Hochzeiten, Verlobungen, romantische Ereignisse, Liebesromane und diese Seifenopern, die sie ständig im Fernsehen zeigten. Es gab einige, von denen Susan keine einzige Folge verpasst hatte. Und das waren Serien, die bereits mehrere tausend Folgen auf dem Buckel hatten.

»Patrick lädt mich in dieses schicke neue Restaurant in London ein. Und danach machen wir einen Spaziergang entlang der abendlichen Themse«, erzählte Orchid ihnen.

»Hört sich superromantisch an«, schwärmte Laurie.

»Ja«, stimmte Ruby mit einem kleinen Seufzer zu. Sie selbst war Single, natürlich. Wie hätte sie neben ihrem Vater noch einem anderen männlichen Wesen ihre volle Aufmerksamkeit schenken können?

»Hach«, machte Susan. »Und ihr anderen? Laurie?«

»Ich weiß es nicht. Ich meine, ich bin mir ziemlich sicher, dass Barry für unseren ersten gemeinsamen Valentinstag etwas geplant hat, habe aber keine Ahnung, was. Ich glaube allerdings, dass Keira mehr weiß.«

»Ach, du halluzinierst ja schon wieder. Ich weiß gar nichts.«

»Na klar …«

Nun musste Keira grinsen. Aber sie würde nichts verraten, kein Wort.

»Wie sieht es bei dir aus?«, fragte Orchid Keira nun.

Oje. Tja, wie es bei ihr aussah? Wenn sie da nur selbst auf dem neuesten Stand wäre. Alles, was sie wusste, war, dass sie und Jordan seit ihrem Streit kein Wort miteinander gesprochen hatten und dass der blöde Salat heute Morgen noch immer auf dem Esstisch im Wohnzimmer gestanden hatte. Inzwischen war er komplett zu Matsch geworden. Das Hühnerfleisch lag ebenfalls noch immer auf dem Teller, hatte einen harten Rand bekommen und begann zu stinken. Und keiner von ihnen wollte sich geschlagen geben und die Sachen endlich in die Küche räumen beziehungsweise in den Mülleimer befördern. Keira wusste, sie verhielten sich wie Kindergartenkinder, das war ihr aber egal. Nur ein einziges Mal wollte sie Jordan zeigen, dass sie stark sein konnte, dass er im Unrecht war und sie sein Verhalten nicht länger tolerierte.

»Ich denke, wir machen nichts Besonderes. Vielleicht Kino oder so.«

»Ihr seid ja auch schon so lange zusammen. Da ist der Valentinstag wohl nicht mehr das Highlight des Jahres, oder?«

»Nein. Nicht wirklich.« Das Highlight wäre gewesen, wenn er ihr endlich mal Blumen geschenkt hätte. Aber darauf würde sie wohl ewig warten müssen.

»Ich weiß, wer etwas ganz Besonderes vorhat am Valentinstag«, sagte Laurie, und Keira war ihr mehr als dankbar.

»Ach ja? Wer denn?«, wollte die neugierige Susan wissen, während sie sich eine Strähne ihres schwarzen Haars um den Finger wickelte.

»Macht euch auf was gefasst! Mrs. Witherspoon! Sie hat jemanden kennengelernt.«

»Was? Mrs. Witherspoon?« Erstaunen aus allen Richtungen.

»Ganz genau. Das hat sie Keira und mir erst kürzlich erzählt. Der Gute heißt Humphrey und ist ein junger Spund, um es mit Mrs. Witherspoons Worten auszudrücken.«

»Ein junger Spund?« Orchid lachte laut los. »Was genau soll das bedeuten? Ist er zweiundzwanzig oder was?«

»Neunundsiebzig und pensionierter Pilot, stellt euch vor.«

»Ha! Mrs. Witherspoon hat's drauf!«, rief Orchid und klatschte in die Hände.

»Ich freue mich für sie.« Ruby strahlte über das ganze Gesicht.

»Das tun wir alle. Sie will ihn vielleicht mal mit herbringen«, erzählte Keira. »Das wäre doch nett, dann könnten wir ihn alle kennenlernen.«

In dem Moment bimmelte die Türglocke, und zwei ältere Herren traten ein. Sie alle winkten ihnen zu, und Laurie erhob sich sogleich, um den beiden zwei schöne heiße Becher Tee zuzubereiten. Sie lud sie dazu ein, sich zu setzen, doch sie lehnten dankend ab.

»Wir haben heute Abend viel vor. Ich habe meinem Kumpel hier versprochen, eine Frau für ihn zu finden«, berichtete Herman, den sie alle sporadisch kannten.

»Oh. Na, dann … wünsche ich viel Erfolg bei der Suche«, erwiderte Laurie grinsend.

Keira beobachtete, wie der Freund von Herman zu ihnen hinübersah.

»Wir sind leider alle schon vergeben«, rief Orchid den Männern lachend zu.

Laurie schüttelte schmunzelnd den Kopf. »Wie geht es Julie?«, erkundigte sie sich nach Hermans Frau.

»Sie hat das Häkeln für sich entdeckt. Häkelt in einer Tour … So viele Mützen kann ich in meinem ganzen Leben nicht tragen.«

Sein Freund stieß ihn an, offenbar hatte er es eilig, verkuppelt zu werden.

»Also dann, danke für den Tee«, sagte Herman und hob den Becher. Laurie gab ihm noch liebe Grüße an Julie mit auf den Weg.

Als die beiden gegangen waren, gesellte Laurie sich wieder zu ihren Freundinnen. »Haha. Julie häkelt Mützen ohne Ende«, sagte sie.

»Ich weiß. Sie kommt bestimmt dreimal die Woche in

meinen Laden, um neue Wolle zu kaufen«, erzählte Susan.

»Jetzt aber zurück zu Mrs. Witherspoon ...«, drängte Orchid.

»Sie war neulich bei mir im Laden«, unterrichtete Ruby die anderen ganz besorgt. »Sie will ihre Löffel verkaufen.«

Laurie nickte. »Ja, das hat sie uns auch erzählt. Sie braucht einen neuen Kühlschrank, ihrer ist kaputt.«

»Die Ärmste. Kennen wir denn niemanden, der einen alten Kühlschrank erübrigen kann?«, überlegte Susan.

»Ich habe schon herumgefragt. Leider erfolglos. Aber vielleicht können wir ihr ja helfen?«

»Was für einen Kühlschrank braucht sie? Wie teuer wäre der?«

»Ich glaube, ein ganz einfacher würde ihr schon reichen. Mit einem kleinen Gefrierfach. So einen dürften wir für zweihundertfünfzig Pfund bekommen. Wenn jeder von uns fünfzig Pfund dazugibt ...«

»Sorry, Leute«, meldete sich Orchid zu Wort. »Ich bin zurzeit ziemlich knapp bei Kasse. Ich organisiere schon Phoebes Babyparty. Und dann wollen wir noch die Deko für den Valentinstag kaufen ...«

»Ich muss gestehen, dass ich auch gerade nicht so viel erübrigen kann«, sagte Ruby bedauernd.

»Hm. Das verstehe ich natürlich. Dann müssen wir uns halt etwas anderes einfallen lassen.«

Sie alle dachten angestrengt nach. Dann hatte Ruby die rettende Idee. »Valerie war mal in einer ähnlich verzwickten Lage. Sie wollte dem guten Mr. Olsen zu einer neuen Beinprothese verhelfen und hat eine Spendendose in ihrem Laden und in jedem Geschäft in der Umgebung aufgestellt.«

Die Idee gefiel Laurie. »Das könnten wir doch auch machen! Unsere Läden sollten in den nächsten zwei Wochen gut besucht sein. Wir stellen Spendendosen an den Kassen auf. Mit Schildern: ›Ein neuer Kühlschrank für Mrs. Witherspoon‹.«

»Die Leute werden bestimmt großzügig sein«, vermutete Keira. »Erstens ist bald Valentinstag, und zweitens ist Mrs. Witherspoon stadtbekannt und fast so beliebt wie die gute Valerie.«

Orchid freute sich. »Juhu! Wir haben eine neue Mission! Ein Kühlschrank für Mrs. Witherspoon!«

»Ein Kühlschrank für Mrs. Witherspoon!«, riefen alle aus.

Und als sie sich eine Stunde später auf den Nachhauseweg machten, waren sie noch ganz euphorisch.

An der Ecke saß Gary, dem Keira eine gerade abgelaufene Schachtel Orangenplätzchen reichte. Als sie nach Hause kam, war – oh Wunder – der Tisch abgeräumt beziehungsweise neu gedeckt. Jordan saß daran und wartete auf sie, mit einer Flasche Weißwein und chinesischem Essen. Sie hätte weinen können vor Freude, denn diese kleine Geste sagte so viel mehr als tausend Worte.

Vielleicht war doch noch nicht alle Hoffnung verloren, vielleicht liebte Jordan sie mehr, als sie geglaubt hatte. Womöglich könnten sie noch einmal ganz neu beginnen, und alles würde so werden, wie sie es sich immer erträumt hatte … Chinesisches Essen war auf jeden Fall schon mal ein guter Anfang.

KAPITEL 5

»Ein bisschen weiter nach links!«, rief Laurie Orchid zu, die oben auf der Leiter stand und entlang der Häuser- fassade die Lichterketten aufhängte, welche sie am Mor- gen haufenweise bei Mitchell's gekauft hatte. Es waren Hunderte roter Plastikherzen, etwa handflächengroß, doch sie sahen nicht billig aus, ganz im Gegenteil. Die fünf Freundinnen waren sich einig, dass die Deko in diesem Jahr alle vorherigen übertreffen würde.

Es hingen bereits Ketten an den Fassaden der anderen Läden und erleuchteten die Valerie Lane in einem ange- nehm warmen Rot. Wenn sie mit Orchids Laden fertig waren, fehlten nur noch die alten Straßenlaternen.

Auch Keira fand die diesjährige Dekoration sehr ge- schmackvoll und vor allem unglaublich romantisch. Und seit gestern Abend war auch sie wieder ein wenig roman- tischer gestimmt. Jordan hatte nicht nur ihre Lieblings- gerichte vom Chinesen besorgt, er hatte auch beim Essen keinerlei blöde Andeutungen gemacht, sondern sie die Speisen einfach nur genießen lassen. Der Wein hatte das Übrige getan, und zum Abschluss waren sie im Schlafzim- mer gelandet, wo Jordan sich noch einmal in aller Aus- führlichkeit für sein dummes Verhalten entschuldigt hatte.

Keira war sich noch immer nicht hundertprozentig sicher, ob sie ihm glauben konnte, dass er am Montagabend tatsächlich nur mit ein paar Sportfreunden etwas essen gegangen war, denn es beschlich sie immer wieder ein komisches Gefühl. Dieses tat sie aber einfach als bitteren Nachgeschmack des Streits ab. Sie wollte positiv denken, an eine gemeinsame Zukunft glauben. Sie liebte Jordan, und er strengte sich wirklich an. Sie wusste, dass er sie niemals verletzen würde, nicht auf diese Weise. Er hatte schon oft Äußerungen verlauten lassen, in denen er Partner, die einander in sexueller Hinsicht betrogen, böse verurteilte. Das würde er nicht tun, auf gar keinen Fall.

»Jetzt habt ihr es beide schief«, rief Keira, die ein paar Meter entfernt stand und mit ihrem Adlerauge Anweisungen gab.

Susan hielt derweil die Leiter fest, und Ruby befreite die nächste Lichterkette aus der Verpackung.

»Wo genau sind wir schief?«, fragte Laurie, die unten neben der Leiter stand und das Ende der Kette hielt, die Orchid aufzuhängen versuchte.

»Ihr müsst sie rechts ein wenig höher hängen. Da über Orchids Ladenschild. Seht ihr das denn nicht?«

»Ich kann sie gleich nicht mehr hochhalten«, jammerte Orchid und machte sich lang. »Ich hab schon kein Gefühl mehr in den Armen.«

»So ist es gut. Tacker sie fest!«

Orchid tat wie ihr geheißen und schüttelte dann die Arme aus, was die ganze Leiter wackeln ließ.

»Hey! Pass auf!«, rief Susan.

Keiras Blick fiel auf Ruby, die mit einer schicken

grauen Mütze über ihrem braunen Bob dastand und zu Gary hinübersah, der an seiner Straßenecke direkt vor Susans Laden hockte, in eine warme Decke gehüllt. Keira wusste, dass sowohl Susan als auch Laurie ihm schon mehrmals ihre Hilfe angeboten hatten, doch er wollte weder die Adresse einer Obdachlosenunterkunft noch Almosen haben. Das höchste der Gefühle war es schon, wenn er mal einen Becher Tee von Laurie oder eine »misslungene« selbst gestrickte Mütze von Susan an- nahm. Oder eben die abgelaufenen Süßwaren aus Keira's Chocolates. Ab und zu brachte sie ihm auch Keksbruch, und manchmal zerbröselte sie die Plätzchen auch selbst, um sie ihm bringen zu können.

Keira war schon lange der Ansicht, dass Ruby und Gary ein entzückendes Paar abgeben würden. Jedoch hat- ten sie beide mit so vielen eigenen Sorgen zu kämpfen, dass sich da wohl niemals mehr ergeben würde. Sehr schade, wie Keira fand.

»Hui! Wer ist denn das?«, hörte sie Susan plötzlich ausrufen, während Ruby Orchid eine weitere Lichter- kette reichte.

Sie alle blickten sich um. Ein Mann kam die Valerie Lane entlang, und zwar an der Seite von Mr. Spacey, und der gestikulierte in Richtung leerer Laden! Was hatte das zu bedeuten? War er ein Interessent, wollte er die Räume besichtigen? Aber warum sollte er das nach Ladenschluss tun, im Dunkeln? Wäre das nicht bei Tageslicht viel prak- tischer gewesen?

»Guten Abend, Mr. Spacey«, rief Orchid dem Verwal- ter von ihrem Ausguck aus zu.

Mr. Spacey sah zu Orchid hinauf und erwiderte: »Guten Abend, Miss Hurley! Wie ich sehe, verhelfen Sie der Valerie Lane zu einem neuen Glanz. Sehr hübsch.« Der Mann um die sechzig, der immer einen Hut trug, war sichtlich angetan. »Finden Sie nicht auch, Mr. Marks?«

»Nett, die Herzen«, antwortete sein Begleiter.

Mr. Marks war eine Augenweide. Er war durchschnittlich groß, hatte dunkelblondes Haar und trug eine dicke Daunenjacke, sodass man nicht allzu viel von ihm erkennen konnte. Doch sein Lächeln … Herr im Himmel! Dieses Lächeln konnte sicher Eisberge schmelzen lassen. Oder Pralinen, dachte Keira. Sie fragte sich, wer er sein mochte und was er hier wollte.

»Kommen Sie, Mr. Marks, ich zeige Ihnen das Geschäft.«

Mr. Spacey öffnete den Laden nebenan und ließ seinen Begleiter eintreten. Die fünf Frauen sahen gespannt dabei zu, was als Nächstes geschah. Die Männer knipsten das Licht an, begutachteten die Ladenräume und kamen nach einer knappen Viertelstunde ziemlich heiter wieder heraus.

»Wann wäre er beziehbar?«, fragte Mr. Marks.

»Sofort. Er steht schon eine ganze Weile leer.«

»Darf ich fragen, warum?« Er sah sich um. »Hier verirrt sich wohl nicht allzu viel Kundschaft her, was?«

»Oh, nein, nein, so kann man das nicht sagen«, widersprach Mr. Spacey sogleich.

»Unsere Straße ist sogar sehr gut besucht«, ließ Orchid den Mann nun von oben herab wissen. Sie hängte gerade eine Lichterkette um die Straßenlampe, die sich zwischen ihrem Gift Shop und dem leeren Laden befand – so konnten sie alle weitermachen und gleichzeitig beobachten. »Vielleicht nicht so gut wie die Cornmarket Street, aber wir haben unsere Stammkunden. Sogar jede Menge davon.«

Mr. Marks legte den Kopf in den Nacken und sah zu Orchid hinauf. »Ach ja?«

»Ja, das können Sie mir ruhig glauben.« Keira fiel auf, wie merkwürdig Orchid sich auf einmal benahm. So als ob sie Mr. Marks attraktiver fände, als sie sollte, und ihn deshalb versuchte abzuwehren. »Aber vielleicht gefällt es Ihnen doch eher nicht in der Valerie Lane. Es gibt hier nämlich ausschließlich weibliche Ladeninhaberinnen.«

»Oh. Das würde mir am wenigsten ausmachen.«

»Was haben Sie denn vor zu eröffnen?«, mischte Susan sich nun ein.

»Einen Blumenladen.«

»Ooooh, wie toll«, freute sich Laurie. »Ich bin schon lange der Meinung, dass genau das der Valerie Lane noch fehlt.«

»Ach, Blumen bekommt man doch in jedem Supermarkt«, meinte Orchid sichtlich genervt.

Mr. Marks grinste. Keira schätzte ihn auf Anfang dreißig, vielleicht auch erst Ende zwanzig, und sie war sich zu neunzig Prozent sicher, dass er schwul war, auch wenn Orchid da wohl anderer Ansicht war. Welches heterosexuelle männliche Wesen eröffnete denn einen Blumenladen? Außerdem war er viel zu gut aussehend, da musste es einen Haken geben.

»Wollen wir noch einen Kaffee trinken gehen und ein paar Einzelheiten besprechen?«, fragte Mr. Spacey den Mann jetzt.

»Natürlich. Auf Wiedersehen, meine Damen, vielleicht schon ganz bald.« Er winkte ihnen zu, marschierte dann mit Mr. Spacey die Straße hinunter und bog in die Cornmarket Street ein.

Orchid kam von der Leiter herunter. »So ein Wichtigtuer!«, sagte sie abschätzig.

»Ich fand ihn sehr nett«, teilte Susan ihnen mit.

»Ich weiß auch nicht, was du hast«, meinte Laurie. »Ein Blumenladen wäre doch perfekt und eine echte Bereicherung für die Valerie Lane. Davon würden wir alle nur profitieren.«

»Ich will aber keinen Mann hier bei uns haben«, sagte Orchid mit verschränkten Armen und erinnerte Keira an ein kleines Mädchen, das vor dem Schlafengehen nicht die Zähne putzen wollte.

»Ich hätte mir auch eher eine Frau gewünscht, aber Mr. Marks scheint doch wirklich sehr freundlich zu sein und könnte hier gut reinpassen.«

»Da bin ich aber anderer Meinung.«

»Nun warten wir erst mal ab. Es steht doch noch gar nicht fest, dass er den Laden auch wirklich bezieht«, versuchte Keira die Lage zu beruhigen.

»Ich hoffe, er verschwindet dahin, wo er hergekommen ist.« Von wem dieser Kommentar stammte, konnte man sich denken.

Die Einzige, die sich nicht an der allgemeinen Aufregung beteiligte, war Ruby. Sie sah immer noch zu Gary hinüber, als hätte sie überhaupt nicht mitbekommen, was hier eben los gewesen war.

»Sind wir fertig?«, erkundigte sich Keira. Es war schon weit nach sieben, und donnerstags schaute sie immer noch bei ihrer Mutter vorbei.

»Ich denke schon. Wie findet ihr's?«, fragte Orchid.

Sie traten alle einen Schritt zurück.

»Es ist wunderschön«, sagte Ruby.

»Finde ich auch«, stimmte Laurie ihr zu. »Schöner ginge kaum.«

»Das haben wir wirklich gut hinbekommen. Wenn wir die Leute so nicht in romantische Stimmung versetzen, dann weiß ich auch nicht«, meinte Susan.

Keira musste ihnen recht geben. Sie hatten fantastische Arbeit geleistet. Die Valerie Lane wurde von Hunderten roter Herzen erleuchtet. Der Valentinstag konnte kommen.

Vor lauter Freude tauschten sie ein paar Umarmungen aus und machten sich dann auf – nach Hause, zur Mutter, zum Vater, zum Partner oder zum Hund. Als Keira einen letzten Blick auf Gary warf, bemerkte sie, wie er die Lichter ansah, sie einfach nur ansah, und dabei so unendlich traurig wirkte.

»Hi, Mum!«, rief Keira in die Gegensprechanlage und hörte kurz darauf ein Summen. Sie stemmte die schwere Tür auf und lief die Treppen in die zweite Etage hoch, wo ihre Mutter, eine mollige grauhaarige Frau mit einem Dutt, an der Wohnungstür stand und sie fröhlich begrüßte.

»Da bist du ja, Kind. Wie geht es dir?«

»Sehr gut, danke. Tut mir echt leid, dass es so spät geworden ist. Wir haben mit den Lichtern ein wenig länger gebraucht als gedacht, und dann kam da noch dieser Mr. Marks in die Valerie Lane. Aber das erzähl ich dir gleich ausführlich. Lass mich erst mal reinkommen.«

»Ja, natürlich. Komm herein und wärm dich auf. Es ist aber auch kalt zurzeit.«

»Das kannst du laut sagen.« Keira ließ sich den Mantel abnehmen und befreite sich von Schal, Mütze und Fäustlingen, alles Weihnachtsgeschenke von Susan. Sie legte sie auf die Kommode im Flur, die schon seit ihrer Kindheit dort stand, und pustete sich in die Hände, die trotz der Handschuhe eiskalt waren. »Und wie geht es dir, Mum?«

»Mir geht es immer gut, und wenn du mich besuchst, geht es mir gleich noch besser. Hast du Hunger?«

»Ich versuche gerade, nicht so viel zu essen. Hast du etwa mit dem Essen auf mich gewartet?« Sie sah auf die Uhr, es war bereits nach acht.

»Ich habe einen Auflauf gemacht, den halte ich im Ofen warm.«

»Ein Auflauf?« Sie musste zugeben, dass sie ganz schön Hunger hatte. Zum Mittagessen hatte sie nur einen Vollkornbagel mit fettarmer Putenbrust und ein paar Gurkenscheiben gehabt. Sie hatte beschlossen, doch ein paar Kilo abzunehmen. Für Jordan. Wenn er sie dann wieder attraktiver fände, wäre es doch von Vorteil für alle Beteiligten.

»Mit Kartoffeln und Blumenkohl. Und viel Käse überbacken«, machte es ihre Mutter ihr nun schmackhaft.

»Oh, Mum. Das ist so gemein. Na gut, aber nur eine kleine Portion.«

»Wie du willst.«

Sie sah ihrer Mutter dabei zu, wie sie zum Backofen ging und die riesige Auflaufform herausholte. Sie musste lächeln. Mary Jane Buckley hatte wie immer für eine ganze Armee gekocht. Keira überkam ein wohliges Gefühl. Schon seit jeher hatte sie eine ganz besondere Beziehung zu ihrer Mutter, sie war ihre engste Vertraute, ihre Freundin, ihr Fels in der Brandung. Zu ihr kam sie, wenn sie mal wieder Probleme mit Jordan hatte, bei ihr konnte sie sich aussprechen, bei ihr durfte sie ganz sie selbst sein. Wurde nicht verurteilt, nicht verbessert, nicht bevormundet. Sie liebte ihre Mutter über alles.

Wahrscheinlich hatten sie beide so ein inniges Verhältnis, weil Mary Keira allein aufgezogen hatte, nachdem Keiras Vater damals abgehauen war. Sie war drei Jahre alt gewesen, und es war diese typische Story à la »Er ging Zigaretten holen und kam nicht wieder zurück«. Nur dass ihr Vater eine Geschäftsreise nach Birmingham gemacht hatte und nicht zurückgekommen war. Weil er sich dort nämlich verliebt hatte. Weil er fand, dass eine Frau, die er keine achtundvierzig Stunden kannte, ihm wichtiger war als seine Frau und seine kleine Tochter.

In den darauffolgenden Jahren hatte er nur sporadisch von sich hören lassen. Ein paarmal hatte er an Keiras Geburtstag angerufen, um ihr zu gratulieren. Entschuldigt hatte er sich nie. Es hatte ganze zwölf Jahre gedauert, bis Keira ihn wiedersehen sollte. Damals war sie fünfzehn und in einer schlimmen pubertären Phase, in der ihr eh alles egal war. Da hätte er wahrscheinlich mit allen Entschuldigungen der Welt kommen können und hätte doch nichts erreicht. Dass er damals nach wie vor ziemlich gleichgültig schien, bewirkte aber nur, dass sie sich anschwiegen und beide beschlossen, dass es keinen Sinn hatte, sich weiterhin zu treffen.

Seitdem hatte sie ihn nur noch zweimal gesehen. Einmal bei der Beerdigung seiner Mutter, ihrer Grandma Elly, als sie zweiundzwanzig war, und einmal durch Zufall am Bahnhof. Er sah sie, winkte ihr von Weitem zu, und das war's. Er kam nicht einmal auf sie zu – und sie auch nicht auf ihn.

Mehr gab es von Vince Buckley, ihrem Vater, nicht zu erzählen. Erst als Keira längst erwachsen war, hatte sie von ihrer Mutter erfahren, dass er vor mehr als einem Jahrzehnt um die Scheidung gebeten hatte. Und dass er wieder geheiratet hatte. Sie hatte ihre Stiefmutter nie kennengelernt, und ob sie Halbgeschwister hatte, wusste sie nicht.

Keira starrte auf den großen Teller mit der mächtigen Portion Kartoffel-Blumenkohl-Auflauf, den sie vor sich stehen hatte, und musste lachen.

»Mum, das ist aber keine kleine Portion.«

»Iss, was du kannst, und lass den Rest stehen«, erwiderte diese, obwohl sie genau wusste, dass Keira das nicht tun würde. Sie aß *immer* ihren Teller leer, allein schon aus schlechtem Gewissen den vielen Kindern in Afrika gegenüber, die nichts zu essen hatten und sich bestimmt über ein wenig Blumenkohl gefreut hätten. Essen wegschmeißen war für sie keine Option.

Da fiel ihr ein, dass sie ja immer zum Valentinstag für die Kinder in Afrika sammelte. Ach herrje, eine weitere Spendenaktion. Sie hoffte nur, dass die Leute dieses Jahr auch schön großzügig waren.

»Das sieht lecker aus, Mum«, sagte sie und nahm eine Gabel voll. Es schmeckte so gut, wie es aussah, und sie mochte gar nicht an die vielen Kalorien denken.

»Wie geht es Jordan?«, fragte Mary nun, als hätte sie Keiras Gedanken gelesen.

»Gut. Er lässt liebe Grüße ausrichten.«

»Aha. Na, dann grüß mal zurück.« Ihre Mutter war nicht dumm, sie wusste genau, dass Jordan überhaupt nichts ausrichten ließ. »Du kannst ihn auch gerne mal wieder mitbringen. Ich habe ihn schon sehr lange nicht mehr gesehen.«

»Ich weiß. Ich frag ihn, ob er demnächst mal mitkommen möchte.«

Das würde sie überhaupt nicht tun müssen, ihn fragen. Denn sie wusste seine Antwort auch so. Genauso wenig, wie er einen Abend in Laurie's Tea Corner verbringen würde, würde er mit zu ihrer Mutter kommen.

»Mach das.«

»Er hat viel zu tun, weißt du?«

»Aha. Keira, es ist wirklich lange her. Er könnte inzwischen dreihundert Pfund wiegen oder einen Vollbart haben, und ich wüsste nichts davon.«

»Er hat weder zugenommen noch hat er einen Vollbart, Mum. Er ist einfach nur … beschäftigt.«

»Weil Zahnärzte ja auch bis spät in die Nacht arbeiten.« Sie seufzte. »Willst du mir irgendetwas sagen, Mum?«

»Ich frage mich nur, ob er gut zu dir ist, zu meiner einzigen Tochter. Ich mache mir Gedanken.«

»Musst du nicht.«

»Du hast dich oft genug über ihn beklagt.«

»Zurzeit läuft es aber echt gut. Echt.«

»Echt?«

Keira nickte.

»Na, dann will ich dir mal glauben.« Ihre Mutter schob sich ein paar Kartoffelscheiben in den Mund, kaute, dann fragte sie: »Warum genau bist du noch mal auf Diät?«

»Weil ich zu dick geworden bin.«

»Wer sagt das?«

Sie brachte die Worte nicht heraus, weder die wahren noch die geschwindelten. Also sagte sie gar nichts und aß weiter.

»Ich hab's doch gewusst. Gar nichts ist in Ordnung, oder?«

»Wir hatten einen Streit, haben uns aber längst wieder vertragen.«

»Ja?«

»Ja.« Sie wollte nicht mehr über Jordan sprechen. »Hast du zufällig etwas, das ich als Spendendose verwenden könnte?«, fragte sie dann, weil sie sich wieder daran erinnerte, dass es Menschen gab, die es weitaus schlimmer getroffen hatte als sie.

»Eine Spendendose? Du darfst gerne nachher mal in meiner Rumpelkammer nachsehen.« So nannte sie das Zimmer, das einmal Keiras gewesen war. Dort hortete Mary alles, was sie nicht wegwerfen wollte, und das war eine Menge.

Keiras Mutter war Klavierlehrerin, und ihr Beruf erfüllte sie. Wenn Keira sich ein wenig reckte, konnte sie von der Küche aus das Klavier im Wohnzimmer stehen sehen. Oft kamen Schüler her, das war schon immer so gewesen, oder Mary machte Hausbesuche. Auch Keira hatte schon früh mit dem Klavierspielen angefangen, es wäre eine Beleidigung gewesen, hätte sie es nicht lernen wollen. Allerdings hatte sie das Spielen nie so begeistert wie ihre Mutter, und in ihrer Wohnung hatte sie kein eigenes Instrument stehen. Sie hatte seit Jahren nicht gespielt.

»Danke. Ich brauche nämlich gleich zwei. Für meine jährliche Spendensammlung für Afrika, die ich immer zum Valentinstag veranstalte, und für einen neuen Kühlschrank.«

»Ein neuer Kühlschrank? Ist deiner kaputt?«

»Nicht für mich. Für Mrs. Witherspoon. Du kennst sie doch, oder?«

»Aber natürlich. So eine nette alte Dame.«

»Ja, das finden wir auch. Und deshalb wollen wir ihr helfen.«

»Sie kann sich glücklich schätzen. Was ihr schon alles für sie getan habt …«

Mary spielte wohl auf Mrs. Witherspoons letzten Geburtstag an, an dem die fünf Freundinnen mit ihr losgefahren waren, um in einem Restaurant ein wenig außerhalb der Stadt ihr Lieblingsgericht zu essen: Stargazy Pie, eine Pastete, aus der Fischköpfe herausguckten. Ja, das hatten sie sich angetan für Mrs. Witherspoon, und bis heute konnte Keira keinen Fisch mehr essen, an dem noch der Kopf dran war.

»Sie tut ja auch sehr viel für uns. Sie erzählt die besten Geschichten über die gute Valerie.«

»Ich sollte vielleicht auch mal wieder an einem eurer Mittwochstreffen teilnehmen.« Das letzte Mal war ewig her.

»Du bist herzlich eingeladen, jederzeit.«

»Magst du noch einen Nachschlag haben?«

Keira hielt sich den Bauch, sie war kurz vorm Platzen. »Oh Gott, willst du mich mästen, damit ich mich nicht mehr rühren kann und heute hier schlafen muss?«

»Ich würde mich über ein bisschen Gesellschaft freuen.« Auf einmal hörte ihre Mutter sich ganz traurig an.

»Bist du einsam, Mum?«

»Nun, manchmal schon. Ein wenig.«

»Ich schlafe gerne hier, wenn du möchtest.«

»Ach, so ein Unsinn. Ich bin es doch gewohnt, allein zu sein. Komm du mich nur an meinem Geburtstag besuchen, das reicht mir schon.«

»Na, darauf kannst du dich verlassen. Ich habe Kimberly schon gesagt, dass sie den Laden am Sonntag allein schmeißen muss. Der Tag gehört ganz dir.« Kimberly war ihre Wochenend-Aushilfe, eine Schülerin von siebzehn Jahren, die froh war, ihr Taschengeld ein wenig aufzubessern.

»Ehrlich? Das hättest du nicht tun müssen.«

»Und ob. Das hast du nämlich verdient, und noch viel mehr.« Sie griff über den Tisch und nahm die Hand ihrer Mutter in ihre. »Man wird nur einmal sechzig.«

»Sag doch so was nicht! Ich bin kein Jahr älter als zwanzig.«

Keira lachte. »Und du siehst noch immer genauso schön aus. Weißt du das eigentlich? Vielleicht schenke ich dir dieses Jahr zum Geburtstag einen Mann.« Sie musste an den »jungen Spund« von Mrs. Witherspoon denken.

»Aber bitte einen, der mich essen lässt, was ich will und so viel ich will.« Mary biss sich auf die Zunge. »Entschuldige.«

»Schon gut.« Keira winkte ab. Sie hatte ja recht. Oh, wie recht sie hatte.

»Komm, wir suchen jetzt nach Spardosen für dich. Mit einem Kühlschrank kann ich leider nicht dienen, aber ein bisschen Kleingeld habe ich sicher im Portemonnaie.«

Sie ließen die Teller stehen und machten sich auf in die Rumpelkammer, wo Keira auch gleich fündig wurde. Mary hortete Dutzende alter Marmeladengläser.

»Oh, sieh mal, Mum, das hab ich dir mal zum Valentinstag gebastelt«, rief Keira überrascht aus, als sie ein Bild entdeckte, das sie aus bunt angemalten und aufgeklebten Nudeln gemacht hatte, in der dritten Klasse, wenn sie sich recht erinnerte.

»Ich weiß. Ich sehe mir deine alten Sachen oft an.« Mary lächelte liebevoll.

»Du hast das alles aufbewahrt?« Sie ging nun eine Kiste durch, in der allerhand Selbstgebasteltes war.

»Natürlich, was denkst du denn? Das macht man als Mutter so. Wenn du eines Tages Kinder hast, wirst du das verstehen.«

Ja, wenn …

Mary bemerkte wohl, wie trübselig Keira plötzlich geworden war, und ging in den Flur, ihr Portemonnaie holen. Sie schüttete den Inhalt auf dem Tisch aus. »Hier, das kannst du alles haben, für deine Spendensammlungen. Ich hoffe, ich kann damit ein wenig helfen.«

»Danke, Mum, du bist die Beste«, sagte Keira und gab ihrer Mutter einen Kuss auf die Wange.

KAPITEL 6

Keira klingelte bei Susan und wartete, wobei sie die frische Morgenluft einatmete. Es war kurz vor halb neun am Freitagmorgen und noch wie ausgestorben in der Valerie Lane. Doch trotz der Kälte kam die Sonne durch und versprach einen herrlichen Tag.

Susan öffnete oben ihr Fenster. »Guten Morgen, Keira!«, rief sie herunter.

»Guten Morgen! Was für ein schöner Tag, oder?«

»Ja. Endlich beehrt uns die Sonne mal wieder. Warte, wir kommen runter.« Das Fenster wurde geschlossen, und wenig später hörte Keira auch schon Terry die Treppen hinunterrennen und von innen an der Tür kratzen.

»Ist ja schon gut, mein Kleiner. Nun sei doch nicht so ungeduldig.« Susan ließ Terry hinaus, und er lief direkt zu einer der Straßenlaternen. »Nein, Terry, nein! Wir bekommen noch Ärger mit Mr. Spacey«, schimpfte sie und hielt ihn davon ab, sein Revier zu markieren. »Machst du einen kleinen Spaziergang mit uns? Du bist früh dran«, wandte sie sich an Keira.

»Gerne. Ja, ich bin früh dran, weil ich heute einiges vorhabe und noch vor dem Öffnen des Ladens Zutaten dafür einkaufen wollte.« Sie hob die beiden Tüten leicht an, in denen Mehl, Eier, Zucker, Butter, Backpulver,

Schokotropfen, Vanilleschoten, geriebene Orangen- und Zitronenschale und noch einiges mehr steckten.

»Ah ja? Was hast du denn vor?«

»Ich will Kekse backen.«

»Oh, wie schön. Das haben wir lange nicht zusammen gemacht.«

»Deshalb habe ich bei dir geklingelt. Um zu fragen, ob du mitmachen möchtest.«

Susan und sie hatten schon ein paarmal zusammen Kekse gezaubert, drüben bei Keira im Laden. Es hatte jedes Mal Spaß bereitet, denn Susan war eine gute Keksbäckerin. Mit Laurie dagegen hatte Keira bereits mehrmals Pralinen hergestellt. Das könnten wir auch mal wieder tun, dachte sie. Die Matcha-Pralinen, die sie im letzten Jahr selbst kreiert hatten, waren unglaublich gut angekommen. Keira hatte sie in ihrer Chocolaterie verkauft, und Laurie hatte sie in der Tea Corner angeboten. Pralinen aus weißer Schokolade mit Grünteearoma, und das Beste war: Sie hatten sie in gehackten Pistazien gewälzt, was dem Ganzen noch eine besondere Note gegeben hatte. Sie waren wirklich stolz auf ihre Kreation gewesen. Vielleicht fiel ihnen für den Valentinstag etwas ähnlich Kreatives ein. Aber zuerst einmal mussten Kekse her, die Damen der Stadt waren zum Valentinstag ganz verrückt nach Schokokeksen.

»Sehr gerne sogar«, sagte Susan. »Aber willst du denn mit dem Backen bis Ladenschluss warten?«

Keira nickte. »Ich würde sowieso tagsüber nicht dazu kommen. Ich bin ja allein im Laden und muss mich um die Kundschaft kümmern.« Erst am Samstag hatte sie wieder Hilfe von Kimberly. »Hast du denn auch wirklich Lust und nichts anderes zu tun?«

»Meine Serie kann ich auch aufzeichnen. Ich fände es sehr schön, ein bisschen Zeit mit dir zu verbringen.«

»Das fände ich auch.«

»Also ist das abgemacht? Ich komme nach Ladenschluss zu dir in die Chocolaterie?«

»Abgemacht!«

Nachdem Keira die Einkäufe schnell in ihrem Laden abgestellt hatte, spazierten sie ein paar kleinere Straßen entlang und fanden einen abgelegenen Baum für Terry. Der hielt ihn dann auch endlich davon ab, hinter irgendwelchen hübschen Hündinnen her zu sein. Jetzt verstand Keira, was Susan meinte.

»Guter Junge«, lobte Susan ihn, weil er es geschafft hatte, so lange zu warten. Er bedankte sich, indem er ihr über die Wange schleckte. Susan lachte.

Keira hatte niemals ein Haustier gehabt. Sie hatte sich immer einen Vogel gewünscht, einen kleinen blau-gelben Wellensittich vielleicht, der sich auf ihre Schulter setzte und dem sie etwas erzählen konnte. Aber ihre Mutter hatte keinen gewollt, denn sie hatte gemeint, er würde mit seinem Gezwitscher die Konzentration ihrer Klavierschüler stören, und bei Jordan brauchte sie mit dem Thema Haustiere gar nicht erst anzukommen. Die fand er noch nerviger als Kinder.

Am Abend zuvor, nachdem sie von ihrer Mutter gekommen war, hatte Keira sich neben ihn auf die Couch gesetzt und sich an ihn gekuschelt. Sie hatte ihn behutsam auf das Thema Kinder ansprechen wollen, als er anfing, sich über seine Patienten zu beklagen. Sie hatte das Gespräch noch im Ohr, als hätte es gerade erst stattgefunden …

»Kannst du dir das vorstellen? Da hat ein Typ, der von Beruf Sicherheitsbeamter ist, ein großer, stämmiger Kerl, verstehst du, Angst davor, ein Loch gebohrt zu bekommen. Ich musste ihm Lachgas verabreichen, damit er endlich stillhielt.«

»Oh. Na ja, nicht jeder ist so hart, wie er nach außen hin tut.«

»Ooh ja. Und ich dachte, Kinder sind schlimm. Aber Erwachsene sind oft noch viel schlimmer.«

»Bei Kindern kann man es doch aber verstehen, oder?«

»Kann sein.«

»Gibst du ihnen immer noch einen Lolli, wenn sie tapfer waren?«

»Um Gottes willen. Die hab ich vor Jahren abgeschafft. Ich weiß nicht, wer sich so was ausgedacht hat. Sie mit Zucker dafür belohnen, dass sie sich mit Zucker die Zähne kaputtgemacht haben?«

»Du könntest das auch strategisch sehen«, sagte sie mit einem kleinen Lacher. »Gib ihnen Zucker, und sie kommen bestimmt wieder.«

Jordan setzte sich auf und starrte sie an. »Bist du bescheuert?«

»Das war nur ein Witz, Jordan«, verteidigte sie sich.

»Ein dummer Witz, ehrlich.«

»Was ist dir denn über die Leber gelaufen? Und warum bist du in letzter Zeit so gemein zu mir?«

»Wann bin ich denn bitte gemein?«

»Du hast mich gerade *bescheuert* genannt.«

»Ich habe dich nicht so genannt, ich habe gefragt, ob du bescheuert bist.«

»Ist doch dasselbe.«

»Ist es nicht.«

Sie erhob sich. »Ich gehe jetzt schlafen.«

»Sei doch nicht immer gleich beleidigt. Komm, setz dich wieder.«

»Ich bin müde.« Sie machte sich auf ins Schlafzimmer. »Und ich soll dich schön von meiner Mutter grüßen. Danke der Nachfrage, es geht ihr gut.«

»Was soll das denn jetzt wieder?«

»Gar nichts. Gute Nacht.« Sie zog sich ihren Pyjama an und krabbelte unter die Decke …

Jordan war nicht zu ihr gekommen, um den Streit zu klären. Nun, eigentlich war es ja gar kein Streit gewesen, nur eine dieser kleinen Auseinandersetzungen, die sie tagtäglich hatten. War es schon immer so gewesen? Sie versuchte sich zu erinnern. Nein, vor ein paar Jahren noch hatten sie sich besser verstanden. Vielleicht war einfach die Luft raus aus ihrer Beziehung. Sie beschloss, sich doch mal mit Laurie zusammenzusetzen und sich auszusprechen. Womöglich wusste ihre Freundin Rat.

Als Jordan eine Stunde später ins Bett gegangen war, hatte Keira noch wachgelegen. Allerdings hatte sie so getan, als schlafe sie. Jordan hatte noch eine Weile Nachrichten in sein Handy getippt, dann hatte er es weggelegt und war eingeschlafen. Keira fragte sich, mit wem er wohl noch so spätabends Kontakt hatte. War es einer seiner Sportfreunde? Unterhielten sie sich darüber, wie viele

Klimmzüge sie heute geschafft hatten? War es ein Patient, der Schmerzen hatte und ihn um Rat fragte? Oder war es … eine andere Frau? Nein, über so etwas wollte sie gar nicht nachdenken. Jordan liebte sie, trotz allem liebte er sie und war ihr treu. Dass sie schon seit Wochen, ach was, seit Monaten das merkwürdige Gefühl beschlich, er verheimliche etwas vor ihr, versuchte sie zu ignorieren.

»Und hat gestern Abend alles gut geklappt? Mit den Lichterketten?«, erkundigte Keira sich jetzt bei Susan. Die hatte sich nämlich angeboten, da sie als Einzige von ihnen in der Valerie Lane wohnte, die Lichter kurz vor dem Schlafengehen auszuschalten. Würden sie die ganze Nacht über brennen, würde das viel zu viel Strom kosten. Und wer kam schon nachts in der Gasse vorbei, um die Herzen anzusehen?

»Ja. Alles bestens. Ich hab sie um kurz vor elf ausgemacht.«

»Sehr gut.« Sie waren inzwischen wieder in der Valerie Lane angekommen. »Also dann, wir sehen uns heute Abend. Bis dahin wünsche ich dir einen schönen Tag«, sagte sie zu Susan.

Bevor diese allerdings etwas erwidern konnte, kam eine aufgeregte Agnes auf sie zugelaufen.

»Habt ihr es schon gehört?«, fragte die hippe junge Frau, die zusammen mit ihrer Mutter Barbara über Laurie's Tea Corner wohnte. Agnes trug heute eine knalllila Bomberjacke und hatte so viele große Löcher in ihrer Jeanshose, dass Keira schon beim Anblick bibberte.

»Was denn?«

»Es kommt ein neuer Mieter in die Valerie Lane!«, verkündete Agnes ganz aufgeregt, wobei ihr schief geschnittener brünetter Pony ihr ins Gesicht fiel. Der Rest ihres langen Haares war im Ombré-Stil von der Mitte an nach unten blond gefärbt.

»Ja, den haben wir gestern kennengelernt«, teilte Susan ihr mit. »Er hat sich den leeren Laden angesehen. Soweit ich weiß, steht da aber noch gar nichts fest.«

»Oooh doch! Er hat noch gestern Abend den Mietvertrag unterschrieben!«

»Das hat er?«, fragte Keira verwundert. »Woher weißt du das?«

»Von meiner Mum.«

»Und woher weiß sie das?«, wollte Susan wissen.

»Von Mr. Spacey höchstpersönlich. Meine Mutter hat was mit ihm laufen, wusstet ihr das nicht?«

Susan und Keira sahen einander an, runzelten die Stirn und schüttelten dann den Kopf.

»Barbara und Mr. Spacey? Nie und nimmer!« Susan lachte.

Keira konnte es auch nicht glauben. »Mr. Spacey ist doch so … alt.«

»Er ist achtundfünfzig. Meine Mum ist auch schon vierundvierzig, ich finde das steinalt.« Agnes selbst war gerade einmal zwanzig.

Noch mal zwanzig sein, dachte Keira. Was würde sie alles anders machen?

»Obwohl ich zutiefst erstaunt bin«, sagte Susan und versuchte dabei schon wieder, Terry von einer Hündin fernzuhalten, »interessiert mich das andere Thema dann doch ein wenig mehr. Erzähl uns alles, was du weißt.« Sie zog erneut an Terrys Leine.

»Also, Tobin Marks hat sich gestern Abend den leeren Laden angesehen und war sofort hin und weg. Danach hat er sich mit Leopold zusammengesetzt, und sie haben den Vertrag fertig gemacht.«

»Leopold?« Keira musste lachen. Sie hatte bisher nicht gewusst, dass Mr. Spacey mit Vornamen so hieß. Auf allen Unterlagen stand stets nur L. Spacey. Sie hatte ihn für einen Larry gehalten oder einen Luke.

»Das sagtest du schon. Erzähl uns etwas, das wir noch nicht wissen.« Susan war ganz aufgeregt.

»Hmmm ... lasst mich überlegen. Er will einen Blumenladen eröffnen.«

»Das ist uns auch schon bekannt.«

»Ist er schwul?«, fragte Keira neugierig.

Agnes runzelte die Stirn. »Ich denke nicht.«

»Verheiratet?«, erkundigte sich Susan.

»Keine Ahnung.«

»Wann zieht er in den Laden ein?«

»Woher soll ich das wissen?«

»Agnes, du bist als Spitzel zu absolut überhaupt nichts zu gebrauchen«, ließ Susan sie wissen.

Agnes zuckte die Achseln. »Ich muss jetzt weiter. Orchid, Laurie und Ruby interessiert die Neuigkeit bestimmt genauso.«

Keira sah auf die Uhr. Ein paar Minuten hatten sie noch, also folgte sie Agnes. Susan schloss sich ihr an.

Zuerst klopften sie an Orchids Fenster, die gerade Kleingeld in die Kasse legte.

»Hi, Leute. Was gibt's?«

»Mr. Marks hat den Vertrag für den leeren Laden noch gestern Abend unterzeichnet«, informierte Susan sie aufgeregt.

Orchids fröhliches Gesicht nahm einen verärgerten Ausdruck an, und sie verschränkte die Arme vor der Brust, wie schon am Abend zuvor. »So eine Scheiße! Dann kommt tatsächlich ein Kerl in unsere Straße. Das wird einfach alles ruinieren.«

»Das glaube ich nicht. Er scheint doch wirklich nett zu sein.«

»Genau das ist ja das Problem, Susan. Er wird nur Ärger bringen, das prophezeie ich dir.«

»Ach was, ich denke ja immer noch, dass er schwul ist«, meinte Keira.

»Der? Nie und nimmer! Keira, du hast echt kein Auge für so was.«

»Kann sein. Ist ja auch egal. Ich finde einen Blumenladen toll.« Nun ja, wenn sie genauer darüber nachdachte, war das eigentlich überhaupt nicht der Fall. Denn wenn ein Blumenladen direkt auf die andere Straßenseite käme, würde sie sich nur noch mehr liebevolle Ehemänner ansehen müssen, die ihren Ehefrauen kleine Aufmerksamkeiten besorgten. Jordan hatte ihr zwar auch schon mal Blumen geschenkt, aber das war gefühlte Ewigkeiten her.

»Na los, weiter zu Ruby«, sagte Agnes und marschierte voran. Die anderen drei folgten ihr und überquerten die kleine Straße. Ruby war noch nicht da, aber dann hörten sie Laurie rufen: »Was ist denn hier los? Hab ich was verpasst?«

Sie alle gingen schnellen Schrittes in Richtung Laurie's Tea Corner, die an der Ecke zur Cornmarket Street lag.

»Mr. Marks hat den Vertrag für den leeren Laden unterschrieben«, verkündete Keira.

»Heilige Schinkenpizza! So schnell?«

»Heilige was?«, fragte Orchid.

»Ist ein Insider zwischen Keira und mir.« Sie zwinkerte ihr zu. »Also, Mr. Marks hat bereits unterzeichnet?«

»Oh ja. Er schien sehr angetan gewesen zu sein«, erzählte Agnes ihr.

»Ob er noch vor dem Valentinstag eröffnet?«

»Oh Gott, bitte nicht. Dann wäre er Keiras und mein größter Konkurrent, was Valentinstagsgeschenke für die Liebste angeht«, kam es gleich von Orchid.

»Na, na, na«, machte Susan. »Seit wann sehen wir uns denn als Konkurrenten?«

»Hast ja recht. Ich mag den Typ einfach nicht.« Orchid verschränkte schon wieder die Arme vor der Brust, und Keira fragte sich, ob sie das in Zukunft immer tun würde, wenn von Mr. Marks die Rede war. Von Tobin Marks. Tobin, ein netter Name eigentlich.

»Da kommt ja auch endlich Ruby«, sagte Laurie, die sie zuerst entdeckt hatte, wie sie eilig um die Ecke bog.

»Was ist denn hier für eine Versammlung?«

Agnes brachte Ruby kurz auf den neuesten Stand, und Susan fragte sie, warum sie denn so abgehetzt sei.

»Mein Dad nur wieder. Er wollte unbedingt, dass ich ihm vor der Arbeit noch saure Gurken besorge. Deshalb war ich ein wenig in Eile heute Morgen.«

»Aaah, diese Woche sind es also saure Gurken?«

Sie alle kannten die Macken von Hugh Riley. Er hatte Woche für Woche eine neue besondere Vorliebe und wollte dann nichts anderes essen. Dieses Mal schienen es saure Gewürzgurken zu sein.

»Ja. Na, wenigstens sind sie billig. Als er seine Shrimps-Woche hatte, bin ich wirklich arm geworden.« Ruby seufzte, lächelte dann aber gleich wieder. Sie nahm die Sache trotz allem mit Humor, was Keira einfach nur wundervoll fand, denn könnte Ruby es nicht, hätte ihr Vater sie sicher schon in den Wahnsinn getrieben.

»Wer hat Lust, heute Abend mit uns Kekse zu backen?«, fragte Susan.

»Ihr backt Kekse? Für deinen Laden, Keira, oder nur für euch?«, wollte Orchid wissen.

»Beides, würde ich sagen.«

»Bei einem von euch zu Hause oder etwa in der kleinen Ladenküche?«, erkundigte sich Laurie.

»So klein ist sie nicht.«

»Könnte ganz schön eng werden«, gab Orchid zu bedenken.

»Ach, Quatsch!«, sagte Susan. »Wir sind doch alle rank und schlank.«

Alle außer mir, dachte Keira. Zumindest hätte Jordan jetzt so etwas gesagt.

»Na gut, ich bin dabei«, verkündete Orchid.

»Ich auch«, sagte Laurie. »Unbedingt. Das wird bestimmt ein Riesenspaß. Was ist mit dir, Ruby?«

»Wenn wir nicht allzu lange backen, sollte das einzurichten sein.«

»Super! Agnes?«

»Sorry, Mädels, aber ich hab ein Date.« Agnes schien von der Idee, Kekse zu backen, nicht sehr angetan, aber sie war ja auch erst zwanzig und traf sich sicher lieber mit Jungs.

»Guten Morgen allerseits. Haben Sie schon geöffnet, Miss Buckley?«, hörten sie jemanden sagen. Alle drehten sich um und erkannten Mrs. Kingston, eine Stammkundin, die in die Valerie Lane eingebogen war und mit ihrer stattlichen Figur und der gewaltigen Dauerwelle sofort alles um sich herum einnahm.

»Ja, natürlich, Mrs. Kingston. Ich komme sofort. Bis später dann, ihr Lieben.«

»Bis später!«, riefen die anderen Keira zu und begaben sich in ihre eigenen Läden.

Mit einem Lächeln auf den Lippen ging Keira auf ihre Chocolaterie zu. Es würde ein schöner Tag werden, ganz bestimmt.

KAPITEL 7

»Hi, Keira, ich bin's«, meldete sich Laurie am anderen Ende der Leitung. »Ich wollte nur kurz fragen, ob ich nachher eine Kanne Tee mitbringen soll und wenn ja, welche Sorte.«

»Klar, Tee ist immer gut. Bring doch den leckeren Schokotee, der passt zu den Keksen, die wir backen.«

»Backen wir Schokokekse? Yummy.«

»Ja, unter anderem. Müssen wir. Meine sind beinahe aus, und ich weiß jetzt schon, dass sie in den nächsten Tagen sehr gefragt sein werden. Es ist total komisch, kurz vorm Valentinstag werden die immer gekauft wie nichts anderes. Na ja, von Herzpralinen mal abgesehen.«

»Wir Frauen stehen halt auf Schokolade.«

»Ich habe Kundschaft, Laurie …«

»Sorry, wollte dich auch gar nicht lange aufhalten. Bis später dann.« Keira hörte eine männliche Stimme im Hintergrund. »Ich soll dich noch schnell von meinem Dad grüßen, er ist gerade hier und besucht mich.«

Oooh. William Harper, Schönheitschirurg, grau meliertes Haar, groß, gut aussehend.

»Wie nett. Danke, grüß zurück.«

»Ich soll zurückgrüßen, Dad … Keira, er sagt, er kommt zu dir rüber.«

Huch. Herrje. Darauf war sie nun gar nicht vorbereitet. Eigentlich war es ja auch nichts Besonderes, dass Männer zu ihr in den Laden kamen. Aber die letzten Male, die sie William gesehen hatte, hatten sie beide ein wenig miteinander geflirtet, und es hatte sich richtig gut angefühlt.

»Alles klar. Bye, Laurie.«

Sie strich sich das Haar hinters Ohr und zwickte sich in die Wangen. In *Vom Winde verweht* tat Scarlett O'Hara das, um eine gesunde Röte auf ihr Gesicht zu zaubern. Bei *Vom Winde verweht* musste sie kurz an Mrs. Witherspoon denken und daran, dass sie am Mittwoch gar nicht bei ihrem abendlichen Treffen dabei gewesen war und sich auch sonst nicht mehr bei ihnen hatte blicken lassen. Na, wahrscheinlich ist sie mit ihrem Humphrey beschäftigt, dachte Keira sich.

»Die beiden Schachteln Kekse sollen es sein?«, fragte sie die Kundin, die ihr gegenüber an der Kasse stand – eine Dame um die fünfzig mit einer blonden Dauerwelle. »Kann ich sonst noch mit irgendetwas dienen?«

»Ich hätte gerne noch welche von den köstlichen Zimtkugeln.«

»Oh, das tut mir sehr leid, aber die waren saisonal, ich hatte sie nur zur Weihnachtszeit. Ich kann Ihnen aber die Apfel-Zimt-Pralinen empfehlen, wenn Sie Zimt mögen.«

»Ich weiß nicht recht …«

»Hier, probieren Sie.« Keira bot der Frau eine der Pralinen an.

Sie probierte, und ihre misstrauischen Gesichtszüge veränderten sich innerhalb einer Millisekunde. Ihre

Augen bekamen diesen typischen Glanz, ihre Mundwinkel zogen sich nach oben, und die kleinen Lachfalten zuckten verzückt.

»Ich nehme hundert Gramm. Ach, machen Sie gleich zweihundert draus.«

Wie Keira das freute. Sie war noch immer jedes Mal unglaublich stolz, wenn sie Komplimente für ihre selbst hergestellten Süßigkeiten bekam oder einfach nur sah, was sie bei den Leuten bewirkten. Man konnte Menschen mit wenig glücklich machen, es war so einfach. Und sie war jeden Tag aufs Neue dankbar, dass sie tun durfte, was sie liebte. Die Chocolaterie war der Inhalt ihres Lebens, das Beste, was ihr je passiert war. Ein wahr gewordener Traum. Genau so war es, auch wenn nur wenige es wirklich nachvollziehen konnten. Laurie konnte es, Orchid auch, und Susan. Ruby vielleicht – doch sie war eher unfreiwillig in ihre Rolle als Ladeninhaberin geschlüpft. Jordan verstand es kein bisschen. Okay, er verstand, warum es ihr so wichtig war, ihr eigenes Geschäft zu führen, ihr eigener Boss zu sein, das war er ja selbst auch, nur hatte er absolut kein Verständnis dafür, weshalb sie ihren Lebensunterhalt mit Konfiserie verdienen musste. Wären es Handys gewesen oder Sportartikel, hätte er es wahrscheinlich für mehr als gut befunden, aber Schokolade?

»Keira!«, hörte sie eine tiefe Stimme und blickte zur Tür. Lauries Vater hatte den Laden betreten und strahlte sie an.

»William, wie geht es Ihnen?«

»Exzellent.«

»Das freut mich.« Sie rechnete ab und verabschiedete sich von ihrer Kundin. Dann wandte sie sich wieder William zu. »Wie geht es Ihrer Frau?«

»Wem?« Er lachte aus dem Bauch heraus. »War nur ein kleiner Spaß. Ihr geht es gut. Und wie geht es Ihrem … Lebensgefährten?«

»Jordan? Ihm geht es bestens, danke.«

»Zieht der Grobian den Leuten noch immer die Zähne?«

»Ja, und ich glaube, er hat sogar Spaß daran.« Das glaubte sie wirklich.

William lachte erneut. »Ich habe auch Spaß daran, den Frauen ihre Brüste zu operieren.«

Ha! Das konnte sie sich gut vorstellen.

»Also, William …« Sie sah sich schnell um, ob auch niemand im Laden war, der ihnen zuhören konnte. »Sie sind doch vom Fach. Was denken Sie, was an mir verändert werden müsste?« Das interessierte sie wirklich, weil Jordan ja so viel an ihr auszusetzen hatte. Erstens fand er sie zu dick, zweitens fand er sie zu klein, drittens fand er ihre Frisur langweilig, und viertens fand er ihre Stirn zu hoch. Normalerweise hätte sie sich geschämt, einen anderen Mann danach zu fragen, aber William Harper war einfach so ein lockerer und lustiger Lebemann, da konnte man ruhig mal die Initiative ergreifen.

»Wollen Sie meine ehrliche Meinung hören?«

»Ich bitte darum.«

Er betrachtete sie von oben bis unten. »Ich würde rein gar nichts verändern.«

»Ach, kommen Sie! Sie wollten doch ehrlich sein.«

»Das bin ich, das können Sie mir glauben.«

»Ich bin Ihrer Meinung nach nicht zu dick? Oder zu klein? Oder ...«

»Wer hat Ihnen das denn eingeredet?«

»Niemand«, log sie. »Ich dachte nur ...«

»Da dachten Sie falsch. Wissen Sie, es gibt diese Model-Typen, die perfekt sind und es doch nicht sind, verstehen Sie, was ich sagen will?«

Tat sie das? Nun, so einigermaßen. Sie nickte.

»Und dann gibt es da Frauen wie Sie, die überhaupt nicht viel tun müssen und von Natur aus schon vollkommen sind.«

Sie merkte, wie sie rot wurde, auch wenn sie William noch immer nicht glaubte, dass er es auch wirklich ernst meinte. Sie war heute nur dezent geschminkt, ein wenig Mascara und hellrosa Lipgloss, und sie trug zu ihren langweiligen grauen Jeans eine langweilige weiße Bluse. Vollkommen war wohl etwas anderes.

»William, Sie Schlawiner.« Das war ein Wort, das Mrs. Witherspoon gerne gebrauchte.

William aber trat nun näher und wurde ganz ernst. »Keira, ich glaube, Sie wissen gar nicht, wie umwerfend Sie sind, oder? Wäre ich nicht verheiratet ...«

Sie starrte den Mann an. Hatte er das gerade wirklich gesagt, oder hatte sie sich das nur eingebildet? Weil sie es so dringend brauchte, mal ein nettes Kompliment zu bekommen?

Während sie noch darüber nachdachte, wahrscheinlich knallrot wie eine Tomate, lächelte William schon wieder breit wie eine Banane. »Also, ich würde gerne

Pralinen kaufen. Welche können Sie empfehlen … oder besser, welche sind denn Ihre Lieblingspralinen?«

»Meine? Hmmm, ich mag ja die Zartbitter-Orangentrüffeln am allerliebsten. Allerdings sind die schon sehr herb, ich weiß nicht, ob die Ihrer Frau schmecken würden. Vielleicht wären Sie mit schlichten Sahnetrüffeln besser bedient.«

»Sie sind nicht für meine Frau. Darf ich eine probieren?«

Ah, er will sich selbst mal was gönnen, dachte Keira lächelnd und griff zur Zange.

»Bitte sehr.«

William nahm die dunkle Kugel entgegen und biss herzhaft hinein. »Die sind ja unglaublich gut. Machen Sie eine Schachtel voll, ja?«

»Sehr gerne.« Sie tat wie ihr geheißen und legte einen Orangentrüffel nach dem anderen in die Schachtel. Zwischendurch warf sie einen Blick zu William, der ihr bedeutete, weiterzumachen. Als die Schachtel bis oben hin voll und kaum noch zu schließen war, hörte sie auf, wog das Ganze und tippte den Preis dann in die Kasse ein.

»Darf ich eine Schleife drum machen?«

»Gerne.«

Sie wollte zum blauen Band greifen, doch William hielt sie auf. »Darf ich mal das rosafarbene sehen?«

Stirnrunzelnd zog sie an dem hellen Band, so lange, bis es über die Theke reichte und William es entgegennehmen konnte.

Was er dann tat, verwirrte sie noch mehr, als dass er für seine eigenen Pralinen eine rosa Deko wollte. Er lehnte sich nämlich vor und hielt ihr das Band direkt an die Lippen.

»Perfekt.«

»Sie möchten das rosa Band, ja?«, fragte sie ein wenig verlegen.

Er lächelte breit und nickte entschlossen.

Nun musste sie schmunzeln, band sogleich eine Schleife um die Schachtel und stellte diese dann in eine Papiertüte.

»Das macht vierundzwanzig fünfzig, bitte.«

William zahlte und strahlte sie wieder an, machte jedoch keine Anstalten, die Tüte an sich zu nehmen.

»Ich wünsche Ihnen noch einen schönen Tag, Keira«, sagte er dann und ging zur Tür.

»Ihre Pralinen!«, rief sie ihm hinterher.

An der Tür blieb er noch einmal stehen. »Die sind doch für Sie. Lassen Sie sich die Trüffeln schmecken. Und wehe, Sie denken dabei an Kalorien«, warnte er sie mit dem Zeigefinger.

Sie konnte nicht anders, als zu lächeln. Oh, dieser Mann. Ja, wenn er nicht verheiratet wäre …

»Danke, William«, brachte sie gerührt hervor.

Er winkte und verschwand. Ihr Held in seinem George-Clooney-Kostüm.

Sie stellte die Pralinen beiseite und schüttelte ungläubig den Kopf. Wieder einmal wurde sie eines Besseren belehrt. Es gab diese Sorte Männer nämlich doch noch, und sie war gerade Zeugin davon geworden.

KAPITEL 8

Keira sah zur Ladentür, die sie noch nicht abgeschlossen hatte, obwohl sie bereits das Schild ins Fenster gehängt hatte. Denn sie erwartete ja ihre Freundinnen. Nun war es aber bereits zehn nach sechs, und keine von ihnen hatte sich bisher blicken lassen. Natürlich mussten sie alle ihre Läden schließen, Kassensturz machen, vielleicht noch ein paar Sachen wegpacken. Besonders Laurie hatte immer noch einiges aufzuräumen, musste das schmutzige Geschirr abwaschen, halb volle Teekannen ausleeren … und sie hatte ja auch noch versprochen, für heute Abend Tee zu kochen. Aber die anderen?

Um Viertel nach sechs stand Keira immer noch allein da und ging zum Fenster hinüber, um Ausschau zu halten. Bei Orchid drüben brannte noch Licht, Susans Laden war dunkel wie die Nacht. Wo waren sie nur alle?

Um achtzehn Uhr zweiundzwanzig trudelte endlich Laurie ein, eine dampfende Teekanne in der Hand. »Huch? Wo sind denn die anderen?«

»Wenn ich das wüsste.«

»Macht nichts, dann backen wir halt allein.« Laurie zwinkerte ihr zu. »Umso mehr bleibt für mich.«

»Haha. Ich denke, die anderen werden noch kommen.«

Und da klopfte auch schon Orchid an die Tür. Keira machte ihr ein Zeichen, dass offen war.

»Sorry, dass ich zu spät bin. Ich habe mit Patrick telefoniert. Ich hab auch nicht allzu viel Zeit, wir wollen nachher noch ins Kino. Der Film fängt um acht an.«

»Oh. Na okay. Dann machst du halt mit, solange du kannst, und ich bringe dir morgen die fertigen Kekse rüber.«

Jordan hätte jetzt gesagt, dass das dumm war, dass sie viel zu gutherzig war. Wenn Orchid eher gehen musste, sollte sie sich morgen ihre Kekse gefälligst selbst abholen kommen.

Es war verrückt. Ständig dachte Keira darüber nach, was Jordan in dieser oder jener Situation sagen würde. Er war einfach die ganze Zeit in ihrem Kopf. Und immer hatte er etwas auszusetzen, selbst wenn er gar nicht da war – es war kaum noch zu ertragen.

»Super, das ist aber süß von dir.«

»So ist unsere Keira, und deshalb lieben wir sie so.« Laurie legte ihr einen Arm um die Schulter und zog sie an sich.

Keira wurde warm ums Herz. Sie freute sich, wenn ihre Freundinnen so etwas über sie sagten.

»Weißt du zufällig, wo Susan und Ruby sind?«, fragte sie Orchid.

Die schüttelte nur den Kopf. »Keine Ahnung. Aber lasst uns doch schon anfangen, oder was meint ihr?«

Sie begaben sich nach hinten in die kleine Küche, in der nicht nur eine Spüle, ein Kühlschrank und ein Herd ihren Platz gefunden hatten, sondern in der es sogar eine

Mikrowelle, einen Mixer, einen Blitzzerkleinerer, eine elektrische Rührschüssel und jede Menge Back- und Kochutensilien gab. Ein ganzes Regal war angefüllt mit Pralinenformen, in die man nur flüssige Schokolade oder eine andere süße Creme hineinzufüllen brauchte und nach wenigen Stunden die leckersten Pralinen hatte.

»Also, was soll ich aus dem Kühlschrank holen?«, fragte Orchid und öffnete die Tür.

Oben auf dem Kühlschrank standen einige hübsche pinke Metalldosen, in denen Keira Ausstechformen aufbewahrte. Auf einem Regal über der Arbeitsfläche waren etliche Gläser aufgereiht, die Schokotropfen, Streusel, Borkenschokolade, Nüsse, Orangeat und Zitronat, Rosinen und andere getrocknete Früchte und Gewürze wie Zimt, Anis und Koriander beinhalteten.

»Die Butter habe ich vorhin schon rausgeholt. Wir brauchen noch Milch, bitte.«

»Keine Eier?«

»Nein, für dieses Rezept benötigt man keine. Später backen wir noch Mandelplätzchen, da brauchen wir welche. Aber dann sitzt du mit deinem Patrick sicher schon knutschend im Kino.« Keira zwinkerte ihr zu.

Orchid grinste. Sie nahm die Milch und stellte sie auf die Arbeitsfläche, während Keira das Glas mit den Schokotropfen vom Regal holte und Mehl, Zucker, Vanillin und Backpulver hervorzauberte.

»Was kann ich tun?«, fragte Laurie.

»Du kannst schon mal die große Rührschüssel da unten aus dem Schrank holen.« Sie deutete auf den rosarot gestrichenen Küchenschrank neben der Spüle.

»Echt unfassbar, was du so alles in dieser kleinen Küche zu verstauen weißt«, lobte Laurie.

»Tja, man muss sich nur zu helfen wissen. Sagt mal, hat einer von euch etwas von Mrs. Witherspoon gehört? Sie war Mittwochabend nicht da und auch sonst nicht in der Valerie Lane, zumindest nicht in den letzten Tagen. Ich fange langsam an, mir Sorgen zu machen.«

»Ich bin gestern bei ihr vorbeispaziert und habe kurz Hallo gesagt«, berichtete Orchid. »Ihr geht es gut. Sie hat mir erzählt, dass sie ihren Humphrey beinahe jeden Tag in der Suppenküche trifft.«

»Ihre ganz eigene Art von Romantik«, sagte Laurie.

»Ja, so sollte man es sehen«, fand auch Keira. »Wir brauchen sie deshalb nicht zu bedauern, es ist doch schön, dass sie jetzt jemanden hat. Auch wenn beide arm wie Kirchenmäuse sind.«

»Hallo? Seid ihr da?«, hörten sie jemanden von vorne aus dem Laden rufen.

»Hier hinten!«

Ruby und Susan betraten gemeinsam die Küche.

»Bitte entschuldigt, dass wir uns verspäten«, sagte Ruby.

»Wir waren noch schnell einkaufen. Ich dachte, ich bringe uns ein bisschen Proviant mit, wir bekommen bestimmt Hunger. Der Abend könnte lang werden.« Susan stellte eine vollbepackte Tüte ab.

»Für mich nicht«, sagte Orchid entschuldigend. »Ich gehe später noch ins Kino. Mit Patrick.«

»Mit wem denn sonst? Du lässt uns für einen Mann sitzen?« Susan schüttelte gespielt enttäuscht den Kopf.

»Tut mir sooo leid.«

»Was bringst du denn für Proviant?«, fragte Keira neugierig.

Susan holte allerlei Salate und abgepackte Sandwiches aus der Tüte hervor.

»Von Marks&Spencer?«, fragte Laurie. »Die haben die besten Salate. Oh, wie lecker. Mit Shrimps. Und der hier ist mit Feta und getrockneten Tomaten. Toll!«

»Eine gute Idee, Susan.«

»Das dachte ich auch.«

»Und was hast du da?«, fragte Orchid und versuchte einen Blick in die Tüte zu erhaschen, die Ruby hielt.

Ruby, heute in einem dunkelblauen Kleid, das direkt aus den Zwanzigerjahren zu kommen schien, verzog das Gesicht. »Nur saure Gurken.«

Sie alle mussten lachen. Dann begannen sie zu backen.

Ruby und Orchid bereiteten den Teig zu, während Keira ihnen Anweisungen gab. Mal davon abgesehen, dass fast mehr in Orchids Mund landete, als in der Schüssel blieb, wurde er wirklich gut.

»Lass mich auch mal probieren!«, sagte Susan, die zusammen mit Laurie die Bleche mit Backpapier auslegte und nebenbei in einem der Backbücher nach weiteren leckeren Rezepten suchte. Sie langte in die Schüssel. »Wow! Ist der gut! Du solltest Keksteig in deinem Laden verkaufen, der wäre bestimmt der Renner«, schlug sie Keira vor.

Sie lachte und musste an ihr Lieblingseis in der Sorte Cookie Dough denken.

»Hey! Nun iss nicht alles auf, es bleibt ja nichts für die Kekse übrig!«, schimpfte Orchid.

»Ha! Das muss ausgerechnet von dir kommen! Sag mal, wie machst du das eigentlich? Du bist ständig nur am Essen. Was ist dein Geheimnis, um dein Gewicht zu halten?«

Das interessierte Keira auch. Orchid war rank und schlank, egal, was und wie viel sie in sich hineinfutterte.

»Mein Geheimnis wollt ihr wissen? Gaaanz viel Sex!«

Susan verschluckte sich am Teig, und auch die anderen japsten ein wenig, fingen dann aber alle gleichzeitig an zu lachen.

»Du bist ja verrückt!«, sagte Keira.

»Ja, verrückt nach meinem Patrick.«

»Ihr seid aber auch süß miteinander«, fand Laurie.

»Und du erst mit deinem Barry«, sagte Susan. »Eure Geschichte sollte verfilmt werden.«

»Den Teil, in dem ich mich nervös auf der Kommode abstützen wollte, dabei dummerweise danebengegriffen und mir das Bein aufgeratscht habe, woraufhin er mich verarztet und meine unrasierten Affenbeine gesehen, ja, sogar in den Händen gehalten hat, lassen wir aber weg, okay?«

»Das ist doch gerade der Stoff, aus dem Filme gemacht sind«, sagte Keira.

»Aber nicht mein Film!«, stand für Laurie fest.

»Wenn man wirklich einen Film über euch drehen würde, wer sollte dich und Barry dann spielen?«, fragte Susan.

»Na, Jude Law spielt Barry, das ist ja wohl klar«, sagte Laurie, denn Jude Law war nicht nur ihr allerliebster Schauspieler, er sah Barry ihrer Meinung nach auch zum Verwechseln ähnlich.

»Sonnenklar«, stimmte Orchid zu.

»Und wer spielt Laurie?«, fragte Keira.

»Amy Adams!«, schlug Susan vor.

»Ich bin für Emilia Clarke«, sagte Ruby.

»Die aus *Ein ganzes halbes Jahr*? Unbedingt!«, kam es von Orchid.

»Na, dann wären wir uns ja einig. Und wer schreibt nun das Drehbuch und schlägt es den Produzenten in Hollywood vor?«

»Das könnte Gary tun«, schlug Ruby mit leiser Stimme vor und hatte dabei ein liebliches kleines Lächeln auf den Lippen.

»Gary?« Susan sah sie überrascht an wie sie alle.

»Ja. Denn Gary war einmal Schriftsteller. In einem anderen Leben.«

»Unser Gary? Der Gary, über den wir nicht viel mehr wissen, als dass er aus Manchester kommt? Der Gary, der nie etwas von sich preisgibt?«, fragte Laurie.

»Genau der.«

»Wie hast du das denn aus ihm herausbekommen?«, wollte Susan wissen.

»Es hat sich so ergeben. Wir reden sehr viel in letzter Zeit.«

»Ach ja?«, fragte Orchid mit einem Unterton und zwinkerte den anderen zu.

»Nicht, was du jetzt gleich wieder denkst. Wir sind Freunde, mehr nicht.«

»Ja, ja. Das sagen sie alle.«

Es entstand eine kurze Stille. Wahrscheinlich dachte jeder über Gary nach.

»Sagt mal, was waren eigentlich die Lieblingskekse von Valerie Bonham?«, warf Keira die Frage in den Raum, während sie den Keksteig zu Kugeln rollte. »Es wäre doch toll, ihre Lieblingssorte nachzubacken und sie im Laden anzubieten. Könnte ein Verkaufsschlager werden, und selbst wenn nicht, wäre es ein ganz besonderes Produkt.«

»Ich hab ehrlich keine Ahnung«, antwortete Laurie.

»Ich weiß es«, meldete Ruby sich zu Wort, die so gut wie alles über die gute Valerie zu wissen schien. »Sie mochte am liebsten gutes altes Teegebäck. Das backt man mit Melasse.«

»Woher weißt du das schon wieder?«, fragte Susan.

Ruby zuckte nur die Schultern.

Keira aber horchte auf. »Ja, ich weiß so ungefähr, was du meinst. Ich suche mal ein paar Rezepte heraus und probiere sie aus.«

Orchid bekam ganz große Augen. »Cool! Die könnten wir dann alle anbieten, oder? Zu Ehren der guten Valerie. Vielleicht könnten wir je ein Pfund pro verkaufter Tüte für einen guten Zweck spenden«, schlug sie vor.

»Eine tolle Idee! Die hätte Valerie bestimmt gefallen«, sagte Laurie.

»Mir kommen gleich die Tränen«, schluchzte Susan.

»Awww. Nicht weinen.« Keira nahm sie mit ihren mehlbestäubten Händen in den Arm.

Susan lachte schniefend. »Hee! Du machst mich ja ganz schmutzig.«

»Ist doch egal. Ich denke, so wie Orchid hier mit Mehl um sich schmeißt, werden wir nachher eh alle aussehen wie Schneemänner.«

»Ich mach doch gar nichts«, sagte Orchid, sah an sich herunter und bemerkte da erst, dass sie selbst schon weiß wie Schnee war. Weiß wie das Haar von Mrs. Witherspoon.

»Bevor ich es vergesse«, sagte Keira. »Ich habe in der Rumpelkammer meiner Mum ganz viele alte Marmeladengläser und Dekozeugs gefunden. Ich werde mich also um die Spendengläser für unsere ›Mission Kühlschrank‹ kümmern.«

»Super! Ich war schon drauf und dran, Ruby um eins der Gewürzgurkengläser zu bitten«, sagte Orchid und lachte.

Ruby lachte ebenfalls, wurde dann aber still und horchte auf. »Hört ihr das auch?«

Jemand rief ihren Namen. »Ruby! Ruby!«

»Es kommt von draußen«, sagte Keira und eilte nach vorne. Die anderen folgten ihr. »Es ist dein Dad, Ruby!«

Hugh lief die Straße rauf und runter und rief dabei nach seiner Tochter.

Ruby trat aus dem Laden. »Daddy, hier bin ich. Keine Angst, ich bin ja hier«, sagte sie und ging schnellen Schrittes auf ihn zu. Dass es draußen eisig kalt war und sie keine Jacke trug, schien sie gar nicht zu merken.

Hugh taumelte auf sie zu. »Ich hab schon überall nach dir gesucht, Ruby.« Er jammerte fast, schien verzweifelt.

Keira sah, wie Ruby ihren Vater in die Arme nahm, ihn wie ein Kind beruhigte. »Jetzt hast du mich ja gefunden, Daddy. Ich habe dir doch gesagt, dass ich heute ein wenig später komme.«

»Das hab ich vergessen.«

»Was ist denn passiert? Was ist los?«

»Meine Gurken sind alle. Ich brauche neue Gurken, ich *brauche* sie.« Er winselte nun wie ein Kleinkind, das seinen Teddybären verloren hatte.

Keira war die Situation sehr unangenehm. Sie konnte sich gut vorstellen, wie Ruby sich in diesem Moment fühlte. Nicht nur die vier Freundinnen standen vor Keira's Chocolates und sahen dem Geschehen zu, auch etliche Nachbarn hatten ihre Fenster aufgerissen und beobachteten die Szene.

»Aber ich habe dir doch heute Morgen vor der Arbeit drei Gläser Gurken gekauft.«

»Die sind längst alle.«

»Was, du hast sie alle aufgegessen? Das macht nichts, Daddy. Ich habe dir schon neue besorgt. Sie sind bei Keira im Laden. Lass sie mich holen gehen, ich bin gleich wieder bei dir. Dann bringe ich dich nach Hause, ja?«

Sie ging an Keira und den anderen vorbei und murmelte eine Entschuldigung. Keine dreißig Sekunden später kam sie mit ihrer Jacke und der Tüte mit den Saure-Gurken-Gläsern zurück nach draußen. »Tut mir wirklich leid«, sagte sie noch einmal.

»Kein Problem«, versicherte Keira ihr. Sie wollte ihr alles Gute wünschen, ihr sagen, dass sie morgen vorbeikommen und ihr Kekse bringen würde, sie wissen lassen, dass es okay war, dass sie verstand. Aber sie wusste, dass nichts, was sie hätte sagen können, es besser gemacht hätte. Denn das war Rubys Leben. Sie hatte sich längst damit abgefunden, musste es akzeptieren, wie es war. Es blieb ihr ja gar nichts anderes übrig.

Ruby ging zu ihrem Dad, band ihm ihren Schal um, da er keinen trug und in seiner dünnen Jacke schon zitterte, und hakte sich bei ihm ein. Zusammen verließen sie die Valerie Lane.

Keira konnte Gary an der Ecke sitzen und die beiden still beobachten sehen. Sein Blick hatte einen mitleidigen Ausdruck, jedoch war er auch voller Bedauern. Es gibt so viele Geheimnisse in der Valerie Lane, dachte sie in diesem Moment. So vieles, was unausgesprochen war, so vieles, das vor anderen verheimlicht wurde. Und das betraf nicht nur Gary.

Auch Orchid verabschiedete sich jetzt, da der Kinofilm wartete. Und sie waren nur noch zu dritt.

Danach waren die Freude und die Leichtigkeit, die sie noch vor Minuten verspürt hatten, verflogen. Ohne viel zu reden, machten sie die Kekse fertig und beließen es bei der einen Sorte. Als das letzte Blech aus dem Ofen war, sagte Susan, die noch immer Mehl in ihrem geflochtenen Zopf hängen hatte: »Ich mache mich dann auch mal auf. Terry wartet sicher schon auf mich, wir gehen vor dem Schlafengehen immer noch eine Runde um den Block.«

Keira und Laurie begleiteten Susan bis vor die Tür. »Ich danke dir für deine Hilfe«, sagte Keira. »Es hat wirklich Spaß gemacht, mal wieder zusammen zu backen.«

»Ja, das hat es, bis …«

»Ja, bis …«, sagte auch Laurie.

»Gute Nacht, meine Liebe. Vergiss deine Kekse nicht und knuddel Terry lieb von mir.« Keira drückte ihr eine Dose frisch gebackener Schokokekse in die Hand.

»Werde ich.«

»Bist du okay?«, fragte Laurie Keira, als nur noch sie beide übrig waren.

»Ja. Und du?«

»Es tut mir in der Seele weh, mit anzusehen, was Ruby für ein Leben leben muss.«

»Ich weiß genau, was du meinst. Aber wir sind da machtlos. Sosehr wir auch versuchen, anderen zu helfen – hier können wir nichts tun.«

»Leider.«

»Sag mal, was weißt du eigentlich über Susan?«

»Wie meinst du das?«

»Sie hat uns ja mal erzählt, dass ein Mann sie sehr verletzt hat und dass sie deshalb keinen mehr an ihrer Seite haben will. Aber was genau ist damals passiert?«

»Da weiß ich leider nicht mehr als du. Ich glaube auch nicht, dass sie es uns jemals offenbaren wird. Da spricht sie nicht drüber, sie hat es hinter sich gelassen.«

Keira nickte. Da waren sie wieder, die Geheimnisse. Sogar unter besten Freundinnen. So war es wohl nun einmal, sie erzählte den anderen ja auch nicht, wie schlecht es ihr mit Jordan wirklich ging. Außer Laurie. Und obwohl sie gerade das dringende Bedürfnis verspürte, sich einmal so richtig auszusprechen, konnte sie es nicht. Würde sie es laut bekennen, würde es sich nur noch realer anfühlen.

»Keira, was hast du auf dem Herzen? Ich sehe doch, dass da etwas ist.«

»Ach …« Sie winkte ab, merkte dann aber selbst, wie ihr die Tränen über die Wangen liefen. Und da konnte sie es nicht mehr zurückhalten. »Hast du vielleicht noch eine Stunde? Ich habe eine Flasche Rum im Laden.«

»Das hört sich wirklich gut an.« Laurie legte ihr einen Arm um die Schulter und begleitete sie zurück in die Chocolaterie.

KAPITEL 9

Am Samstag sah die Welt schon gleich viel besser aus, denn endlich hatte Keira sich mal so richtig ausgesprochen – und ausgeheult. Das hatte verdammt gutgetan.

Um Viertel vor neun betrat sie ihren Laden mit demselben Lächeln, mit dem sie ihn an allen guten Tagen betrat. Und manchmal fühlte sie sich dabei wie an jenem allerersten Tag, an dem sie ihn betreten hatte. Sie konnte sich noch gut daran erinnern – es war das schönste Gefühl auf Erden gewesen.

Bei ihr war es ein wenig anders verlaufen als bei den anderen Ladeninhaberinnen der Valerie Lane. Susan zum Beispiel hatte schon einige Jahre als Modedesignerin gearbeitet und dann irgendwann festgestellt, dass sie gerne einen Laden eröffnen und Wolle sowie eigene Mode – wenn man die selbst gestrickten Sachen so nennen konnte – verkaufen wollte. Laurie war in einer PR-Agentur beschäftigt gewesen, bevor ihr bewusst wurde, wie sehr sie Tee liebte. Orchid hatte sich erst durch viele, viele Jobs durchgearbeitet, bis ihr die Idee mit dem eigenen Geschäft kam. Und Ruby hatte eigentlich ganz andere Pläne gehabt und war dann sozusagen gezwungen gewesen, den Laden ihrer Mutter zu übernehmen. Aber Keira hatte schon immer gewusst, dass sie eine Chocolaterie eröffnen wollte. Es lag ihr einfach im Blut. Nicht nur, um ihr eigener Chef zu sein, sondern vor allem auch, um Schokolade zu ihrem Lebensinhalt zu machen.

Wenn sie in der geschmolzenen Schokolade rührte und ihre Pralinen herstellte, fühlte sie sich wie im Himmel. Wie in ihrer ganz eigenen Welt. Sie hatte es – auch in schlechten Zeiten – kein einziges Mal bereut, den Laden eröffnet zu haben, und sie wusste mit hundertprozentiger Sicherheit, dass sie, egal was kam, dies niemals tun würde.

Ein Klopfen. Oh, Kimberly war da. Ganz in Schwarz und sehr figurbetont gekleidet, wie beinahe immer. Sie hatte eine blonde Kurzhaarfrisur und diesen französischen Chic der Sechzigerjahre, welcher sehr gut zu ihr passte.

Keira öffnete ihr und freute sich, sie zu sehen. Denn Kimberly war eine wirklich pflegeleichte Mitarbeiterin. Natürlich teilte sie mit ihren siebzehn Jahren nicht die gleiche Liebe für die süße Sünde, aber sie wusste ihren Job zu schätzen, kam immer pünktlich und war freundlich zu den Kunden. Was wollte man als Chefin mehr?

Manchmal kam es Keira noch immer komisch vor, jetzt die Chefin von jemandem zu sein, aber mit den Jahren war das Geschäft immer besser gelaufen, und sie konnte die Arbeit nicht mehr allein bewältigen, besonders am Wochenende. Und sie musste ja nebenbei noch die Produkte, die sie anbot, selbst herstellen, zumindest einen Teil davon. Da war sie froh, ein wenig Entlastung zu haben.

»Guten Morgen, Kimberly. Wie geht es dir?«

»Sehr gut. Ich habe eine Zwei in Mathe.« Das Mädchen strahlte sie freudig an.

»Das ist super. Mathe ist doch das Fach, in dem du die meisten Probleme hattest, oder?«

»Stimmt. Aber jetzt habe ich einen guten Nachhilfelehrer.« Sie grinste.

»Ach ja?« Keira ahnte, dass Kimberly auf diesen stand, und erinnerte sich kurz daran, wie es war, siebzehn und total verknallt zu sein. Dieses Gefühl hatte sie so unendlich lange nicht gehabt.

»Soll ich die Regale auffüllen oder mich hinter die Theke stellen?«, fragte Kimberly.

»Am besten stellst du dich an die Kasse. Die Regale habe ich schon gestern Abend aufgefüllt. Ich würde gerne nach hinten gehen und noch ein paar Herzpralinen machen und eventuell ein, zwei Sorten Kekse backen. Nachher muss ich auch noch Orchid und Ruby einen kleinen Besuch abstatten, wir haben nämlich gestern Abend zusammen gebacken, und ich will ihnen ein bisschen was davon bringen.«

»Was habt ihr denn gebacken?«

»Schokokekse.«

»Lecker. Bekomme ich auch einen?«

»Klar. In der Küche steht eine Dose für uns mit denen, die nicht so schön geworden sind. Da darfst du dich gerne bedienen.« Sie bot ihren Kunden immer nur das Beste an.

»Alles klar. Du, Keira, ich wollte dich schon lange mal was fragen.«

»Dann frag«, sagte sie und lächelte ihre Aushilfe an.

»Würdest du eigentlich am liebsten nur selbst gemachte Sachen verkaufen? Ich meine, du hast doch auch all diese abgepackten Sachen im Angebot.«

Keira musste kurz überlegen. »Nein, eigentlich nicht. Denn dann würde ich den ganzen Tag nur in der Küche verbringen und könnte gar nicht meiner Lieblingstätigkeit nachgehen, und die ist einfach, im Laden zu stehen und Kunden zu bedienen. Außerdem mag ich es, eine große Vielfalt anzubieten, schottisches Shortbread, deutsches Marzipan, holländische Karamellwaffeln und die Mozartkugeln aus Österreich, die Mr. Monroe so gerne kauft. Genau das macht ja auch Keira's Chocolates aus.«

»Ich verstehe.«

Der erste Kunde betrat den Laden, und Keira überließ ihn Kimberly und ging nach hinten, wo sie als Erstes weiße Schokolade in einem Topf mit Sahne schmolz. Die Masse stellte sie in den Kühlschrank und backte in der Zwischenzeit vier Bleche Zitronenzungen. Dann holte sie die Schokoladenmasse wieder heraus, rührte sie mit dem elektrischen Rührgerät cremig, gab Orangenraspeln, Orangenaroma und gehackte Macadamianüsse hinzu und füllte alles in einen Spritzbeutel. Damit spritzte sie kleine Portionen in die herzförmigen Pralinenformen und stellte diese erneut kalt. Nachdem sie noch zwei weitere Sorten Herzen – Nougat und Champagner – gefertigt hatte, nahm sie die vorbereiteten Keksdosen und ging zuerst nach nebenan zu Ruby.

Keira war positiv überrascht, dass bei ihr so viel los war. Es waren mehrere Kunden im Laden, was man noch vor einigen Monaten nicht hatte sagen können. Da war Ruby's Antiques so gut wie ausgestorben gewesen. Doch die Freundinnen hatten auf keinen Fall mit ansehen wollen, wie Ruby pleiteging und den Laden schließen musste.

Also hatten sie sich etwas ausgedacht, um ihr unter die Arme zu greifen, beziehungsweise war es zuallererst Lauries Idee gewesen, und sie alle waren natürlich sofort dabei gewesen. Sie hatten eine Anzeige für Ruby ins Wochenblatt gesetzt, und sie hatten begonnen, antike Stücke aus dem Laden ihrer Freundin in ihren eigenen Geschäften auszustellen. An diese Dekorationen stellten sie ein Schild mit dem Verweis auf Ruby's Antiques. Von da an war es wieder aufwärts gegangen mit Rubys Laden, und sie alle konnten stolz auf sich sein, denn die Mission »Rettet Ruby« war ein voller Erfolg. Nun musste ihnen dasselbe mit Mrs. Witherspoon gelingen.

»Ruby, störe ich? Bei dir ist es ja richtig voll.«

»Ja.« Ruby strahlte glücklich. »Das Ja war natürlich nicht auf die Frage bezogen, ob du störst. Du könntest mich niemals stören. Aber du hast recht, es ist voll und läuft ganz gut.«

»Ich freu mich so für dich.«

»Das habe ich alles nur euch zu verdanken.«

»Ach, keine falsche Bescheidenheit. Das meiste machst du selbst mit deinem umwerfenden Charme.«

»Klar.« Sie beide wussten, wie introvertiert Ruby war, wie still und in sich gekehrt. Was natürlich nicht bedeuten sollte, dass sie nicht freundlich zu den Kunden war oder sich nicht mit ihnen unterhielt. Gerade wenn es um die gute Valerie ging, wusste sie immer etwas zu einem Gespräch beizutragen.

»Hier sind auf jeden Fall deine Kekse. Ich muss wieder rüber in den Laden. Ich habe heute viel zu tun.«

»Dann lass dich nicht aufhalten. Und danke.«

Keine von beiden erwähnte den gestrigen Vorfall mit Rubys Dad, und es war okay.

Keira überquerte die Straße und musste beim Anblick von Orchids Schaufenster, das voller Herzen war, lächeln.

»Huhu. Ich wollte dir nur schnell deine Kekse vorbeibringen«, sagte sie, als sie den Geschenkartikelladen betrat.

Orchid sah wie immer wunderschön aus: Das lange blonde Haar fiel ihr seidig über die Schultern, und Keira dachte, dass sie alles geben würde für solche Haare.

»Hallo, Keira«, sagte Orchid und strahlte. »Super, genau das, was ich jetzt brauche.«

»Sie sind wirklich lecker geworden. Es kommt mir fast so vor, als ob sie, weil wir sie alle zusammen gebacken haben, noch ein bisschen besser wären als sonst.«

»Wir haben sie ja auch mit viel Liebe gebacken.«

»Das stimmt. Wie war es im Kino? War es ein guter Film?«

»Ich habe keine Ahnung. Wir haben nicht allzu viel vom Film mitbekommen.«

»Orchid!« Keira musste lachen.

»Jetzt sag mir nicht, dass du und Jordan früher nicht während des ganzen Films rumgemacht hättet.«

Doch, natürlich hatten sie das, aber es war schon verdammt lange her.

»Ich finde es wirklich schön, dass ihr nach zweieinhalb Jahren Beziehung noch immer frisch verliebt seid«, sagte sie stattdessen.

»Finde ich auch. Und ich glaube, daran wird sich auch nie etwas ändern.«

Das hoffte Keira sehr für sie. Bei ihr und Jordan hatte es sich geändert. Sie wusste nicht mehr, wann es passiert war.

»Wenn ich es schaffe, heute die Spendengläser vorzubereiten, komme ich nachher noch mal vorbei. Ansonsten sehen wir uns morgen, ja?«

»Was würden wir nur ohne dich tun?«

Als Keira zurück in die Chocolaterie kam, stand jemand an der Kasse, dessen Rücken ihr bekannt vorkam. Kimberly strahlte diesen Jemand an und wirkte dabei ein wenig verlegen, ja, sie kicherte ganz verzückt.

Als der Mann sich umdrehte, wusste sie, um wen es sich handelte: Tobin Marks.

»Mr. Marks. Was verschafft mir die Ehre?«

»Oh, guten Tag. Wir haben uns doch neulich schon kennengelernt.«

»Ganz genau, das haben wir. Ich habe gehört, Sie haben sich für den leeren Laden in unserer Mitte entschieden.«

»So, so, das haben Sie gehört?«

»Hier spricht sich alles schnell herum«, ließ sie ihn wissen.

»Werde ich mir merken.« Er lächelte sie mit perfekten Zähnen an. »Ich habe vor, meinen Laden heute zu vermessen, und wollte mir etwas zur Stärkung besorgen. Ihre Kollegin hat mir erzählt, dass diese Schokokekse frisch gebacken sind?« Er hielt die Tüte in die Höhe und wedelte damit in der Luft herum.

»Das stimmt. Allerdings werden diese Kekse, die

nebenbei bemerkt die besten Schokokekse der Welt sind, fast ausschließlich von unserer weiblichen Kundschaft gekauft.«

Mr. Marks lachte. »Haha! Na, dann bin ich wohl die berühmte Ausnahme. Ich bin übrigens Tobin.« Er hielt ihr eine Hand hin.

Sie schüttelte sie. »Willkommen in der Valerie Lane, Tobin. Ich bin Keira. Und das hinter der Kasse ist Kimberly.«

Kimberly winkte ihm schüchtern zu.

»Freut mich sehr. Ich gehe dann mal und mache mich an die Arbeit.«

»Viel Erfolg!«

»Danke.« Er lächelte noch einmal, und sie sahen ihn aus dem Laden und über die Straße zu seinem eigenen Geschäft gehen. Kaum vorzustellen, dass die ehemalige Eisdiele schon bald ein Blumenladen sein würde.

»Mann, ist der heiß«, schwärmte Kimberly, nachdem sie sich vergewissert hatte, dass kein Kunde in Hörweite war.

»Ach, ehrlich? Findest du? Ist der nicht viel zu alt für dich?«

»Das macht doch nichts. Ich finde ihn trotzdem heiß. Wenn er mich um ein Date bitten würde, würde ich bestimmt nicht Nein sagen.«

»Und du glaubst nicht, dass er schwul ist?«

Kimberly lachte, als hätte sie etwas total Absurdes gesagt. »Wie kommst du denn auf so etwas?«

»Ich weiß nicht. Er wirkt ein wenig so auf mich.«

»Der ist auf gar keinen Fall schwul. Zu hundertfünfzig Prozent nicht.«

So etwas hatte Orchid auch schon gesagt.

Ein Kunde kam mit zwei Tütchen schokolierter Früchte auf die Kasse zu. »Na, wenn du meinst. Ich gehe wieder nach hinten und verpacke die Zitronenzungen. Wenn hier vorne zu viel los ist, ruf einfach nach mir, ja?«

»Mache ich.«

Während Kimberly den Kunden bediente, nahm Keira sich noch ein Tütchen Apfelringe vom Regal und war fast schon hinten, als sie die Türglocke klingeln hörte. Sie drehte sich um und … musste lächeln. Denn im Laden stand *er*, der namenlose Montagskunde. Sie ging auf ihn zu und konnte nur eins denken: So heiß Tobin laut Kimberly auch sein mag – dieser Mann ist ein ganz anderes Kaliber.

»Guten Tag«, begrüßte sie ihn. »Heute ist doch gar nicht Montag.« Er schaute nur selten an anderen Tagen herein, obwohl – in letzter Zeit war es tatsächlich häufiger vorgekommen.

»Hallo«, erwiderte er und lächelte sie breit an. »Ich weiß. Ich war aber in der Nähe, und da hat mich plötzlich die Lust nach Haselnussschokolade gepackt. Sie haben doch welche? Mit ganzen Nüssen?«

»Aber natürlich.« Hatte die nicht sogar jeder Supermarkt? Keira freute sich, dass er dafür zu ihr in die Chocolaterie gekommen war.

Sie führte ihn zu einem der Regale und zeigte ihm drei verschiedene Sorten.

»Diese sieht aber speziell aus«, fand er und deutete auf eine in glitzernde grüne Pappe verpackte Tafel. Ein lustiger Affe zierte sie.

Keira grinste. »Aus Belgien.«

»Die haben wohl einen ganz eigenen Humor, die Belgier.« Er grinste zurück. »Na gut, dann nehme ich die mal und hoffe, sie schmeckt.«

»Möchten Sie sie probieren? Ich kann eine Packung öffnen und Ihnen ein Stück abbrechen.«

»Und wenn sie mir nicht schmeckt? Dann können Sie sie ja gar nicht mehr verkaufen«, gab er zu bedenken.

»Das macht nichts.«

»Tun Sie das für all Ihre Kunden?«, fragte er.

»Nein.« Sie lächelte schüchtern.

Der Mann sah sie warm an und sagte: »Danke für das Angebot. Ich glaube aber, ich werde es wagen und sie kaufen, ohne vorher probiert zu haben.«

»Wie Sie möchten. Darf es sonst noch etwas sein?«

»Nein, danke. Das war alles.«

Sie brachte ihn zur Kasse und sagte Kimberly, dass sie den Kunden übernehmen würde. Nachdem sie abkassiert hatte, sah sie ihm noch einmal in die Augen und durfte feststellen, dass er ihren Blick erwiderte, ja, ihm sogar eine ganze Weile standhielt.

»Danke für Ihren Besuch«, sagte sie.

»Immer wieder gerne.«

»Bis Montag?«

»Bis Montag.« Er nickte noch einmal, sagte Auf Wiedersehen und ging.

Keira sah ihm nach, wie er draußen am Fenster entlanglief.

»Okay, jetzt checke ich's«, kam es auf einmal von irgendwoher.

»Was?« Keira musste sich selbst aus ihrer Trance rei-ßen.

»Na, du stehst auf eine ganz andere Art von Mann als diesen neuen Blumentypen.«

»Tobin Marks«, erinnerte Keira ihre Angestellte.

»Ja, genau.«

»Wie kommst du darauf?«

»Nur so.« Kimberly zwinkerte ihr verschmitzt zu.

Keira schüttelte den Kopf und begab sich endlich nach hinten. Jedoch mit einem riesengroßen Lächeln – einem, das eigentlich viel zu groß war, um es einem anderen zu widmen als ihrem Freund.

Eine Stunde später schickte Keira Kimberly in die Mittagspause und übernahm vorne. Dabei blickte sie ständig aus dem Fenster zu dem leeren Laden direkt gegenüber, in dem sich Tobin befand. Auf einmal sah sie Orchid vor die Tür treten und ebenfalls ganz »unauffällig« in den Laden stieren.

Dann kam Tobin auf die Straße. Keira sah die beiden miteinander reden, Orchid wieder einmal die Arme verschränken und wütend in ihren Laden zurückstampfen. Was da wohl gerade vorgefallen war? Sie würde ihre Freundin später danach fragen, wenn sie ihr das Glas brachte.

Die Spendengläser! Um die wollte sie sich doch auch noch kümmern. Der Tag hatte einfach zu wenige Stunden. Sie holte die Tasche hervor, die sie am Morgen mitgebracht hatte. Darin befanden sich die leeren Marmeladengläser sowie jede Menge Bastelutensilien, die sie allesamt bei ihrer Mutter in der Rumpelkammer gefunden hatte, darunter jede Menge dieser Gratissticker, die oft diversen Frauenzeitschriften beigelegt waren. Die schien Mary Buckley seit mehreren Jahrzehnten zu sammeln. Sobald Kimberly zurück war, würde sie sich an die Arbeit machen, und dann konnte es endlich losgehen mit der Mission »Ein Kühlschrank für Mrs. Witherspoon«. Sie hatte fast ein schlechtes Gewissen, weil sie so lange damit gewartet hatte.

KAPITEL 10

Kurz vor Ladenschluss verteilte Keira die fertigen Gläser bei den anderen.

»Das ist ja niedlich«, sagte Laurie und stellte ihr Glas gleich neben der Kasse auf, wo jeder es sehen konnte. »Hat sich bei euch alles wieder eingerenkt, Süße?«

»Ach ...« Keira zuckte mit den Schultern. »Tut mir leid, dass ich gestern so rumgeheult habe.«

»Das muss dir doch nicht leidtun. Ich bin immer für dich da, das weißt du.«

»Ja, das weiß ich. Ich will mal weiter zu den anderen, damit die Gläser auch schnell voll werden. Bis zum Valentinstag sind es nur noch zehn Tage.«

»Wie die Zeit vergeht. Und du willst mir wirklich nicht verraten, was Barry mit mir vorhat?«

»Wie könnte ich, wenn ich doch gar nichts weiß?«

»Ja, ja, ich werde es mir merken.«

Keira passierte ihre Chocolaterie und ging weiter zu Ruby, die gerade eine Kundin in Sachen antiker Kristallvasen beriet. Sie machte Ruby nur kurz ein Zeichen und stellte das Spendenglas auf dem Ladentisch ab.

Orchid hängte Herzchen auf, als Keira eintrat.

»Noch mehr Herzen? Bald sieht man deine Waren vor lauter Herzen nicht mehr«, lachte sie.

»Ach komm, Herzen können nie genug sein, besonders zum Valentinstag. Wie schön es draußen aussieht mit den Lichterketten, oder? Da hatten wir wirklich eine ganz tolle Idee.«

Sie sahen beide aus dem Fenster, in dem Kerzen in Herzform, große Plüschherzen und Becher à la »Be my Valentine« oder »Der beste Ehemann der Welt« hübsch drapiert waren. Es war bereits dunkel, und die roten Lichter erhellten die Valerie Lane. Es sah wundervoll aus.

»Ja, wirklich schön«, konnte Keira ihr nur zustimmen. »Sag mal, was war denn vorhin zwischen dir und Tobin? Ich habe zufällig aus dem Fenster geguckt und mitbekommen, dass ihr euch gestritten habt.«

»Oh, ihr seid schon beim Vornamen? Im Übrigen haben wir uns nicht gestritten.«

»Sah aber ganz danach aus. Weißt du, wenn ich es nicht besser wüsste, würde ich sagen: Was sich liebt, das neckt sich.«

»Das ist doch Schwachsinn! Du weißt genau, wie glücklich ich mit Patrick bin!«

»Und warum nimmst du die Sache dann so ernst und schreist mich an?«

»Sorry, das wollte ich nicht. Ich weiß auch nicht, aber dieser Kerl weckt irgendwas in mir. Kennst du diese Kinder auf dem Schulhof, die denken, sie sind besser als alle anderen?«

»Ist lange her …«

»Du weißt schon, was ich meine.«

»Eigentlich nicht. Tobin kommt mir nämlich überhaupt nicht so vor. Ich finde ihn wirklich nett.«

»Merke ich. Ihr scheint ja schon ganz dicke miteinander zu sein.«

»Er war heute bei mir im Laden und hat sich vorgestellt. Kimberly steht total auf ihn.«

»Tsss! Der! Der sieht doch noch nicht mal gut aus!«

»Findest du nicht? Ich würde sagen, er hat was. Vor allem sein Lächeln. Und seine Augen.« Die waren zwar nicht so schön wie die des namenlosen Pralinenkäufers, aber sie waren wirklich ausdrucksvoll.

»Für mich gibt es nur Patrick«, stellte Orchid klar – ein wenig zu vehement, Keiras Ansicht nach. Aber es war ja Orchids Leben. Und nicht jeder, der in jungen Jahren mit jemandem eine Beziehung einging, blieb ewig mit ihm zusammen. Manchmal blieb man jedoch auch aus unerklärlichen Gründen mit jemandem zusammen. Sie schüttelte die Gedanken an Jordan ab.

»Dann grüß Patrick von mir und macht euch einen schönen Abend.«

»Machen wir. Bis morgen.«

»Morgen bin ich nicht da. Meine Mutter hat Geburtstag, und ich habe ihr versprochen, den Tag mit ihr zu verbringen.«

»Ja? Was habt ihr vor?«

»Einen Einkaufsbummel, lecker essen gehen, vielleicht ein bisschen Wellness.«

»Hört sich toll an. Viel Spaß! Und Glückwünsche an deine Mutter.«

»Richte ich aus.«

Obwohl Keira auch ein Glas für Tobin dabeihatte, ging sie zuerst ins Wollgeschäft.

»Oh Gott, was machst du denn da?«, fragte sie Susan, als sie die Gute über einem riesigen Karton voller Handschuhe entdeckte.

»Ich zähle. Ach Mist, jetzt hab ich mich verzählt.«

»Tut mir leid.«

»Macht nichts.«

»Für wen sind denn all die Handschuhe? Für den Laden?« Sie sah sich um, blickte zu dem Tisch hinüber, auf dem Selbstgestricktes und -gehäkeltes auslagen: Handschuhe, Mützen, Taschen, Babykleidung. Es waren außerdem ein paar Schals aufgehängt, auch hübsche Ponchos. So einen hatte Keira zu Hause, in Pink natürlich, sie zog ihn sich oft in der Wohnung über, wenn ihr kalt war.

»Nein, nein. Ich versuche, einhundert Paar zu stricken, für die Obdachlosen der Stadt. Ich will sie am Valentinstag im Obdachlosenheim verteilen.«

Keira bekam eine gewaltige Gänsehaut. »Genau wie die gute Valerie.«

Susan sah sie an und lächelte warmherzig. »Ja. Ich versuche es zumindest. Ob ich es allerdings schaffe, ist eine andere Sache. Ich bin die ganze Zeit am Stricken, habe aber erst achtundsechzig Paar fertig. Glaube ich zumindest.«

»Erst? Na, du bist gut. Das ist doch eine ganze Menge.«

»Hundert sind es aber noch lange nicht. Na, ich gebe mein Bestes.«

»Du hast ja noch zehn Tage Zeit. Ich würde dir helfen, leider kann ich aber nicht stricken.«

»Ich weiß. Was hast du da? Das Spendenglas?«

»Ja. Ich habe die Gläser schon viel früher vorbereiten wollen. Ich hatte einfach viel um die Ohren.«

»Haben wir doch alle. Zeig mal her. Das ist ja bezaubernd. Ich stelle es gleich auf. Und ich hoffe, dass sie alle voll werden. Vielleicht kommt ja sogar so viel zusammen, dass wir ihr den Kühlschrank noch richtig schön füllen können.«

»Das wäre grandios, oder?«

»Das wäre es.«

»Ich will dich nicht länger stören. Zähl schön weiter.«

»Mach's gut, Liebes.«

»Du auch. Und du auch, Terry!«, rief sie dem dösenden Hund in der Ecke zu. Er blickte kurz auf und machte die Augen gleich wieder zu.

Und dann stand sie vor Tobins Laden. Klopfte unsicher an sein Fenster. Er sah überrascht auf und kam zur Tür, um sie ihr zu öffnen.

»Keira. Was kann ich für Sie tun?«

»Ich will Sie gar nicht lange aufhalten, aber ich habe ein Anliegen. Und zwar sammeln wir Geld für eine ältere Dame, Mrs. Witherspoon, die uns sehr am Herzen liegt und deren Kühlschrank kaputtgegangen ist. Ich weiß, Sie sind neu hier und kennen Mrs. Witherspoon wahrscheinlich gar nicht, es wäre aber super, wenn Sie trotzdem mitmachen und dieses Spendenglas in Ihrem Laden aufstellen würden, wenn er dann fertig eingerichtet ist.«

»Oh«, war alles, was er sagte. Er starrte auf das Glas, das mit Herzchen verziert war und die Aufschrift »Ein Kühlschrank für Mrs. Witherspoon« trug. In den Deckel hatte sie einen Schlitz geschnitten, durch den man das Kleingeld reinwerfen konnte.

»Ich meine ja nur … Sie würden sich damit auf alle Fälle beliebt machen bei uns anderen. Der Einstieg in eine neue Gemeinschaft kann manchmal schwer sein …« Oh Gott, das hörte sich jetzt nach Erpressung an, fast schon nach Mafia. »Entschuldigen Sie bitte«, sagte sie schnell. »Ich wollte Sie bestimmt nicht drängen.«

Tobin sah sie an, dann verzog sich sein Mund wieder zu diesem hinreißenden Lächeln, und er sagte: »Ich mache gerne mit. Allerdings werde ich erst zum nächsten Wochenende eröffnen, wenn alles gut geht.« Er nahm ihr das Glas aus der Hand, drehte es. »Sehr hübsch. Haben Sie das gemacht?«

Keira nickte. »Ich danke Ihnen.«

Sie sahen sich gut zwanzig Sekunden an, ohne ein Wort zu sagen.

»Also dann, schönen Abend noch«, wünschte Keira und machte, dass sie davonkam.

Er war definitiv *nicht* schwul, das wusste sie jetzt mit Sicherheit.

»Kimberly, du kannst Feierabend machen«, sagte sie, als sie zurück in der Chocolaterie war. »Du weißt ja, dass du morgen ganz allein im Laden bist. Hast du den Schlüssel eingesteckt?«

»Hab ich.«

Keira hatte keine Bedenken, der Teenagerin ihren Laden zu überlassen, das hatte sie schon öfter getan, und es war immer gut gegangen. In den letzten Sommerferien hatte sie sogar mehrere Tage am Stück übernommen, als

Keira sich ein bisschen Wellness gegönnt hatte – statt der blöden Fahrradtour mit Jordan.

»Sehr gut. Oh, da ist ja sogar schon was im Marmeladenglas drin!«, freute sie sich. Ein paar gutherzige Kunden hatten sich bereits ihrer Münzen entledigt. »Ich rufe morgen auf jeden Fall mal durch und frage, wie es läuft. Hab einen schönen Abend, Kimberly. Und nimm dir gerne noch eine Tüte Keksbruch mit.«

»Danke, Keira.« Kimberly ging nach hinten, um sich aus der großen Dose ein Tütchen zu füllen, und Keira tat es ihr gleich, als sie gegangen war.

Gary saß an seiner Ecke und hielt einen Pappbecher Tee in der Hand, den er ganz sicher von Laurie hatte.

»Hallo, Gary. Wie geht es dir?«, fragte Keira wie immer, obwohl sie wusste, dass das eine blöde Frage war. Der Mann saß auf der Straße, wie sollte es ihm da schon gehen?

»Gut, danke«, antwortete er aber wie immer. »Und dir?«

»Prima. Sieh mal, hier habe ich Keksbruch für dich, ich hoffe, du kannst damit was anfangen.«

»Toll, vielen Dank.« Gary nahm die Tüte mit behandschuhten Händen an sich.

»Mach's gut. – Du, Gary?« Sie musste ihn einfach fragen. »Hast du einen warmen Platz, an dem du schlafen kannst? Es ist so unglaublich kalt heute.«

»Ich kenne einen Ort, einen überdachten. Danke.«

Sie nickte und zog den Gürtel ihres grauen Mantels enger und die rosa Mütze tiefer ins Gesicht.

123

Dann holte sie ihr Handy aus der Tasche und wählte Jordans Nummer.

»Jordan? Ich bin's. Bist du schon zu Hause?«

»Bin ich.«

»Soll ich uns was zu essen mitbringen?«

»Wie wäre es mit Sushi?«

»Einverstanden. Wie immer California Rolls und Thunfisch-Nigiri für dich?«

»Klar, was sonst?«

»Okay. Ich bin in einer halben Stunde daheim.«

Ohne ein weiteres Wort legte Jordan auf, und sie machte sich auf zu ihrem Lieblings-Sushi-Restaurant.

Als sie zu Hause eintraf, saß Jordan an seinem Laptop und tippte etwas, klappte den Bildschirm jedoch sofort zu, als er sie ins Zimmer kommen sah.

»Was machst du?«

»Gar nichts. Habe mich nur über ein neues Proteinpulver informiert.«

»Ach so. Wie war dein Tag?«

»Wie Samstage so sind.«

Hm, das konnte sie nicht beurteilen, denn sie musste samstags arbeiten, und der Tag war für sie wie jeder andere Wochentag auch.

»Hier ist das Sushi. Wollen wir uns dazu einen Film ansehen?«

»Ich wollte eigentlich die Dokumentation übers Bergsteigen sehen, die sie gleich zeigen.«

»Oh. Na gut.« Sie hoffte nur, er würde jetzt nicht davon anfangen, dass er selbst auch bergsteigen wollte. Und dass sie da womöglich mitmachen sollte.

Sie richtete in der Küche zwei Teller her und brachte diese ins Wohnzimmer, wo sie sie auf dem Couchtisch abstellte. Dazu holte sie ihnen beiden ein Light-Bier.

»Du isst Tempura?«, fragte Jordan und sah abwertend auf ihre frittierten Shrimps.

»Ich hatte Lust drauf.«

»Wenn du meinst.«

Sie sahen sich die unglaublich langweilige Bergsteiger-Doku an und aßen dabei ihr Sushi. Keira hantierte mit den Stäbchen und aß extra langsam, damit sie lange was von dem köstlichen Essen hatte. Zuerst das Avocado-Maki, dann das Lachs-Nigiri und die California Rolls. Die leckeren Tempura-Shrimps bewahrte sie sich für den Schluss auf. Als sie kurz ins Bad ging und wieder zurückkam, war ihr Teller leer.

»Hast du meine Shrimps gegessen?«, fragte sie verwundert.

Jordan antwortete, ohne dabei den Blick vom Bildschirm abzuwenden: »Ja, ich dachte, du wolltest sie nicht mehr.«

»Dein Ernst? Ich habe mir das Beste extra bis zuletzt aufbewahrt. Du weißt, dass ich das immer so mache.«

»Ich dachte, du wärst fertig, sorry.«

Jetzt war sie es, die mit verschränkten Armen dastand. Sie konnte es einfach nicht glauben. So weit ging er jetzt schon, nur damit sie ein paar Kalorien einsparte?

Sie stand eine ganze Weile sauer da, doch Jordan blickte sich gar nicht nach ihr um und sah es deshalb auch nicht. Wahrscheinlich hätte sie nackt den Ententanz aufführen können, und er hätte es nicht bemerkt.

Genervt ging sie in die Küche und öffnete die Schachtel Pralinen, die William ihr gestern so großzügig geschenkt hatte. Doch sie war dermaßen geladen, dass sie nach zwei Trüffeln zurück ins Wohnzimmer ging, den verdammten Fernseher mit der verdammten Doku ausschaltete und Jordan wissen ließ: »Ich hab die Schnauze voll! Du solltest dir mal überlegen, ob du überhaupt noch mit mir zusammen sein willst.«

»Was soll das denn jetzt? Ich habe doch gar nichts gemacht!«

»Du hast meine Shrimps gegessen, Jordan!«

»Ja und?«

»Du kapierst es einfach nicht, oder?«

»Nein, ehrlich nicht. Könntest du den Fernseher jetzt wieder anmachen?«

»Mach ihn selbst an, ich bin weg!« Sie eilte ins Schlafzimmer, holte die kleine Reisetasche aus dem Schrank und packte das Nötigste für die Nacht und die Schachtel Pralinen ein. Dann griff sie noch nach dem Geburtstagsgeschenk für ihre Mutter und knallte die Haustür hinter sich zu.

Mit dem Bus fuhr sie durch die Stadt und stand am Ende dieses grauenvollen Abends bei ihrer Mutter vor der Tür.

Sie lächelte traurig. »Hi, Mum. Wollen wir reinfeiern?«

Ihre Mutter sah sie an und wusste genau, dass sie nicht hier war, mit Sack und Pack, um in ihren Geburtstag reinzufeiern.

»Das fände ich sehr schön«, antwortete sie und nahm Keira die Tasche ab.

KAPITEL 11

Voller Vorfreude sah Keira immer wieder zur Ladentür hin. Es war Montag, und er würde heute kommen – wie jede Woche. Seit es mit Jordan so schlecht lief, musste sie noch viel öfter an ihn denken als sowieso schon.

Sie war noch nicht wieder nach Hause zurückgekehrt. Jordan war nicht zu ihr gekommen, um sie auf Knien anzuflehen. Jordan hatte sich in den zwei Tagen überhaupt nicht gemeldet.

Sie schlief bei ihrer Mutter auf der Couch. Es machte ihr nichts aus. Lieber hätte sie sogar bei Gary an seiner Straßenecke geschlafen als in einem Bett mit Jordan. Sie war so unglaublich sauer auf ihn und konnte sich nicht einmal erklären, warum. Es war doch nur um ihre Tempura-Shrimps gegangen, die er aufgegessen hatte. Er war noch nie sehr rücksichtsvoll gewesen, da sollte sie so etwas also nicht weiter verwundern. Wahrscheinlich war es aber einfach eine ganze Reihe an Rücksichtslosigkeiten, die inzwischen so lang war, dass sie kaum noch sah, was am anderen Ende war: die Fürsorge und die Herzlichkeit, die einmal da gewesen waren. Manchmal fragte sie sich, ob sie überhaupt je da gewesen waren oder ob sie sich all das die ganze Zeit über nur eingebildet hatte. Manchmal wollte man so sehr an etwas glauben, dass man die Realität nicht sah. Das hatte Laurie ihr am Freitagabend gesagt, als sie geredet und dabei den guten Rum getrunken hatten, den sie eigentlich in ihre Pralinen gab.

»Ich hab dich wirklich lieb, Keira, aber ich muss dir jetzt mal was sagen: Du bist blind. Ich weiß nicht, warum, aber so ist es. Du musst endlich die Augen aufmachen und dich der Realität stellen.«

Das hatte sie verstanden, das hatte sie irgendwie aufgeweckt. Und als Jordan keine vierundzwanzig Stunden später wieder einmal sein Bestes gab, um sie vom Essen abzuhalten, weil sie in seinen Augen ja so fett war, konnte sie nicht anders. Sie brauchte eine Auszeit, musste sich darüber klar werden, was sie eigentlich wollte. Ob die ganze Sache mit Jordan überhaupt noch einen Sinn ergab.

Am Sonntag, als sie sich sicher hatte sein können, dass er beim Sport war, war sie noch einmal zu Hause vorbeigefahren. Dort hatte sie ein paar Klamotten, ihre Schminksachen und einige Bücher eingepackt, die sie hoffentlich ein wenig ablenken würden. Ihre Mutter hatte ihr versichert, dass sie so lange bleiben könne, wie sie wollte, und sie hatte sich fest vorgenommen, nicht eher zu Jordan zurückzukehren, ehe er sich nicht bei ihr entschuldigt und ihr versprochen hatte, sich zu ändern. Und es musste sich einiges ändern. Sie wollte von ihm endlich so akzeptiert werden, wie sie war. Keine blöden Sprüche und dummen Bemerkungen mehr, keine Fitnesscenter-Mitgliedschaften zum Geburtstag und kein Ich-dachte-du-wolltest-es-nicht-mehr-aufgegessenes-Tempura. Nein! Damit war ein für alle Mal Schluss!

Wieder blickte sie zur Tür. Es war kurz vor halb vier,

normalerweise kam der Montagskunde zwischen drei und vier, wahrscheinlich direkt nach der Arbeit. Was er wohl beruflich machte? Sie konnte sich gut vorstellen, dass er Lehrer war oder Banker. Er strahlte so eine Seriosität aus, man hatte das Gefühl, als könne man ihm vertrauen. Wie gerne hätte sie mal ein wenig mehr als nur die üblichen drei Sätze mit ihm geredet. Ob sie es wagen sollte? Es sprach eigentlich nichts dagegen, sie würde ja nicht gleich eine Ehe zerstören, wenn sie sich mal nach seinem Wohlergehen erkundigte. Oder erforschte, was er beruflich machte. Oder ihn nach zwei Jahren endlich mal nach seinem Namen fragte.

Viertel vor vier. Eine Kundin, Mrs. Bronte, in etwa so alt wie ihre Mutter, fragte nach schokolierten Früchten. Keira brachte sie rüber zu dem weißen Regal mit der rosa Orchidee, in dem die verschiedenen Sorten aufgereiht waren, fein abgepackt in kleinen und großen Zellophantütchen mit einem goldenen Clip.

»Woran haben Sie gedacht? Ich habe Pflaumen, Aprikosen, Äpfel, Feigen, Datteln, Ananas, Erdbeeren, Himbeeren und Kumquats im Angebot.«

»Kumquats? Tatsächlich?«

»Ja. Versuchen Sie die mit weißer Schokolade, die sind absolut himmlisch.« Sie holte ein Glas hervor, in dem sie die diversen Sorten zum Testen hatte, und reichte der Frau eine der süßherben Früchte.

»Das ist ja wirklich köstlich! Miss Buckley, Sie überraschen mich immer wieder aufs Neue.«

Keira lächelte glücklich. »Das freut mich. Möchten Sie noch etwas anderes kosten?«

»Die Apfelringe in Vollmilchschokolade vielleicht.«

»Gerne. Hier, probieren Sie.« Sie langte mit der Zange ins Glas und hielt Mrs. Bronte einen Apfelring hin.

»Fantastisch. Bei Ihnen kann man sich immer gar nicht entscheiden.«

»Dann nehmen Sie beides«, sagte sie augenzwinkernd.

»Wissen Sie was? Das mache ich auch. Packen Sie mir von beidem eine große Tüte ein. Und dann hätte ich noch eine Frage: Meine Enkelin ist jetzt auf dem veganen Trip.« Wie sie das Wort »vegan« aussprach, ließ vermuten, dass sie davon ganz und gar nichts hielt. »Haben Sie da zufällig auch etwas da?«

»Eine kleine Auswahl habe ich dort, sehen Sie?« Sie deutete zu dem Tisch in der hintersten Ecke. So langsam merkte sie, dass sich da ein ganz neuer Markt auftat. Sie sollte sich nach weiteren veganen Produkten erkundigen, denn sie wollte ja für jeden Kunden das Passende dahaben.

»Ach, wie schön. Na, dann nehmen wir doch einfach mal das hier – und das.« Mrs. Bronte griff nach einer Tafel Reismilchschokolade und einer Schachtel Nusskrokant.

Gemeinsam gingen sie zur Kasse.

»Sie sind also schon Großmutter? Das hätte ich nicht gedacht«, sagte Keira, um das Gespräch aufrechtzuerhalten. Kundinnen wie Mrs. Bronte liebten es, wenn man sich mit ihnen unterhielt.

»Oh ja. Vier Enkelkinder habe ich schon.«

Jetzt machte Keira große Augen. Die Frau war kaum älter als ihre Mum. Sicher wünschte diese sich auch Enkelkinder. Und wie es aussah, würde sie auf ewig darauf verzichten müssen. Noch so ein Thema, das sie ganz dringend ansprechen musste, sollten sie und Jordan sich je wieder zusammenraufen.

»Und wie alt sind die?«

»Drei, fünf, acht, und die Große ist schon dreizehn. Das ist Tina, die Veganerin. Na, mal sehen, wie lange noch.« Sie lachte laut.

Keira fand es toll, wenn man schon in so jungen Jahren seine Ansichten vertrat. Wenn man wusste, was man im Leben wollte. Manche wussten es mit neunundzwanzig noch immer nicht …

»Ich hoffe, Sie haben sich für das Richtige entschieden und Ihre Tina freut sich darüber.«

»Da bin ich mir ganz sicher. Bis bald, Miss Buckley. Ach, das sehe ich ja jetzt erst. Sie sammeln für Mrs. Witherspoon?« Sie begutachtete das Glas.

»Ja, genau. Die Gute lebt zurzeit ohne funktionierenden Kühlschrank.«

»Ach herrje, das geht doch nicht.« Sie holte gleich wieder ihr Portemonnaie aus der Tasche und warf zwei Pfund ins Glas. »Sammeln Sie nicht wie gewohnt für Kinder in Afrika? Das tun Sie doch um diese Zeit immer, oder?«

»Doch, doch. Hier ist das Glas. Ich wollte es nur noch nicht aufstellen, weil ich dachte, dass das vielleicht zu sehr danach aussieht, als wollte ich den Leuten das Geld aus der Tasche ziehen.«

»Ach, so ein Unfug. Man kann doch gar nicht genug helfen. Los, stellen Sie das andere Glas auch hier vorne hin. Gleich neben die Kasse. Nur zu!«, verlangte Mrs. Bronte.

Na gut, dachte Keira, dann höre ich mal auf sie. Sie

holte das Spendenglas, auf dem groß »Afrika« stand, unter dem Tresen hervor und stellte es neben das andere.

»Gut so. Das ist ja noch ganz leer. Hier, ich mache den Anfang.« Sie faltete einen Fünf-Pfund-Schein und steckte ihn hinein.

»Sie sind wirklich großzügig, Mrs. Bronte, ich danke Ihnen. Von Herzen.«

»Wir sollten nie vergessen, wie gut wir es haben, und jeden Tag dankbar dafür sein.«

»Ja, da kann ich Ihnen nur zustimmen.«

»Nun muss ich aber weiter. Ich habe meinem Edward versprochen, ihm heute einen Braten zu machen.«

»Grüßen Sie ihn von mir.«

»Ich richte es aus. Auf Wiedersehen.«

»Bye.« Sie sah Mrs. Bronte nach und bemerkte, dass sie eine Gänsehaut am ganzen Körper hatte. Das waren die Augenblicke, die einem bewiesen, dass es doch noch gute Menschen gab. Unglaubliche Menschen. Und sie war froh, so viele davon zu kennen.

Endlich kam der Namenlose zur Tür herein, und sie nahm sich fest vor, ihm heute endlich seinen Namen zu entlocken. Immerhin suchte er seit gut zwei Jahren mindestens einmal wöchentlich ihren Laden auf, da war es doch fast schon seine Pflicht, dass er sich endlich einmal vorstellte, oder?

»Guten Tag«, sagte sie und setzte ihr strahlendstes Lächeln auf.

»Guten Tag. Heute ist es aber düster. Schön, so einem Sonnenschein wie Ihnen zu begegnen.«

Hatte sie das gerade wirklich gehört oder sich nur eingebildet? So etwas hatte er nämlich noch nie gesagt. Vielleicht träumte sie ja auch nur. Vielleicht war es noch mitten in der Nacht, sie lag bei ihrer Mutter auf dem Sofa und schlief tief und fest. Sie versuchte angestrengt herauszufinden, ob das hier Realität war, als er sich am Hinterkopf kratzte und nervös sagte: »Bitte entschuldigen Sie, falls ich etwas Unangebrachtes gesagt haben sollte.«

»Das haben Sie nicht«, versicherte sie ihm.

»Sind Sie sicher? Ihr Gesichtsausdruck sagt nämlich etwas anderes.«

»Oh Gott, entschuldigen Sie bitte. Ich war einfach nur überrascht. So etwas haben Sie ja auch noch nie zu mir gesagt.«

»Ja, ich …« Er fasste sich erneut an den Hinterkopf, eine nervöse Geste anscheinend.

Sein Haar saß trotz des etwas stürmischen Wetters wie immer perfekt. Er hatte einen Seitenscheitel, das braune Haar war ein wenig in Form gegelt. Unter seinem ebenfalls braunen Mantel trug er Anzug und Krawatte, das konnte sie erkennen, da er keinen Schal umgebunden hatte.

»Sie tragen ja gar keinen Schal«, sagte sie, weil sie nicht wusste, was sie anderes sagen sollte. Sie war wirklich unglaublich nervös. »Drüben auf der anderen Straßenseite bei Susan gibt es schöne selbst gehäkelte Schals, falls Sie Interesse haben.« Herrje, was gab sie da nur von sich?

»Ich weiß«, erwiderte der Mann aber nun. »Ich war schon einige Male in dem Laden, um Wolle zu besorgen.«

Tatsächlich? Seine Frau strickte anscheinend.

»Ich bin allerdings nicht so der Typ für Selbstgehäkeltes«, fügte er hinzu und grinste ein wenig schief.

»Natürlich nicht«, sagte Keira und wischte sich mit der Hand über die Stirn, um den Schweiß abzuwischen, den sie sich einbildete, dort literweise stehen zu haben.

»Also, ich hoffe, Sie haben es nicht in den falschen Hals bekommen. Ich wollte Ihnen wirklich nur ein Kompliment machen, weil Sie immer so fröhlich strahlen, wenn ich den Laden betrete. Ich meine, das tun Sie bestimmt bei jedem, der Ihren Laden aufsucht. Ich … oh Mann … ich glaube, wir kommen aus dieser Situation nicht mehr raus.« Er lachte.

Jetzt musste Keira auch lachen. »Ich denke auch. Okay, also, danke für das nette Kompliment. Das war wirklich … nett.«

»Ja, nett …«

Sie atmete einmal tief durch und fragte: »Darf es dasselbe wie immer sein?«

»Ja, bitte.«

Sie packte einhundert Gramm Buttertrüffeln in Vollmilchschokolade, einhundert Gramm Orangentrüffeln in Zartbitterschokolade und zwei Extrapralinen ein und sagte: »Bitte sehr. Macht wie immer neun achtzig.«

Der Mann zahlte und warf das Wechselgeld in das Glas für Mrs. Witherspoon.

»Danke sehr, bis zum nächsten Mal«, sagte sie und konnte es trotz allem kaum erwarten, dass er wieder ging, denn dann konnte sie sich endlich hinsetzen, und ihre Knie würden hoffentlich wieder eine feste Konsistenz annehmen. Im Augenblick waren sie nämlich weich wie Pudding. Schokopudding mit Vanillesoße.

»Bis zum nächsten Mal.« Er drehte sich zum Gehen.

»Warten Sie!«, rief sie lauter als beabsichtigt. Sie wollte sich endlich trauen. »Wie ist Ihr Name?«

»Thomas Finch. Und Ihrer?«

»Schokopudding.«

»Wie bitte?« Er schmunzelte.

Sie errötete, fühlte sich ganz heiß, und ihre Knie waren nun zu flüssiger Schokolade geworden.

Peinlich berührt haute sie sich gegen die Stirn.

»Keira natürlich. Keira Buckley. Bitte entschuldigen Sie mein Verhalten, ich bin heute wohl nicht ganz ich selbst. Ich hoffe, Sie kommen nächste Woche trotzdem wieder? Ich könnte allerdings vollkommen verstehen, wenn nicht.«

»Ich komme wieder«, sagte Thomas Finch und lächelte. »Auf Wiedersehen, Keira.«

Als er endlich weg war, setzte sie sich und verbarg ihr Gesicht in den Händen. Oh Gott, wie peinlich! Was war denn gerade mit ihr los gewesen? Schokopudding? Herrje, das war ja noch peinlicher als das, was Laurie damals mit Barry passiert war. Als er ihr nämlich gesagt hatte, dass sein Spitzname Barry sei (sein eigentlicher Name war Bartholomew, ja, den Namen vergaben Eltern wirklich noch!), hatte Laurie erwidert: »Ich führe eine große Auswahl an Sweet Barry.« Sweet *Barry* statt Sweet-Berry-Tee! Das war schon erbärmlich gewesen, aber das gerade toppte wirklich alles! Und dabei hatte sie bis heute nicht einmal gewusst, dass sie in Gegenwart eines Mannes so absolut nervös sein konnte.

Was hatte das ausgelöst? Thomas' nettes Kompliment? Er hatte sie Sonnenschein genannt. *Sonnenschein!* Sie schmolz schon wieder dahin. Und Jordan war für kurze Zeit vergessen.

KAPITEL 12

Zum ersten Mal seit Jahren verspürte Keira das Bedürfnis, eine Zigarette zu rauchen. Früher hatte sie geraucht, damals, als sie mit Jordan zusammengekommen war. Wegen seines Gesundheitswahns hatte sie es dann aber schon bald aufgegeben. Jetzt fragte sie sich, ob sie das getan hatte, weil sie es wirklich gewollt oder weil er es von ihr verlangt hatte. Und sie fragte sich auch, warum sie wieder damit anfangen wollte. Um es ihm heimzuzahlen? Oder einfach wegen all des Stresses, der sie seit Wochen begleitete? Ach was, seit Jahren. Nur hatte sie ihn nie so an sich herangelassen, hatte ihren Unmut heruntergeschluckt, als wäre er saure Milch, die man aus Versehen getrunken hatte. Doch nun war sie endlich bereit, sie wieder auszuspucken.

Es war Mittwochabend, kurz nach sechs. Sie saß auf der blau gestrichenen Bank vor ihrem Laden und beobachtete Tobin Marks dabei, wie er in seinem hell erleuchteten Laden hämmerte und schreinerte und allerlei Dinge zusammenbaute. Ein paarmal war jemand vorbeigekommen, um ihm zu helfen, das meiste schien er jedoch ganz allein zu machen. Ein Alleskönner. Und dabei wirkte er nicht mal arrogant. Jordan glaubte auch, alles zu können und zu wissen – und er teilte es jedem lauthals mit. Zumindest gab er seinem Gegenüber oftmals das Gefühl, neben ihm dumm dazustehen.

Sie schlief noch immer bei ihrer Mutter. Es hatte sich rein gar nichts getan. Jordan hatte sich nicht gemeldet, sich nicht entschuldigt, sie nicht um ein klärendes Gespräch gebeten. Was wirklich merkwürdig war, denn sie hatten sich schon oft gestritten, es hatte aber nie eine derartige Funkstille zwischen ihnen geherrscht. Es konnte doch kein gutes Zeichen sein, dass er sie komplett ignorierte, oder? So als wenn sie ihm überhaupt nichts bedeuten, er sie rein gar nicht vermissen würde. Die rot erleuchteten Herzen, die über ihr und überall um sie herum hingen, kamen ihr geradezu wie Spottvögel vor, die sie aus allen Richtungen anstarrten und mit ihrem lieblichen Gesang verhöhnten. Sie hatte schon seit Tagen den Song *It's All Over Now, Baby Blue* von Bob Dylan im Kopf – war das ein Zeichen?

Mr. Spacey und Barbara kamen aus der Eingangstür zwischen Laurie's Tea Corner und Keira's Chocolates, schlenderten Hand in Hand die romantische Valerie Lane entlang und bogen dann in die Cornmarket Street ein. Es stimmte also, die beiden hatten Gefühle füreinander entwickelt. Noch ein verliebtes Pärchen in ihrer direkten Umgebung. Wollte Amor sich in irgendeiner Weise über sie lustig machen?

Keira seufzte. Ihre Freundinnen würden jeden Moment aus ihren Läden kommen und zu Laurie rübergehen. Sie hatte zwar befürchtet, Ruby würde absagen, weil sie ihren Vater nicht wieder allein lassen wollte, doch sie hatte ihnen allen versichert, dass der Mittwochabend okay war.

Den hatte er sich in seinen Kalender eingetragen, den er immer mit sich herumtrug. Er wusste, dass sie mittwochabends später kam, genauso wie er damit klarkam, dass Ruby tagsüber arbeitete und an den Wochenenden auf Flohmärkte ging. Wenn er sie nur ab und zu anrufen konnte, war alles gut.

Sie schloss die Augen und fragte sich, wie es nun nur weitergehen sollte. Als sie sie wieder öffnete, kam Susan auf sie zu. Terry dackelte gemächlich hinter ihr her.

»Hallo, meine Liebe. Ist dir nicht kalt hier draußen? Ich würde mir sofort eine Blasenentzündung holen.«

Eine Blasenentzündung wäre zurzeit ihr kleinstes Problem.

»Ich wollte nur ein bisschen Luft schnappen. Wie geht es dir? Wie weit bist du mit deinen Handschuhen?«

»Vierundachtzig Stück, und ich habe noch fast eine Woche.«

»Ich sag doch, du schaffst das. Wollen wir in die Tea Corner gehen?«

»Gehen wir. Ich hoffe ja, dass uns Mrs. Witherspoon heute endlich mal wieder beehrt. Im besten Fall hat sie ihren Humphrey dabei.«

»Ja. Sie hat uns alle so neugierig gemacht.«

»Das kannst du laut sagen.«

»Glaubst du ... er existiert überhaupt?«, fragte Keira.

Susan sah sie von der Seite an. »Du denkst, sie hat ihn sich nur ausgedacht?«

»Ich hatte kurz den Gedanken, ja.«

»Nein, das glaube ich nicht. Wieso sollte sie sich so etwas ausdenken?«

»Weil sie einsam ist? Wie lange ist ihr Mann nun eigentlich schon tot?«

»Er ist vor achtzehn Jahren gestorben, als sie neunundsechzig war. Das hat sie mir mal erzählt.«

Keira schüttelte den Kopf. »Vor achtzehn Jahren war ich elf und habe noch mit Barbies gespielt.«

»Ja, sie hat ein langes Leben hinter sich. Ein gutes. Sie hat so viel erlebt.«

Keira wurde nachdenklich. »Ich hoffe, das kann ich auch sagen, wenn ich alt bin.«

»Das hoffen wir alle.«

Sie betraten die Tea Corner und wurden sogleich von Laurie empfangen. »Hallo, ihr beiden! Kommt rein, hier ist es schön warm. Hallo, Terry, prima, dass du uns auch mal wieder beehrst.«

»Terry hat einen Termin fürs Schmetterlingsfangen am Freitag, den zehnten März«, informierte Susan sie und legte ihre Jacke ab.

»Schmetterlingsfangen?«, fragte Keira verwundert, zog ebenfalls ihre dicken Sachen aus und legte sie über eine Stuhllehne. Sie fand die Idee so reizend, dass Laurie in ihrem Teeladen ein paar Tische und Stühle aufgestellt hatte, an denen sie Tee servierte. So hatten sie den perfekten Ort für ihre Mittwochstreffen. Wenn es auch nicht derselbe Laden war wie vor gut einhundert Jahren, als Valerie Bonham diese Treffen noch veranstaltet hatte. In ihren alten Räumen führte Ruby nun das Antiquitätengeschäft, und es wäre nicht halb so bequem, sich auf irgendwelche alten Stühle zwischen altem Geschirr, alten Büchern, alten Lampen und alten Gemälden zu quetschen.

Auch Laurie brauchte ein paar Sekunden, bis sie verstand, worum es ging. Die Kastration! »Oh, der Arme. Wieso gibst du dem Ganzen denn einen Codenamen?«

»Weil er nicht wissen soll, worum es wirklich geht.«

»Und du denkst, er würde es verstehen, wenn du es bei seinem wahren Namen nennen würdest?«

»Oh ja. Mein Terry ist ein ganz Sensibler.«

Keira lachte kopfschüttelnd. »Na, wenn du meinst. Also, Laurie, was hast du heute Leckeres für uns?«

»Ich weiß noch nicht. Hast du denn wieder was Süßes mitgebracht?«

»Herrje. Das hab ich ganz vergessen.« Sie hatte noch ein paar Kekse einstecken wollen.

»Macht nichts. Dann gibt es heute halt nur Tee.«

»Nein, nein. Lasst mich noch mal schnell rüber huschen. Wollt ihr Kekse, Früchte oder Pralinen?«

»Mir ist heute so nach Aprikosen«, sagte Susan. »Ich habe am Nachmittag ein Bonbon mit Aprikosengeschmack gelutscht, seitdem hab ich Lust drauf.«

»Okay. Dann bringe ich schokolierte Aprikosen. Bin gleich wieder da.« Sie ging aus dem Laden, ohne sich den Mantel anzuziehen, und hoffte nur, sie würde morgen nicht wirklich krank sein.

Nachdem sie zwei Tüten Aprikosen und eine Schachtel Mandeltaler aus dem Regal genommen hatte, fiel ihr Blick auf Gary, der in eine dicke Decke gemummt in seiner Ecke saß. Sie ging zu ihm rüber.

»Gary. Es ist Mittwochabend. Komm doch mit zu Laurie.«

»Ich möchte nicht stören.«

»Tust du nicht. Weißt du denn nicht, dass die Tea Corner mittwochabends für alle und jeden geöffnet ist? Wir unterhalten uns nett, trinken heißen Tee und essen was Süßes. Das macht Spaß.« Sie hielt ihm ihre Hand hin, und tatsächlich erhob sich Gary. Er blickte kurz auf seine Sachen, ließ dann aber außer seinem alten Rucksack alles liegen und folgte ihr.

»Da ist sie ja wieder«, rief Laurie. »Und sie hat Naschsachen dabei!«

Orchid jubelte. Ruby sah zu Gary und lächelte schüchtern. Und jetzt verstand Keira auch, warum er ihr ohne viel Überredung gefolgt war.

»Wann seid ihr denn alle gekommen?«, fragte Keira. »Ich war keine drei Minuten weg. Seht mal, wen ich mitbringe.«

»Wie schön. Guten Abend, Gary. Setz dich, wohin du möchtest«, forderte Laurie ihn auf.

Gary setzte sich auf den freien Platz neben Ruby. Er trug dieselbe alte Jacke wie immer. Auch seine Hose war abgewetzt und schien seit einer ganzen Weile nicht gewaschen worden zu sein. Keira nahm einen leicht muffigen Geruch wahr, erwähnte aber natürlich nichts. Dass dieser Geruch Ruby etwas ausmachte, glaubte sie sowieso nicht. Die umgab sich doch die ganze Zeit mit alten, muffigen Sachen.

»Wer mag eine Tasse Tee?«, fragte Laurie, die inzwischen eine Kanne zubereitet hatte. »Es gibt Aprikosen-Holunderblüten-Tee. Der ist wirklich gut. Aus Frankreich.«

Alle wollten, und Laurie schenkte ein.

»Seht mal, wer da noch kommt!«, rief Orchid aus, und sie sahen aus dem Fenster.

»Mrs. Witherspoon!«, freute sich Keira.

»Aber ganz allein.« Susan machte ein enttäuschtes Gesicht.

»Oh Shit! Schnell, Laurie! Versteck das Glas!«, rief Orchid.

Herrje, das Glas! Die Spendensammlung sollte doch eine Überraschung für Mrs. Witherspoon werden. Davon durfte sie jetzt noch nichts erfahren.

Laurie spurtete zum Verkaufstisch und stellte das Glas gerade noch hinter den Tresen, bevor Mrs. Witherspoon es sehen konnte.

»Guten Abend«, begrüßte sie die alte Dame dann. »Schön, dass Sie da sind.« Sie ging zu ihr und half ihr aus dem Mantel. Mrs. Witherspoon trug zu ihrem dunklen Rock eine blaue Strickjacke, die Susan ihr gestrickt hatte. Angeblich war sie zu klein geraten für die eigentliche Auftraggeberin.

»Hallo.« Mrs. Witherspoon lächelte und winkte in die Runde.

»Möchten Sie auch einen Tee? Aprikose-Holunderblüte.«

»Aus Frankreich!«, fügte Orchid hinzu.

»Gerne, gerne.«

Keira machte ihren Platz frei und überließ ihn Mrs. Witherspoon. »Wie geht es Ihnen?«, fragte sie die alte Dame, während sie sich selbst einen Stuhl vom Nachbartisch holte.

»Hervorragend.«

»Noch immer frisch verliebt?«, erkundigte sich Orchid schmunzelnd.

»Ihr habt den anderen von Humphrey erzählt?« Mrs. Witherspoon sah von Keira zu Laurie.

»Oh, Entschuldigung. Sollten wir das nicht?«, fragte Laurie schuldbewusst.

»Ach, schon gut. Es kann ruhig jeder davon erfahren. Und ja, Orchid, wir sind noch immer frisch verliebt.« Sie drückte ein Auge zu und strahlte nun noch mehr.

»Haha! Sie sind echt cool!«

»Das hat mir noch keiner gesagt.« Mrs. Witherspoon lachte.

»Warum haben Sie Humphrey nicht mitgebracht?«, fragte Susan.

»Er trifft sich mit seiner Tochter. Sie gehen zum Bowling.«

»Oh, wow. Er scheint aber noch ganz schön fit zu sein für seine neunundsiebzig Jahre, was?« Laurie schenkte auch Mrs. Witherspoon ein, stellte die Süßigkeiten auf den Tisch und setzte sich dann zu ihnen.

»Wenn du wüsstest ...«, sagte Mrs. Witherspoon und kicherte vergnügt.

Sie alle machten große Augen. Sogar Gary, der sich bisher noch gar nicht geregt hatte, musste schmunzeln.

»Mrs. Witherspoon!«, sagte Susan. »Sie sind mir ja eine.«

»Ich habe doch gar nichts gesagt«, erwiderte diese, kicherte aber noch immer.

Als sie alle den Tee probiert und die Aprikosen gekostet hatten, sagte Ruby: »Ich muss mich noch mal bei euch allen für neulich Abend entschuldigen. Das war wirklich ...« Sie schien nach den passenden Worten zu suchen.

»Es ist alles gut, Ruby. Du brauchst dich nicht zu entschuldigen«, versicherte Susan ihr.

»Doch, ich ...«

Orchid, die auf der anderen Seite neben ihr saß, nahm ihre Hand und sagte: »Ist echt nicht schlimm. Wir verstehen das.«

Genau diese Worte hatte auch Keira ihr sagen wollen, doch in ihrem Kopf hatten sie sich einfach nur blöd angehört. Aber aus Orchids Mund waren sie genau richtig gewesen.

»Danke.«

Auch Gary sah sie auf eine Weise an, die Verständnis ausdrückte. Kurz zuckten seine Finger, und Keira glaubte schon, er würde nach Rubys freier Hand greifen, doch dann legten sie sich auch schon wieder.

»Also, was gibt es sonst Neues?«, erkundigte Susan sich.

»Phoebes Babyparty war der Hammer!«, berichtete Orchid. Die hatte am Samstag stattgefunden. An dem Samstag, an dem Keira von zu Hause ausgezogen war. Sie hatte sie komplett vergessen. Aber Orchid erzählte ihnen nun in allen Details, was sich dort zugetragen hatte. »Und dann mussten wir Babybrei probieren und raten, um welche Sorte es sich handelte. Ich sag's euch: Einer ist ekliger als der andere.«

Als Orchid fertig erzählt hatte, erhob sich Gary. »Ich werde dann mal gehen. Danke für die Einladung.«

»Bleib doch noch«, bat Ruby ihn.

»Nein, ich muss ... Wir sehen uns morgen?«

Sie nickte.

»Du bist jederzeit willkommen, Gary«, ließ Laurie ihn wissen. »Du weißt ja, wo du uns findest.«

Gary nickte und wandte sich zum Gehen.

»So ein entzückender junger Mann«, sagte Mrs. Witherspoon.

»Ja, das ist er«, fand auch Laurie.

»Was gibt es sonst noch für Neuigkeiten?«, fragte Orchid.

Keira nahm all ihren Mut zusammen: »Ich bin ausgezogen.«

»Du bist was?«, fragte Susan.

Laurie, die Einzige, der sie schon davon erzählt hatte, warf ihr einen zuversichtlichen Blick zu.

»Ausgezogen. Von zu Hause. Jordan und ich hatten mal wieder Streit, und da hatte ich genug. Ich habe meine Sachen gepackt und bin zu meiner Mutter gezogen. Natürlich nicht auf Dauer.«

»Das hast du gut gemacht«, sagte Orchid.

»Ach, ehrlich? Wieso?«

»Weil Jordan ein Idiot ist. Er hat dich gar nicht verdient.«

»Das sage ich ihr auch schon ewig«, stimmte Laurie zu.

»Findet ihr etwa alle, dass er ein Idiot ist?«, fragte Keira nun und sah überrascht in die Runde.

Ihre Freundinnen nickten einstimmig.

»Ich kann dazu nichts sagen, da ich den jungen Mann nicht kenne«, erklärte Mrs. Witherspoon.

»Sie können ihn auch nicht kennen, er kommt ja nie in die Valerie Lane«, sagte Susan abschätzig.

»Er findet, Keira ist zu dick«, informierte Laurie sie.

»So was!« Mrs. Witherspoon betrachtete Keira eingehend und schüttelte dann den Kopf. »Ich bin derselben Meinung: Er ist ein Idiot.«

Herr im Himmel! Jetzt fand sogar Mrs. Witherspoon schon, dass Jordan nicht der Richtige für sie war.

»Geh bloß nicht wieder zu ihm zurück«, riet Orchid ihr. »Selbst wenn er dich auf Knien anfleht.«

»Das wird nicht passieren«, war Keira sich sicher. Sie meinte damit eigentlich, dass Jordan sie sicher nicht auf Knien anflehen würde, es wurde allerdings anders aufgefasst.

»Gut.« Laurie nickte zufrieden.

Stille. Eine Minute lang. Dann fragte Orchid: »Sag mal, Ruby, was ist eigentlich damals aus dem Typen mit der Beinprothese geworden? Der, für den die gute Valerie Spenden gesammelt hat.«

Ruby warf Orchid einen ungläubigen Blick zu. Keira dachte dasselbe. Sie würde sie noch verraten und die Aktion mit dem Kühlschrank auffliegen lassen.

»Mr. Olsen? Der bekam seine Prothese.«

»Ja? Wie schön. Und das dank Valerie.«

»Ja.« Sie alle konnten sehen, dass Ruby das Thema beenden wollte – alle außer Orchid.

»Wie teuer war denn so eine Prothese damals? Ich meine, keine Ahnung, was so was heute kostet, aber das muss doch echt 'ne Menge gewesen sein, oder? Oh Gott, und die hatten da doch noch gar nicht die Mittel wie heute. War das etwa so eine Art Holzbein oder wie?«

Nun meldete Mrs. Witherspoon sich zu Wort. »Ich

kenne die Geschichte. Es war im Jahre 1907. Der arme Mr. Olsen hatte seine Beinprothese in einem Feuer verloren.«

»Im Feuer? Wie geht das denn?«, wollte Orchid wissen.

»Er hat geschlafen, und die Gardine fing Feuer. Das ganze Zimmer brannte ab, er konnte gerade noch gerettet werden. Sein Holzbein leider nicht, es brannte wie Zunder.«

»Oh Gott, dann war seine Prothese sicher nicht alles, was er verlor, oder?« Nun war auch Laurie gesprächig geworden.

»Nun, es war nicht sein Haus. Er lebte zur Untermiete bei der bösen Mrs. Harrison, die ihm viel zu viel Miete dafür abnahm. Also war es wohl nur gerecht, dass deren Anwesen zerstört wurde. Wie auch immer, das Feuer nahm ihm all seinen Besitz, und das war selbstverständlich schlimm. Aber der Verlust seines Holzbeins ... nicht mehr laufen zu können ... das war die größte Tragödie für ihn. Er spazierte nämlich jeden Tag einen weiten Weg, um seine Angebetete Annabelle zu besuchen, die in einem Blumenladen am anderen Ende der Stadt arbeitete.«

»Oh nein! Er konnte Annabelle nicht mehr besuchen?«, fragte Susan nun. Ihre romantische Ader war geweckt.

Mrs. Witherspoon schüttelte in einer tragischen Geste den Kopf. »Nein. Die gute Valerie erkannte seine missliche Lage und stellte überall in der Gegend Spendengläser auf, um genug Geld für ein neues Bein zusammenzubekommen.«

Sie warfen einander verstohlene Blicke zu. Keiner verriet jedoch etwas.

»Nach sechs Wochen hatte er dann sein neues Bein.«

»Und wo wohnte er, nachdem sein Zimmer abgebrannt war?«, fragte Orchid.

»Wen interessiert's?«, warf Susan ein. »Ich will wissen, ob er seine Annabelle wiedergesehen hat.«

»Eins nach dem anderen, ihr Lieben. Mr. Olsen wohnte fortan im Keller seiner Schwester. Was er gerne in Kauf nahm, denn das Einzige, was ihm wichtig war, war Annabelle.«

»Und sah er sie nun wieder?«, fragte Susan ganz angespannt.

Mrs. Witherspoon senkte den Blick. »Nein. Leider nicht. Als er endlich wieder laufen konnte und den weiten Weg zum Blumenladen auf sich nahm, erzählte die Besitzerin ihm, dass Annabelle gestorben war. An Scharlachfieber.«

»Oh Gott, nein! Das darf einfach nicht sein!« Susan war ganz verzweifelt.

Tja, dachte Keira nur, nicht immer gehen Liebesgeschichten gut aus.

»Das stimmt so nicht«, meldete Ruby sich nun zu Wort. »Susan, ich kann dich beruhigen. Das ist nämlich ganz anders verlaufen.«

»Ehrlich?« Susan sah Ruby erwartungsvoll an, und nicht nur sie hoffte, dass diese der Horrorgeschichte ein Happy End geben konnte. Schließlich wusste sie von ihnen allen am meisten über die Vergangenheit. Und während Mrs. Witherspoon immer nur die Legenden weitergab, die man sich über Valerie erzählte, schien Ruby die wahren Geschichten zu kennen, fast als hätte sie sie selbst miterlebt.

»Keine Ahnung, woher du das jetzt schon wieder wissen willst, aber erzähl ruhig«, forderte Orchid sie auf.

Ruby lächelte geheimnisvoll. »Mr. Olsen humpelte mit seiner neuen Prothese zu Annabelle«, fuhr sie mit der Märchenstunde fort, »die er ganze sieben Wochen nicht gesehen hatte und die ihn schon sehnsüchtig vermisste. Sie fielen sich in die Arme, er kaufte ihr eine Rose ab und bat sie damit um ihre Hand.«

»Auf Knien?«, fragte Orchid und lachte.

»Nicht lustig, Orchid!«, sagte Ruby streng. »Annabelle nahm den Antrag an, und eine Woche später heirateten sie. Sie bekamen fünf Kinder, ehe Annabelle starb. An Scharlachfieber, das stimmt schon, aber sie hatten ein glückliches Leben zusammen.«

»Awww! Wie wundervoll«, schwärmte Susan.

»Ich habe es anders gehört«, widersprach Mrs. Witherspoon.

»Ist ja egal. Wie auch immer, es ist eine schöne Liebesgeschichte«, versuchte Laurie zu schlichten.

»Es ist schon spät«, sagte Susan. »Wollen wir für heute Schluss machen? Terry und ich wollen noch Gassi gehen. Dürfen wir Sie nach Hause begleiten?«, fragte sie Mrs. Witherspoon.

»Gerne, mein Kind. Wenn es keine Umstände macht?«

»Gar keine.«

Die beiden spazierten los, und auch die anderen verabschiedeten sich langsam.

»Wenn du was brauchst …«, ließ Laurie Keira wissen.

»Mir geht es gut«, erwiderte sie. »Bis morgen. Und vergiss nicht, dein Glas wieder hervorzuholen.«

»Ja, das war knapp vorhin. Sieh mal, wie voll es schon ist.« Sie holte es und zeigte es stolz. Es war beinahe halb voll, und das in nur fünf Tagen. Sie würden bestimmt keine sechs Wochen sparen müssen.

»Meins sieht genauso aus«, erzählte Keira freudig.

»Wir tun hier wirklich was Gutes.«

»Ja, das tun wir.«

»Grüß deine Mum von mir. Und pass auf dich auf, Keira. Versprichst du mir das?«

»Na klar.«

Sie umarmte ihre Freundin herzlich und machte sich dann auf zur Bushaltestelle. Gary saß nicht mehr an seiner Ecke. Sie war leer, als wäre er nie da gewesen.

KAPITEL 13

»Guten Morgen, Keira. Was machen Sie denn schon so früh hier?« Tobin überquerte die Straße und kam auf sie zu.

Wieder einmal saß sie auf der Bank und dachte nach. Hier draußen in der kalten Luft war der Kopf ganz klar, und die Gedanken machten viel mehr Sinn.

»Guten Morgen, Tobin. Sie kommen gut voran, wie ich sehe«, entgegnete sie.

»Ja. Es wird. Ich werde wohl wie geplant am Samstag eröffnen können.« Er betrachtete sie und sagte dann: »Sie weichen meiner Frage aus.«

»Ja, ich …« Sie atmete einmal tief durch. »Ich denke nach.«

»Oh. In der Kälte?«

»Die Kälte tut gut.« Sie sagte nichts mehr, doch Tobin betrachtete sie weiter.

»Bitte entschuldigen Sie. Es geht mich ja überhaupt nichts an.«

Wie er sie mit seinen tiefblauen Augen ansah … In diesem Moment hatte sie das Gefühl, ihm alles anvertrauen zu können.

»Ich habe meinen Freund verlassen. Oder besser, ich bin von zu Hause ausgezogen. Ob das wirklich eine Trennung ist, kann ich eigentlich gar nicht sagen.«

»Darf ich mich setzen?«, fragte Tobin.

»Klar.«

Er nahm neben ihr Platz, auf einen angemessenen Abstand bedacht. »Wann war das?«, wollte er wissen.

»Am Samstag.«

»Vor fünf Tagen also. Und haben Sie inzwischen miteinander geredet?«

»Nein. Jordan, das ist mein Freund, hat sich nicht mal bei mir gemeldet. Ich scheine ihm egal zu sein.«

»Das sind Sie sicher nicht. Vielleicht ist er in seinem Stolz verletzt und will nicht den ersten Schritt tun?«

»Tah! Das klingt ganz nach Jordan.«

»Sie sagen, Sie können nicht genau sagen, ob es aus ist oder nicht. Möchten Sie denn, dass es aus ist?«

Das war eine sehr gute Frage. Keira hatte lange darüber nachgedacht und konnte sie nicht mit Bestimmtheit beantworten. Sie wusste nicht, ob sie Jordan vermisste. Sie vermisste seine Wärme neben sich im Bett, aber sein blödes, unnachgiebiges Verhalten vermisste sie ganz bestimmt nicht.

»Ich weiß nicht. Mein Kopf ist Matsch. Gerade weiß ich nur, dass ich eine Zigarette will.«

»Oh, Sie rauchen?«

»Nein. Schon seit Jahren nicht mehr.«

»Dann sollten Sie auf keinen Fall wieder damit anfangen.«

»Ich weiß.«

»Dann wissen Sie ja doch, was gut für Sie ist.«

»Ja, vielleicht. Meine Freundinnen sagen, ich soll bloß nicht wieder zu ihm zurückgehen, aber … ich glaube, ich kann so nicht weitermachen. Wir müssen uns doch wenigstens noch mal aussprechen. Oder?« Erwartungsvoll sah sie ihn an, als wäre er ein Orakel, das all die richtigen Antworten kannte.

»Der Meinung bin ich ebenfalls. Gehen Sie zu ihm, reden Sie miteinander. Kommunikation ist das Allerwichtigste, ohne können Sie Ihre Probleme nicht beheben. Falls es noch etwas zu beheben gibt. Und wenn Sie nach diesem Gespräch das Gefühl haben, dass es das für Sie beide gewesen ist, ist es auch gut. Dann machen Sie sich aber wenigstens nicht ständig Gedanken, ob Sie richtig gehandelt haben.«

»Mit dem Auszug?«

Tobin nickte.

»Sie haben wahrscheinlich recht.« Auch wenn ihre Freundinnen etwas anderes sagten. Allerdings mochten die Jordan nicht, waren also nicht sehr objektiv. »Meine besten Freundinnen finden, er ist ein Idiot.«

Nun musste Tobin lachen. »Dann nehme ich alles zurück. Schießen Sie ihn zum Mond!«

Sie lächelte. »Gar keine so schlechte Idee. Dann muss ich ihm aber ein paar Fitnessgeräte hinterherwerfen.«

»Ein Fitnessfreak?«

»Und was für einer. Er hat mir zu meinem letzten Geburtstag eine Mitgliedskarte fürs Fitnessstudio geschenkt. Er findet mich zu dick.«

»Sie? Das glaube ich nicht!«

»Er hat es mir schon mehrmals gesagt. Und er hat mir meine Tempura-Shrimps weggegessen, damit ich nicht noch mehr zunehme. Das war am Samstag.«

»Der ist ja wirklich ein Idiot.« Tobin grinste nun und machte, dass sie sich besser fühlte.

»Vielleicht ist er das. Trotzdem sollten wir dringend reden.«

»Das denke ich auch.«

»Tut mir echt leid, dass ich Sie volljammere, und das am frühen Morgen.«

»Ist überhaupt kein Problem. Ich war mal telefonischer Seelsorger, ich bin einiges gewohnt.«

»Kein Scherz?«

»Kein Scherz.«

»Ich bin froh, dass Sie jetzt in der Valerie Lane sind. Einer von uns.«

»Das bin ich auch. Ich wünsche Ihnen einen schönen Tag, Keira. Und machen Sie sich nicht zu viele Gedanken. Es kommt alles, wie es kommen soll.« Er stand nun auf.

Sie hätte ewig mit ihm weiterreden können. »Danke. Ich versuch's. Ihnen auch einen schönen Tag. Und wenn ich mich mal revanchieren kann …«

»Dann melde ich mich.« Er zeigte ihr noch einmal sein freundschaftliches Lächeln und ging zurück in seinen Laden.

Wie er ihn wohl nennen würde? Wenn er sich anpassen wollte, würde er ihn Tobin's Flowers nennen. Keira war gespannt, sie würden es schon ganz bald erfahren.

Der Tag verlief wie jeder andere. Kunden kamen, Kunden kauften, Kunden gingen. Keira sah mehrmals auf ihrem Handy nach, ob sie vielleicht eine Nachricht von Jordan erhalten hatte, aber nichts.

Gegen Mittag kam Phoebe in die Chocolaterie. Ihr Babybauch war wirklich gewaltig.

»Hallo, Phoebe, wie geht es dir?«

»Gut, danke. Und dir?«

»Ganz okay. Wow, sag mal, kannst du dich überhaupt noch rühren?«

»Es wird von Tag zu Tag schwerer. Ich kann mir meine Stiefel nicht mehr allein anziehen, und meine Beine muss Lance auch rasieren.«

Keira hätte das vielleicht verrückt finden sollen, tat sie aber nicht. Sie fand es hinreißend.

»Na, lange hast du ja nicht mehr, oder?«

»Noch gut vier Wochen. Ich bin dann auch echt froh, wenn es vorbei ist.«

»Kann ich verstehen. Es wartet ja auch etwas viel Schöneres auf dich.« Sie bemerkte, wie sich ein Kloß in ihrem Hals formte und wie ihre Stimme zu versagen drohte.

»Ja. Ich kann es kaum erwarten. Wie sieht es denn bei dir und Jordan aus? Habt ihr Nachwuchs geplant?«

Oh Mann, jetzt musste Phoebe ausgerechnet so etwas fragen. Offenbar wusste sie nichts von ihren Beziehungsproblemen. Orchid hatte sie anscheinend nicht auf den neuesten Stand gebracht, was ja eigentlich für Orchid als Freundin sprach, aber in diesem Moment hätte Keira sich gewünscht, sie hätte es doch getan. Erzählten Schwestern sich nicht alles?

»Wir … ähm … sind uns noch nicht sicher.« So konnte man es doch ausdrücken, oder? Allerdings kam ihr der Kloß in ihrem Hals jetzt so groß vor wie der Ayers Rock.

»Kinder sind so was Schönes. Ich hoffe, ihr entscheidet euch dafür.«

»Ja, das hoffe ich auch.« Ihre Stimme hörte sich in ihren eigenen Ohren nur noch wie ein Krächzen an. »Was kann ich für dich tun, Phoebe?«, fragte sie, um endlich vom Thema abzulenken.

»Ach so, ja. Also, ich hab keine große Lust, wegen des Valentinstags durch die Geschäfte zu laufen. Und da Lance auf dunkle Schokolade abfährt, dachte ich mir, ich mache es mir einfach.«

»Ah, okay. Er mag also Zartbitterschokolade?«

»Ja. Am besten irgendwas mit Cognac oder so.«

»Ich habe hier eine schöne Mischung, die hat verschiedene alkoholische Füllungen. Und sieh mal, wie hübsch die Schachtel ist, die kann man später noch für was anderes verwenden.« Sie strich mit der Hand über die hölzerne Verpackung.

»Ja, genau. Für Baby-Erinnerungen oder so. Die wird Lance sicher gefallen. Die nehme ich. Das ging aber schnell mit dem Geschenkekauf dieses Jahr.« Sie lachte. »Was macht das?«

»Siebenundzwanzig neunzig.«

Kurz sah Phoebe auf. Dann wühlte sie in ihrer Tasche nach dem Portemonnaie.

»Die sind so teuer, weil sie aus Kanada kommen.«

»Kein Problem. Keira, du musst deine Preise echt nicht rechtfertigen. Du hast so schöne Sachen im Sortiment.«

»Danke.«

Phoebe bezahlte und wollte gerade wieder vom Thema Baby anfangen, als Keira ihr zuvorkam: »Hast du schon den Neuen in unserer Straße kennengelernt? Tobin Marks.«

Phoebe grinste. »Meine Schwester hat mir von ihm erzählt. Sie scheint ihn regelrecht zu hassen.«

»Das Gefühl habe ich auch.«

»Hat er ihr irgendwas getan?«

»Nicht dass ich wüsste. Ich glaube, seine Anwesenheit allein bringt sie schon in Aufruhr.«

»Wenn ich es nicht besser wüsste ...«, meinte Phoebe.

»Das hab ich auch schon gesagt.«

»Na, sie soll mal schön mit Patrick nach London fahren und sich einen romantischen Valentinstag machen.«

»Genau. Und was machst du am Valentinstag?«

»Nicht viel. Wahrscheinlich werde ich den Tag auf der Couch verbringen, Liebesfilme gucken und Mühe haben, je wieder aufzustehen.«

»Vielleicht hast du ja Glück, und du bekommst ein Valentinstagsbaby.«

»Das wäre schön, oder?«

Keira nickte. »Grüß Lance von mir, ja? Und alles Gute für euch.«

»Danke, Keira.«

Sie sah Phoebe und ihrem Bauch nach und wurde richtig traurig. Ja, sie musste wirklich ganz dringend mit Jordan sprechen. Einige Dinge mussten einfach geklärt werden.

Nach Ladenschluss stellte Keira noch ein paar Sorten Pralinen her, die sie einzeln in Klarsichtfolie und mit einer roten Schleife verpacken wollte. Die würde sie am

Valentinstag an ihre Kunden verschenken. Sie entschied sich klassisch für Nougat, Vollmilch-Nuss und weiße Schokolade, natürlich alles in Herzform.

Gegen halb elf machte sie sich müde auf den Weg zu ihrer Mutter, die bereits schlief, als sie ankam. Sie nahm sich das Bettzeug aus dem Schrank und legte sich damit auf das viel zu harte grüne Sofa.

Nein, so konnte es nicht weitergehen. Morgen würde sie nach Hause fahren, zu Jordan, und sehen, ob noch etwas zu retten war.

»Ich will auch ein Valentinstagsbaby«, murmelte sie beim Einschlafen, und nur die Dunkelheit konnte es hören.

KAPITEL 14

»Komm! Nimm meine Hand, ich helfe dir hoch!«, sagte Jordan und streckte ihr seine entgegen.

Er stand oben auf der Mauer und blickte zu ihr herunter. In seinen Augen sah sie Liebe und Glück.

Sie hob ihre Hand, griff nach seiner und ließ sich hochhelfen. Auf der Mauer, die am Strand entlangführte, balancierten sie wie Kinder.

»Jetzt lass meine Hand los und breite die Arme aus.«

»Ich hab Angst«, sagte sie.

»Du brauchst keine Angst zu haben. Ich bin direkt hinter dir.«

»Fängst du mich, wenn ich falle?«

»Ich fange dich, wenn du fällst.«

Sie ließ los und streckte die Arme aus wie ein Vogel. Dass ihr dabei mulmig wurde, versuchte sie zu ignorieren. Immerhin war Jordan direkt hinter ihr, und er hatte versprochen, sie aufzufangen.

Sie vertraute ihm. Sie liebte ihn. Die letzten zehn Monate waren die schönsten ihres Lebens gewesen. Sie wusste, dass sie für immer mit ihm zusammen sein wollte.

Sie rutschte ab, doch er hatte nicht zu viel versprochen. Sofort umfingen seine starken Arme ihre Taille.

»Ich hab dich!«

»Puh. Das war knapp.«

»Es sind doch nur zwei Meter.« Er lachte. »Du hättest dir höchstens den Fuß verstaucht.«

»Dann könnte ich aber nicht im Laden stehen und Schreibwaren verkaufen«, gab sie zu bedenken.

»Der Job ist eh nichts für dich. Ich bin bald fertig mit dem Studium und werde meine eigene Praxis eröffnen. Du solltest langsam auch mal daran denken, dir was anderes zu suchen.«

»Eigentlich denke ich da schon länger drüber nach. Ich würde gerne ... Ich weiß, du wirst mich für verrückt halten, aber ... Ich würde gerne meinen eigenen Laden aufmachen.«

»Deinen eigenen Laden? Etwa für Schreibwaren?«

»Nein. Schokolade.«

Jordan lachte laut. »Ich glaube, ich habe dich gerade nicht richtig verstanden. Muss der Wind sein. Oder die Möwen. Du hast nicht tatsächlich gesagt, dass du Schokolade verkaufen willst, oder?«

»Doch, habe ich. Wie findest du die Idee?« Erst als sie schon ein ganzes Stück weiter war und sich umdrehte, weil Jordan nicht antwortete, merkte sie, dass er stehen geblieben war. »Jordan?«

Er ging nun weiter. Seine Augen hatten einen seltsamen Ausdruck angenommen. »Wenn du meine ehrliche Meinung wissen willst: Sehr viel halte ich nicht von der Idee.«

»Warum denn? Ich denke, man kann da ein rentables Business draus machen. Ich meine, die Leute lieben Schokolade, oder? *Ich* liebe Schokolade.«

»Ich mag Schokolade überhaupt nicht.«

»Da bist du aber die große Ausnahme.«

»Ich weiß nicht, Keira. Es gibt so viele andere Möglichkeiten.«

Bessere Möglichkeiten, wollte er sagen.

»Es war ja auch nur so ein Gedanke«, sagte sie und versuchte, ihre Enttäuschung runterzuschlucken. »Oh, sieh mal, da vorne gibt es Eis. Kaufst du mir eins?«

»Klar.«

Sie setzte sich auf die Mauer und ließ sich langsam hinabgleiten.

Jordan sprang in einem gekonnten Satz herunter und kam auf sie zu, nahm ihre Hand. »Lass uns ein Eis essen gehen. Aber nur ein kleines.«

Keira erwachte und schlug die Augen auf.

Das Wochenende in Christchurch vor sieben Jahren hatte sie beinahe schon vergessen. Es schien so ewig lange her. Ja, am Anfang ihrer Beziehung hatten sie häufiger Ausflüge unternommen – an den Strand, zu irgendwelchen Festivals, auf Ausstellungen. Heute gingen sie höchstens mal ins Kino oder zu einer Geburtstagsparty, auf der Jordan sich die ganze Zeit mit den anderen Männern über Fitnesstraining unterhielt.

Okay, sie musste zugeben, dass es natürlich auch an ihr und ihren Arbeitszeiten lag. Seit sie die Chocolaterie hatte, arbeitete sie an sieben Tagen in der Woche und konnte höchstens noch abends etwas unternehmen. Vielleicht hatte sie deshalb auch Kimberly eingestellt, weil sie unterbewusst gehofft hatte, das würde Jordan und sie einander wieder näherbringen. Jetzt konnte sie sich wenigstens am Wochenende auch mal einen Nachmittag freinehmen. Allerdings schien das Jordan weniger zu interessieren, zumindest hatte er ihr noch keinen Vorschlag gemacht, hatte nichts anderes als seinen Sport im Sinn, für den er das komplette Wochenende reserviert zu haben schien.

Beim Frühstück, während sie ihr Rührei aß, sagte sie: »Mum, ich werde heute nach der Arbeit zurück nach Hause gehen.«

Ihre Mutter sah sie überrascht an. »Zurück zu Jordan?«

»Ja. Ich möchte uns noch eine letzte Chance geben, verstehst du?«

»Nicht wirklich. Er hat dich doch so verletzt.«

»Weil er meine Shrimps aufgegessen hat? Ich glaube, ich habe aus einer Mücke einen Elefanten gemacht. Eigentlich hat er doch gar nichts Schlimmes getan, er hat mich weder betrogen noch geschlagen noch belogen …« Nun, bei Letzterem war sie sich noch immer nicht ganz sicher.

»Na, das wäre ja noch schöner. Keira, er hat dich beleidigt, mehr als einmal. Er hat ständig was an dir auszusetzen. Willst du denn nicht einen Mann an deiner Seite haben, der dich so nimmt, wie du bist?«

»Doch, natürlich möchte ich das. Und deshalb muss ich unbedingt noch mal mit Jordan reden. Wir müssen uns aussprechen, einen Kompromiss finden.«

»Ach ja? Und wie soll der aussehen? Du nimmst zehn Kilo ab, und er meckert nur noch halb so viel an dir herum?«

»Mum …«

»Du musst wissen, was du tust«, sagte Mary und biss in ihren Marmeladentoast.

»Es hat auch gute Zeiten gegeben, weißt du?«

»Ja, das weiß ich. Die sind aber lange her, oder?«

»Schon.«

»Menschen verändern sich, mein Kind. Und manchmal passen sie irgendwann einfach nicht mehr zusammen.«

»Vielleicht. Aber genau das muss ich herausfinden. Ich brauche Antworten, Mum.«

»Liebst du Jordan denn überhaupt noch?«, wollte ihre Mutter wissen.

Keira brauchte eine Weile, um zu antworten. »Wenn ich das so genau sagen könnte.«

»Allein das sollte dir schon Antwort genug sein, mein Herz.«

Vielleicht hatte ihre Mutter recht. Aber das Gespräch mit Tobin und der Traum von letzter Nacht sagten ihr, dass sie nicht so einfach aufgeben durfte. Nicht, bevor sie nicht alles versucht hatte, um ihre Beziehung doch noch zu retten. Jordan brauchte doch nur ein richtiges Wort zu sagen, und sie würde sich noch einmal aufs Neue in ihn verlieben. Oder waren das Wunschträume, die niemals in Erfüllung gehen konnten?

Als sie an diesem Morgen in die Valerie Lane kam, war Tobin dabei, allerlei Pflanzen aus einem Lieferwagen auszuladen, der vor seinem Laden geparkt hatte.

»Guten Morgen, Tobin!«, rief Keira ihm zu. »Das sieht ja langsam wirklich nach einem Blumenladen aus.«

»Na, das hoffe ich doch sehr. Morgen ist schließlich die große Eröffnung. Heute Nachmittag wird auch endlich mein Schild geliefert. Ohne Namen würde dem Ganzen doch wirklich was fehlen.«

»Wir sind schon alle ganz gespannt auf den Namen«, ließ sie ihn wissen.

»Ich hoffe, ich mache der Valerie Lane alle Ehre.«

»Ganz bestimmt. Tobin, Sie wissen aber, dass Lieferfahrzeuge hier nur bis zehn Uhr gestattet sind, oder? Dann erst ab sechs Uhr abends wieder.«

»Ja, ich weiß. Mr. Spacey hat mir schon mitgeteilt, dass das gesamte Einkaufsgebiet hier tagsüber eine reine Fußgängerzone ist. Deshalb versuche ich ja, schnell alles auszuladen. Den Rest bringe ich dann am Abend, nachdem ich noch mal beim Blumengroßmarkt war.«

»Eine Viertelstunde hab ich noch. Kann ich irgendwie helfen?«

»Das würden Sie tun? Ich nehme Ihre Hilfe gerne an, denn ich habe das Ganze wohl ein wenig unterschätzt. Sehen Sie selbst.«

Sie kam näher und warf einen Blick in den Lieferwagen. Er war bis oben hin mit Blumen vollgestellt. Topfblumen, Schnittblumen, dazu Kränze und Übertöpfe und Vasen und allerlei Schnickschnack.

»Wow!«, sagte sie und stieg auf die Ladefläche.

»Wenn Sie mir die Blumen immer anreichen würden, könnte ich sie in den Laden bringen.«

»Mache ich gerne.« Sie nahm eine Palette mit Alpenveilchen in die Hände und reichte sie ihm.

Tobin brachte sie eilig in den Laden und war wieder da,

bevor sie die nächste Palette griffbereit hatte. Auf diese Weise hatten sie einiges geschafft, als sie Tobin sagen hörte: »Es ist zwei Minuten vor neun. Sie sollten wohl rüber in Ihren Laden gehen. Da wartet schon Kundschaft.«

Sie lugte um die Wagenecke und war überrascht. Mehrere Kunden standen vor dem Eingang. Man merkte, dass der Valentinstag nicht mehr weit war.

»Dann werde ich wohl mal …«

»Danke für Ihre Hilfe.«

»Gerne.«

»Haben Sie mit ihm geredet?«, erkundigte Tobin sich, jedoch eher fürsorglich als neugierig.

»Ich habe es heute Abend vor«, erwiderte Keira.

»Viel Erfolg.«

»Danke, den kann ich gut gebrauchen.«

Sie lief über das Kopfsteinpflaster zur Chocolaterie. »Hier bin ich! Guten Morgen!«

»Guten Morgen«, flötete Mrs. Kingston ihr zu.

Die anderen Kunden waren eine Großmutter, ein Großvater und ihre etwa vierjährige Enkelin, die sogleich nach Schokoherzen fragten.

»Sie meinen die kleinen, einzeln eingewickelten Herzchen? Die sind lecker, oder?«, wandte sie sich an die Kleine.

Das Mädchen strahlte und nickte.

Keira holte eine Packung Herzen aus dem Regal und gab der Kleinen einen Teddybären aus Schokolade. Der war noch vom Weihnachtsgeschäft übrig geblieben, was man an der roten Mütze erkennen konnte.

Das Mädchen machte große Augen und bedankte sich ganz zuckersüß. Dann gingen Großeltern und Enkelin davon, und sie konnte sich Mrs. Kingston widmen, die sie die nächste halbe Stunde auf den neuesten Stand brachte, was Klatsch und Tratsch rund um die Nachbarschaft anging.

Gegen halb vier Uhr nachmittags kamen zwei Männer und trugen ein großes Schild in die Valerie Lane. Keira trat hinaus auf die Straße und sah zu. Sie war so gespannt, was darauf stehen würde. Sie sah auch Orchid und Susan aus ihren Läden kommen.

Orchid deutete auf das Schild, und Keira nickte. Tobin kam und betrachtete es, gab anscheinend sein Einverständnis und holte die Leiter hervor. Die Männer stellten derweil das lange Teil ab, einer von ihnen verschwand in Richtung Cornmarket Street und kam kurz darauf mit einer zweiten Leiter wieder. Sie stiegen beide hinauf und hängten das Schild an.

»Emily's Flowers?«, rief Orchid. »Wer bitte ist denn Emily?« Sie hatte schon wieder die Arme vor der Brust verschränkt.

Tobin trat zu Orchid und sah ihr direkt ins Gesicht. »Meine Grandma.«

»Ihre Grandma!« Orchid schien ihm kein Wort zu glauben.

»Ja. Sie hatte vor Jahren auch einen Blumenladen. Als Kind habe ich viel Zeit dort verbracht und ihr geholfen. Ich hatte schon immer ein Faible für Pflanzen. Und als ich mich jetzt dazu entschied, einen eigenen Blumenladen zu eröffnen und ich die Namen der anderen Läden in der Valerie Lane gesehen habe, war sofort klar, dass ich meinen nur Emily's Flowers nennen konnte.«

»Awww, das ist so schön!«, kam es von Susan.

»Das können Sie denen da vielleicht erzählen«, sagte Orchid und zeigte auf Keira und Susan. »Ich nehme Ihnen die Geschichte nicht ab. So ein Nonsens!«

Tobin lachte. »Sie haben recht. Ich brauchte einen Frauennamen, um dazuzugehören, und was soll ich sagen? Ich stehe halt auf Emily Blunt.«

»Die Schauspielerin?«, fragte Keira. Susan machte ein enttäuschtes Gesicht.

Tobin nickte augenzwinkernd und widmete sich dann seinem Ladenschild und den Männern, die es aufhängten.

Susan ging zurück in ihr Geschäft, und Orchid lächelte auf eine Art, die sagte: Hab ich's doch gewusst!

Dann ging auch Keira zurück und bediente ihre Kunden. Zwischendurch verpackte sie die Herzpralinen einzeln in Klarsichtfolie und verzierte sie hübsch. Die perfekten kleinen Geschenke für ihre Kunden. Als ihr eines der Herzen in der Mitte durchbrach, hoffte sie nur, dass ihr eigenes Herz heute Abend nicht auch brechen würde. Einen ziemlich großen Knacks hatte es ja schon.

KAPITEL 15

Um 20:28 Uhr stieg Keira die Stufen in die erste Etage des modernen Gebäudes in der Mansfield Road hoch, in dem sie zusammen mit Jordan in einer stylischen Dreizimmerwohnung lebte. Sie hätte ja lieber eine nette Altbauwohnung gehabt, aber Jordan war so auf Glas fixiert gewesen, dass sie ihm zuliebe schließlich nachgegeben hatte. Die Hauptsache war für sie sowieso gewesen, dass die Wohnung eine große Küche hatte, in der sie Kekse backen und Pralinen herstellen konnte. In letzter Zeit tat sie dies zwar hauptsächlich in der kleinen Ladenküche, weil sie keine Lust auf die ständigen Diskussionen mit Jordan hatte, aber die Option zu haben war doch wirklich schön.

Sie war sich nicht sicher, ob sie aufschließen oder doch lieber klingeln sollte. Sie kam unangekündigt und wollte Jordan auf keinen Fall bei irgendetwas stören. Andererseits war dies auch ihr Zuhause, zumindest zu diesem Zeitpunkt noch, warum also all diese Gedanken?

Sie kramte den Haustürschlüssel aus der Tasche und schloss die Tür auf. Die gewohnte Duftmischung aus Espresso, Jordans Aftershave und auch immer etwas von Zahnarztpraxis lag in der Luft. Es überkam sie ein Gefühl der Sehnsucht.

Von Jordan war zwar nichts zu sehen, er kam nicht zur Tür und begrüßte sie auch nicht, sie wusste aber dennoch, dass er zu Hause sein musste, denn es war erstens nicht abgeschlossen gewesen, und zweitens hing seine dicke Winterjacke an der Garderobe im Flur. Sie stellte ihre Tasche ab und ging durch die Räume. Auf dem Wohnzimmertisch stand Jordans aufgeklappter Laptop, er war angeschaltet. Nun konnte sie auch die Dusche hören. Jordan wusch sich anscheinend den Schweiß vom Sport runter, er war entweder im Fitnessstudio oder Joggen gewesen.

Okay. So weit, so gut. Keira atmete ein paarmal tief durch und setzte sich dann auf die Couch. Sie hatte zwar die Stiefel ausgezogen, ihren Mantel, den Schal und die Mütze hatte sie aber noch an. Aus irgendeinem Grund, den sie sich nicht erklären konnte, traute sie sich nicht, es sich bequem zu machen. Sich wieder daheim zu fühlen.

Die Dusche lief noch immer. Ein ungutes Gefühl beschlich sie, und sie erhob sich und ging zum Tisch hinüber. Auf dem Laptop war die Seite von Jordans Bank geöffnet. Er hatte anscheinend gerade per Onlinebanking einige Überweisungen getätigt. Eine Rechnung über 49,90 Pfund für Proteinpulver, eine weitere über 89,80 Pfund für eine neue Adidas-Jogginghose und ein T-Shirt. Doch da … Was war das, ein paar Zeilen weiter unten? Eine Überweisung über siebenhundertsiebenundzwanzig Pfund! Die hatte er gleich zum Monatsanfang gemacht. Was hatte er gekauft, das so teuer war? Sie führten kein gemeinsames Konto, Jordan konnte mit seinem Geld machen, was er wollte, trotzdem besprachen sie solch kostspielige Investitionen für gewöhnlich. Einen Moment lang schoss ihr durch den Kopf, dass es sich um eine Anschaffung für die Praxis handeln könnte, aber dafür hatte er ein extra Geschäftskonto. Hatte er wieder eine Reise gebucht? Mit dem Mountainbike? Oder etwa Bergsteigen? Aber hätte er es dann nicht erwähnt?

Ihr Herz pochte wie wild. In ihrem Kopf machten sich eine Million Überlegungen selbstständig, schwirrten umher und wollten sich zu keinem klaren Gedanken formen lassen.

Dann fiel ihr Blick auf den Namen. Warum hatte sie das nicht gleich gesehen? Tessa Keane. Die Überweisung über siebenhundertsiebenundzwanzig Pfund war an eine gewisse Tessa Keane gegangen. Eine Frau!

Sie hörte, wie die Dusche abgestellt wurde. Jordan konnte jeden Moment aus dem Bad kommen. Würde er sie über seinen privaten Finanzen vorfinden, würde er sicher sauer werden.

Doch Keira konnte sich einfach nicht lösen. Sie wusste, dass sie nie wieder an seinen Computer gelangen würde, da er ihn mit einem Passwort schützte. Dies war ihre einzige Chance. Wie aus einem Reflex scrollte sie weiter runter und erkannte zu ihrem Schrecken, dass Jordan auch im Monat zuvor eine Überweisung über dieselbe Summe an Tessa Keane getätigt hatte.

Verdammt! Was hatte das zu bedeuten?

Gerumpel im Badezimmer. Sie würde später darüber nachdenken. Jetzt musste sie machen, dass sie davonkam. Sie konnte Jordan so nicht gegenübertreten, nicht bevor sie wusste, was sie fühlte.

Sie scrollte zurück nach oben. So leise und so schnell wie möglich ging sie zurück in den Flur, nahm die Schuhe in die eine, die Tasche in die andere Hand und öffnete die Tür. Sie schlich sich hinaus und zog die Tür geräuschlos zu. Draußen schlüpfte sie in ihre Stiefel und setzte sich auf die Treppe. Sie hatte das Gefühl, keine Luft mehr zu bekommen.

Wer zum Teufel war Tessa Keane? Eine Frau, deren Dienste Jordan in Anspruch nahm? Und wenn ja, was für welche waren das? War sie eine Personal Trainerin? Eine Masseurin? Eine Prostituierte?

Keira war völlig durch den Wind. Am liebsten hätte sie jetzt Laurie angerufen, aber sie wusste, dass diese mit Barry ausgegangen war, und sie konnte natürlich auch nicht mitten im Treppenhaus telefonieren. Aber woandershin würden ihre Beine es gerade auf keinen Fall schaffen.

Sie saß lange auf der Treppe und befürchtete schon, Jordan würde vielleicht noch mal rausgehen und sie hier entdecken, im kalten Dunkeln, wie ein Häufchen Elend. Doch normalerweise verließ er die Wohnung nicht mehr, nachdem er abends vom Sport gekommen war. Aber was wusste sie schon von ihm? Absolut überhaupt nichts, wie es schien.

Sie sah auf ihr Handy. Es zeigte ihr die Uhrzeit an: 21:35. Sie konnte ja nicht ewig hier sitzen bleiben und die Nacht auf der Treppe verbringen. Also riss sie sich zusammen, erhob sich und versuchte, ruhig zu atmen. Versuchte, erst einmal zu vergessen, was sie gerade herausgefunden hatte. Sie war doch gekommen, um mit Jordan zu reden, und genau das hatte sie noch immer vor.

Diesmal verschaffte sie sich nicht einfach so Eintritt, sondern klingelte an der Tür. Kurz darauf stand Jordan vor ihr, in schwarzen Shorts und einem weißen T-Shirt. Er trug eine neue Brille, das fiel ihr sofort auf. Bedeutete das, dass er über sie hinweg war? Meistens nahmen Menschen doch Änderungen an sich vor, wenn sie sich trennten. War es für ihn etwa schon aus und vorbei?

»Keira«, sagte er überrascht.

»Hi. Ich bin gekommen, um zu reden.«

»Du hast deine Tasche dabei.« Er deutete auf die Reisetasche, die sie in der Hand hielt.

»Ja. Ich dachte mir, dass ich vielleicht wieder zurückkommen könnte. Wenn du das auch willst.«

Lange sah Jordan sie an, ohne ein Wort zu sagen. Dann verzogen seine Lippen sich zu einem kleinen Lächeln. »Komm doch erst mal rein. Wir sollten wirklich reden.«

Sie betrat die Wohnung ein weiteres Mal an diesem Abend. Jordan schien nichts davon bemerkt zu haben, dass sie vorher schon mal da gewesen war, denn dann hätte er sicher anders reagiert.

»Wie geht es dir?«, fragte sie, als sie sich ihrer dicken Sachen entledigt hatte. In der Wohnung war es schön warm.

»Ganz gut, und dir?«

Sie zuckte als Antwort mit den Schultern.

»Du hast mir gefehlt«, sagte er nun.

»Tatsächlich?«, fragte sie erstaunt.

»Ja, natürlich. Habe ich dir denn nicht gefehlt?«

»Doch, schon. Ich … ich frage mich nur: Wenn ich dir

so gefehlt habe, warum hast du dich dann kein einziges Mal bei mir gemeldet?«

»Willst du jetzt so anfangen?« Er nahm Abstand, die Wärme in seiner Stimme war verflogen.

»Nein, es tut mir leid. Ich war bei meiner Mutter.«

»Das habe ich mir gedacht.«

Sie setzte sich aufs Sofa, Jordan tat es ihr gleich. Ihr Blick fiel auf den Tisch, auf dem noch vor einer Stunde Jordans Laptop gestanden hatte.

Tessa Keane. Tessa Keane. Tessa Keane.

Der Name wollte ihr nicht aus dem Kopf gehen. Am liebsten hätte sie ihn auf der Stelle gefragt, wer Tessa Keane war. Aber dann hätte sie ihm erklären müssen, dass sie still und heimlich in die Wohnung gekommen und seine Onlinebanking-Daten angesehen hatte.

»Was macht die Arbeit?«, fragte sie stattdessen und versuchte, weiterhin ruhig zu atmen, was gar nicht so einfach war.

»Alles läuft wie immer. Und bei dir?«

»Ebenso.« Sie wollte ihm von ihrem Neuzuwachs, Tobin, erzählen. Doch dann erinnerte sie sich daran, dass es ihn nicht interessieren würde. Sie sah an sich herunter. »Ich hab ein bisschen zugenommen. Meine Mum hat mich so gut bekocht.« Das wollte sie ihm gleich sagen, damit klar war, dass er damit leben musste.

»Das war zu erwarten. Macht nichts, die Pfunde bekommst du schon wieder runter.«

»Jordan? Weißt du, dass das eins der Probleme war, weshalb ich ausgezogen bin?«

»Dass du zugenommen hast?«

»Dass du mich immer wieder darauf ansprichst. Dass du von mir verlangst abzunehmen.«

»Ich bitte dich darum. Aber du tust es ja doch nicht.«

»Nein, Jordan. Weil ich mich wohl in meiner Haut fühle.«

»Ehrlich?« Er sah sie von oben bis unten an.

»Ja, ehrlich. Und meine Freundinnen sagen mir auch, dass ich gut aussehe, so wie ich bin. Mit den Extrapfunden.«

»Das sagen sie nur, weil sie dich nicht kränken wollen.«

»Nein, das sagen sie, weil sie es so meinen. Sie würden mich niemals anlügen, wir sind nämlich immer ehrlich zueinander. Jordan, ich weiß, dass ich vor acht Jahren noch anders aussah, aber Menschen verändern sich. Du hast dich auch verändert, und ich akzeptiere dich so, wie du bist.«

»Ich habe mich ja auch zum Positiven verändert.«

»Okay, du brauchst nichts mehr zu sagen.« Sie stand auf und war drauf und dran, wieder zu gehen.

»So hab ich's nicht gemeint. Es tut mir leid, okay? Es fällt mir nur nicht leicht, mit jemandem zusammen zu sein, der so überhaupt keinen Wert auf Fitness legt.«

»Du musst dir darüber klar werden, ob du damit leben kannst, Jordan. Entweder du akzeptierst mich so, wie ich bin, oder wir müssen unsere Beziehung hier und jetzt beenden. Ich kann so nicht mehr weitermachen, weil es mich jedes Mal so … schrecklich …« Sie schluchzte. »… verletzt, wenn du mich wieder und wieder beleidigst.«

Jordan sah zu ihr auf. »Keira, mir war nicht bewusst,

dass es dich verletzt hat. Ich wollte dich doch nur anspornen.«

»Ich will aber nicht angespornt werden! Ich will geliebt werden und … und … und einfach so genommen werden, wie ich bin. Ich bin kein schlechter Mensch, nur weil ich keine Modelfigur habe.«

»Das weiß ich doch, Keira.« Jordan erhob sich nun ebenfalls und nahm sie in die Arme. »Verzeih mir, ja? Ich wollte dich nie verletzen.«

Sie schluchzte jetzt ungehemmt und konnte gar nicht damit aufhören.

»Ich will, dass wir uns wieder vertragen, ja? Ich möchte, dass wir noch mal von vorne anfangen. Vielleicht war das ja ganz gut, dass du ausgezogen bist, vielleicht haben wir genau das gebraucht, um aufzuwachen.« Er strich ihr mit der Hand über den Rücken.

»Kannst du mir versprechen, dass du mich nicht mehr die ganze Zeit kritisierst und an mir herummeckerst?«

»Ich verspreche es.«

Das war alles, was sie hören wollte. Sie schmiegte sich an ihn. »Ich danke dir, und ich bin wirklich froh, dass du das sagst.«

»Ich will dich doch nicht verlieren.«

»Ich will dich auch nicht verlieren.«

Noch eine ganze Weile standen sie da und hielten sich umschlungen. Keira war gar nicht bewusst gewesen, wie sehr sie diese Nähe gebraucht hatte.

»Du hast eine neue Brille«, sagte sie dann und wischte sich mit der Hand die Tränen weg.

»Meine ist beim Sport kaputtgegangen. Ich hatte sie

abgelegt, und jemand hat sich dummerweise draufgesetzt.«

»Oh. Die neue steht dir sehr gut.« Sie war schwarz umrandet, die andere war silbern gewesen.

»Danke. Ich muss mich erst mal dran gewöhnen. Sehe ich nicht aus wie ein Nerd?«

»Wie ein süßer Nerd.«

Er lächelte. »Wollen wir schlafen gehen?«

Sie nickte. Sie war unglaublich müde.

In dieser Nacht lagen sie einfach nur aneinandergekuschelt da. Keira war froh darüber, dass nicht mehr passierte, denn auf diese Weise zeigte Jordan ihr, dass es ihm wirklich um sie ging und nicht nur um seine Bedürfnisse.

»Jordan? Bist du noch wach?«, fragte sie.

»So halb.«

»Wollen wir morgen ausgehen?«

»Klar. Wohin denn?«

»Du könntest mich von der Arbeit abholen, und wir gehen irgendwo schön essen.«

»Mir wäre es lieber, wenn wir uns vor dem Restaurant treffen, dann muss ich mich nach dem Sport nicht so abhetzen. Kennst du schon die neue Salatbar in der Sherrington Road?«

Salat! Meinte er das ernst?

Sie versuchte es damit zu rechtfertigen, dass er nun mal gerne gesund aß. Vielleicht bezog er es diesmal gar nicht auf ihr Gewicht. Sie interpretierte womöglich schon wieder viel zu viel in seine Worte hinein.

»Okay.« Sie strich mit einer Hand über seine Brust. »Ach, bitte, hol mich doch ab. Dann kannst du sehen, wie hübsch wir die Valerie Lane geschmückt haben. Sie wird abends von Hunderten roter Herzen beleuchtet.«

»Ich steh nicht auf Kitsch, das weißt du doch. Wir treffen uns vor dem Restaurant.«

Sie atmete tief und lange aus. Nein, sie wollte ihre gerade neu gewonnene Hoffnung noch nicht aufgeben. Es war aber gar nicht so einfach, daran festzuhalten.

KAPITEL 16

Als Keira am Samstagmorgen zur Arbeit ging, fühlte sie sich keinen Deut besser. Sie hatten sich vertragen, ja, aber das Ganze hatte einen bitteren Nachgeschmack hinterlassen. Außerdem war sie sich keinesfalls sicher, ob sich wirklich etwas ändern würde.

Als sie in die Valerie Lane einbog, bot sich ihr ein herrliches Bild von Fröhlichkeit, und sie musste lächeln. Überall hingen Luftballons und auch einige Schilder, die die heutige Neueröffnung von Emily's Flowers ankündigten.

An ihrer Türklinke fand Keira eine kleine Überraschung vor: Dort hing in einer hübschen pinken Geschenktüte ein rosa Alpenveilchen. Sie musste lächeln und sah sich um. An den Türen ihrer Freundinnen hingen ebenfalls Blumentüten. Tobin ist ein Schatz, dachte sie und freute sich richtig, dass er hier war. Auch wenn er nicht weiblich war. Aber darüber konnte sie hinwegsehen, da er ansonsten alles mitbrachte, was eine gute Freundin haben musste. Er war ein prima Zuhörer, hatte aufrichtige Ratschläge parat und war eine gute Seele, das konnte sie schon jetzt mit Sicherheit sagen.

Er trat nun aus seinem Laden und hängte noch ein paar Ballons auf. Sie winkte ihm zu und hielt die Tüte hoch. »Danke schön!«, rief sie zu ihm rüber. »Das ist wirklich nett von Ihnen.«

Tobin strahlte. »Gern geschehen. Wie sind Sie darauf gekommen, dass die von mir ist?«, rief er grinsend zurück.

»Ich hatte eine vage Vermutung.«

»Denken Sie, das sind genug Ballons?«

»Wenn Sie nicht wollen, dass die Valerie Lane davonfliegt, reicht das, würde ich sagen.«

»Haha. Na gut!«

»Ich wünsche viel Erfolg für heute!«

»Danke, das kann ich gut gebrauchen.« Er winkte noch einmal und ging zurück in seinen Laden.

Kimberly kam, und sie schlossen Keira's Chocolates auf. Sofort waren auch die ersten Kunden zur Stelle, und sie hatten für die nächsten Stunden keine ruhige Minute.

Gegen Mittag schickte sie Kimberly in die Pause. Als diese zurückkam, hatte sie einiges zu berichten: »Du wirst nicht glauben, was da draußen los ist! Mr. Marks schenkt Sekt aus, und es gehen ein paar Mädchen herum und verteilen Rosen. Die Valerie Lane ist voll wie nie! Die locken sogar alle Leute aus der Cornmarket Street her.«

»Ehrlich? Deshalb ist es heute bei uns wohl auch so voll. Ich habe doch gleich gesagt, von einem Blumenladen in der Valerie Lane werden wir alle profitieren.«

»Willst du jetzt in die Pause gehen?«

»Ich kümmere mich nur noch um die Kunden da vorne in der veganen Ecke. Sie sind sich noch nicht ganz schlüssig und haben um ein paar Minuten gebeten. Kannst du mich unbedingt daran erinnern, nach Ladenschluss mal im Katalog nach neuen veganen Sachen zu suchen? Ich muss das Sortiment unbedingt erweitern.«

»Klar, mache ich. Ach, Keira, du hattest doch gefragt, ob ich ausnahmsweise auch Montag und Dienstag nachmittags arbeiten kann …«

»Ja, genau. Kannst du?«

»Das geht klar. Nächste Woche stehen keine wichtigen Klausuren an. Ich könnte direkt nach der Schule herkommen und wäre so gegen drei hier.«

»Das wäre fantastisch. Ich danke dir. Sieh nur, was jetzt schon los ist. Den Andrang am Valentinstag kann ich unmöglich allein bewältigen.«

»Ich mach das wirklich gerne. Vor allem, weil ich für den Führerschein spare. Da kann ich jeden Extra-Penny gut gebrauchen.«

»Du wirst bald achtzehn, oder?«

»Im April.«

»Na, dann passt es doch perfekt. Für uns beide.« Keira lächelte und bediente die veganen Kunden. Dann sagte sie zu Kimberly: »Ich werde mir das da draußen jetzt auch mal aus der Nähe ansehen.«

Sie verließ den Laden und kam sich fast vor wie auf einem Jahrmarkt. Zumindest war die Atmosphäre dieselbe.

Leute lachten fröhlich, Kinder liefen mit Luftballons in den Händen herum. Tobin hatte anscheinend zwei junge Mädchen eingestellt, die am Anfang der Valerie Lane standen und den bummelnden Damen einzelne rote Rosen in die Hand drückten. Sie freute sich für Tobin, dass die Eröffnungsfeier so ein großer Erfolg war. Nachdem sie sich um die Ecke eine Suppe zum Mitnehmen geholt hatte und wieder in die Valerie Lane einbog, bekam sie ebenfalls eine Rose.

»Oh. Danke sehr.«

Einen Moment lang glaubte sie, in der Menge Thomas Finch zu sehen – oder war es nur Einbildung?

»Sieh dir das an!«, hörte sie Susan sagen, die in ihrer Ladentür stand.

Einen Augenblick war sie verwirrt, dann begriff sie, dass Susan das Spektakel in der Valerie Lane meinte.

»Unglaublich, oder?«

»Aber hallo! Wie geht es dir, Keira? Wohnst du noch bei deiner Mum?«

Da war er wieder: Thomas Finch. Ja, er war es wirklich! In seinem braunen Mantel.

»Ich bin gestern Abend wieder zu Hause eingezogen«, antwortete sie Susan und verlor ihn erneut aus den Augen.

»Du bist zu ihm zurückgegangen?« Susan schien mehr als nur ein wenig schockiert.

»Ja. Was soll ich sagen?«

»Du musst wissen, was du tust, Süße.« Keira vernahm Susans verständnisloses Kopfschütteln. Und sie sah Thomas Finch aus dem Augenwinkel, der Emily's Flowers betrat.

Sie nickte. Was gab es darauf schon zu erwidern?

»Was ich noch fragen wollte: Sollen wir uns heute oder morgen Abend vielleicht alle mal treffen und die Sache mit dem Kühlschrank besprechen?«

Keira nickte. »Das halte ich für eine gute Idee. Wir müssen ja den Kauf und die Übergabe planen.«

»Genau das meine ich. Mein Glas ist übrigens schon fast voll.«

»Meins auch. Ich freue mich so, dass die Leute uns alle bei unserer Mission unterstützen.«

»Ja, ich mich auch.«

»Also, heute kann ich nicht, ich bin mit Jordan verabredet.« Dass es in eine Salatbar ging, erwähnte sie besser nicht. »Aber morgen würde mir passen.«

»Gut. Dann frage ich die anderen auch.«

»Super. Ich muss dann wieder.«

»Viel Spaß heute Abend!«

»Danke!« Ob der Abend so spaßig werden würde, würde man sehen.

Keine zehn Minuten später, als sie längst wieder im Laden war und Kimberly an der Kasse half, hatte sie plötzlich das Gefühl, aufblicken zu müssen. Als sie es tat, entdeckte sie Thomas Finch, der draußen an ihrem Ladenfenster vorbeiging, einen Strauß Blumen in der Hand, den er nach unten hielt. Er blickte in den Laden hinein, und als er erkannte, dass sie ihn ansah, winkte er ihr mit der freien Hand zu. Als Keira zurückwinkte, schenkte er ihr ein kleines Lächeln und sah dann zu Boden. Und schon ging er wieder seines Weges.

Das ist merkwürdig, dachte sie. Er hatte so betrübt gewirkt, sein Lächeln ganz traurig. Was ihm wohl auf der Seele lastete?

Nach Ladenschluss sah Keira sich noch schnell ein paar Kataloge an und gab einige Bestellungen auf. Dann machte sie sich auf zur Salatbar.

Jordan wartete bereits. »Mann, hab ich einen Hunger.«

Na, ob er von Salat wirklich satt werden würde, wagte sie zu bezweifeln.

Es gab tatsächlich nichts anderes als Salat. Also bestellte Keira einen Caesar Salad mit Truthahn. Hühnerbrustfilet mochte sie einfach nicht mehr sehen. Dazu nahm sie eine Diät-Cola.

Während Jordan sich seinem Fitnesssalat, der mit irgendwelchen Kernen und Körnern angereichert war, widmete, träumte sie vom Valentinstag. Vielleicht würde sie ja doch noch den Valentinstag bekommen, den sie verdiente. Sie dachte an Thomas Finch, der am Montag sicher zu seinem gewohnten Einkauf noch eine Besonderheit für seine Liebste auswählen würde, und sie wünschte sich, nur für eine Sekunde, dass sie diese Liebste wäre.

»Was lächelst du so vor dich hin?«, fragte Jordan.

Sie rüttelte sich wach. »Was?«

»Ich hab's doch gewusst!«

Oh-oh.

»Na, der Laden ist gut, und der Salat erst. Ich wusste, dass er die richtige Wahl war.«

»Der Salat, ach so, ja, der ist ganz okay.«

»Ganz okay? Der ist der Burner! Weißt du, wie viele Proteine allein in den Kürbiskernen und den Chiasamen stecken?«

»Ich kann's mir vorstellen. Du, Jordan? Würdest du mir einen Gefallen tun?« Plötzlich hatte sie einen Geistesblitz: Wenn sie nicht ab und zu mal ihren Mund aufmachte und Jordan sagte, was sie wollte, woher sollte er es dann wissen?

»Erzähl!«, forderte er sie auf und kaute weiter auf seinen Körnern.

»Am Dienstag ist doch Valentinstag.«

»Ach, echt?«

»Ja. Und ich hätte dieses Jahr gerne … Könntest du mir nicht vielleicht zur Abwechslung mal was Romantisches schenken? Blumen zum Beispiel? So, wie andere Männer es tun?« So, wie Thomas Finch es tat?

»Klar, kein Problem. Wenn es dich glücklich macht.«

»Das würde mich sogar sehr glücklich machen.«

Das wäre geschafft. Sie durfte sich endlich auch mal auf was Romantisches freuen. Am liebsten hätte sie ihn zwar um etwas Süßes gebeten, aber das wäre wohl zu viel des Guten gewesen. Blumen würden reichen, Blumen wären perfekt. Sie fragte sich, was für welche er ihr wohl schenken würde. Ihre Freude war groß. Und deshalb war sie wenige Stunden später, als sie wieder nach Hause kamen, auch ganz überschwänglich im Schlafzimmer.

»Wow! Was ist denn heute mit dir los? Wir sollten öfter in diese Salatbar gehen, wenn dich die Vitamine so aufpushen.«

Sie wollte nichts mehr von Salat hören, umschloss deshalb seinen Mund mit ihren Lippen. Sie liebten sich, wie sie sich lange nicht geliebt hatten. Jordan stieg danach wie immer unter die Dusche, und sie blieb faul im Bett liegen.

»Gute Nacht, es war sehr schön«, sagte er, als er aus dem Bad kam und zu ihr unter die Decke hüpfte. »*Du* bist schön.«

»Das hast du mir schon lange nicht mehr gesagt.«

»Ich sage es jetzt.«

Obwohl es doch das war, was sie so sehnlichst hatte hören wollen, war es nicht das, was sie brauchte, das erkannte sie jetzt. Auch wenn der Sex wirklich gut gewesen war, war doch etwas anders gewesen. Verändert. Sie war verändert gewesen. Sie war nicht mehr dieselbe und wusste nicht, ob sie es je wieder sein würde oder wollte.

Sie musste plötzlich an den traurigen Blick und die hängenden Schultern von Thomas Finch denken und hoffte, es ging ihm gut.

Vielleicht würde sie ihn am Montag fragen, ob alles okay war. Wie gerne würde sie ihm sagen, dass sie für ihn da wäre. Wenn er reden wollte. Wie gerne würde sie sich mit ihm hinsetzen und auch ihm ihr Herz ausschütten.

KAPITEL 17

»Bin ich froh, dass du schon da bist«, rief Keira Kimberly zu, die glücklicherweise bereits um halb drei eintraf. »Dann kann ich ja gleich mal kurz in die Mittagspause gehen, ich bin noch gar nicht zum Essen gekommen.«

»Klar. Ich übernehme in einer Minute.« Kimberly brachte Jacke und Tasche nach hinten und stellte sich an die Theke, wo schon den ganzen Tag der Teufel los war.

»Danke! Ich bin auch bestimmt in zehn Minuten wieder da.«

Sie huschte schnell zu Boots und holte sich ein Schinkensandwich, das sie auf dem Rückweg zum Laden eiligst aß. Bevor sie in die Valerie Lane einbog, holte sie etwas aus ihrer Jackentasche hervor: eine Schachtel Zigaretten und ein Feuerzeug. Beides hatte sie sich bereits am Tag zuvor besorgt und rauchte, wann immer sie dazu kam. Bedacht darauf, dass niemand sie dabei sah, denn auf große Reden hatte sie echt keine Lust.

Auch jetzt war das Nikotin wohltuend. Sie fragte sich, warum sie je mit dem Rauchen aufgehört hatte, wenn es doch so beruhigend war. Fast noch besser als Schokolade, und wenigstens nahm man davon nicht zu.

»Sie haben also wieder angefangen, ja?«, hörte sie plötzlich eine Stimme.

Ertappt drehte sie sich um. Was machte Tobin denn hier? Es war mitten am Tag. Wie konnte er so bald nach der Eröffnung seines Ladens diesen einfach schließen, um sich … ja, was eigentlich? Um sich ein Mittagessen zu holen? Er hielt nichts in den Händen, stand einfach nur da und starrte sie an.

»Tobin! Ich … ja, ich bin schwach geworden. Bitte erzählen Sie es niemandem.«

»Werde ich nicht, versprochen.«

»Warum sind Sie nicht in Ihrem Blumenladen? Machen Sie etwa schon so guten Umsatz, dass Sie eine Aushilfe einstellen konnten?«

Er lachte. »Nein, nein. Ich habe keine Aushilfe, mal abgesehen von meiner Nichte und ihrer besten Freundin, die am Samstag Rosen verteilt haben.«

»Ich habe auch eine bekommen. Eine reizende Idee.«

»Danke sehr. Um auf Ihre Frage zu antworten: Ich musste meinen Laden mal eben für fünf Minuten schließen, um jemanden in Empfang zu nehmen, der sich angekündigt hat. Und sie hat die Valerie Lane anscheinend übersehen. Na ja, sie ist ja auch wirklich klein.«

»Welche große Persönlichkeit erweist uns denn die Ehre?«, erkundigte sie sich.

»Ah, da ist sie ja schon! Grandma! Hier drüben!«

Keira drehte sich herum. Auf der Cornmarket Street kam ihnen mit festem Schritt und einem eleganten Spazierstock eine ältere Dame mit Hut entgegen. Von diesem standen einige Pfauenfedern ab, was Keira so noch nicht gesehen hatte.

»Das ist Ihre Grandma? Jetzt sagen Sie bloß …«

Sie sah Tobin dabei zu, wie er die Dame mit einer behutsamen Umarmung begrüßte. »Grandma, wie schön, dich zu sehen.«

»Ich dachte schon, das wird heute nichts mehr«, sagte diese ein wenig schnippisch. »Da hast du dir ja eine famose Straße für deinen Laden ausgesucht. Hat sich überhaupt schon ein Kunde hierher verirrt?«

Keira musste trotz allem grinsen, auch wenn Tobins Grandma offensichtlich nicht sehr angetan war von der Valerie Lane.

»Oh ja. Es ist gut was los. Ich muss mich auch sputen und zurück in den Laden gehen, bevor die wartende Kundschaft mich noch lyncht.« Sein Blick fiel auf Keira. »Ach, darf ich vorstellen? Das ist Keira Buckley, ihr gehört der Schokoladenladen in der Valerie Lane.«

»Die Chocolaterie«, verbesserte Keira ihn und schnippte unauffällig ihre Zigarette weg.

»Keira, das ist meine Grandma, Emily Sutherland. Man könnte sagen, meine stille Partnerin.«

Siehe da. Emily …

»Was mein Enkel eigentlich sagen möchte, ist, dass ich ihm seinen Blumenladen finanziert habe«, entgegnete Emily.

Keira musste wieder grinsen. Die Frau war einfach der Hit!

»Es freut mich sehr, Sie kennenzulernen«, sagte sie und reichte ihr die Hand.

»Ganz meinerseits. So, wollen wir dann mal? Ich bin ja schon sehr gespannt auf den Blumenladen in der versteckten Gasse, die man nur mit der Lupe findet.«

Tobin lachte und hielt seiner Grandma einen Arm hin, in den sie sich einhaken konnte.

»Willkommen in der Valerie Lane, Mrs. Sutherland. Ich muss jetzt auch schnellstens zurück in meinen Laden. Meine Aushilfe ist wahrscheinlich schon am Verzweifeln.«

»Und? Läuft Ihr Laden?« Die Frau war die Direktheit in Person.

»Er läuft«, antwortete Keira. »Morgen ist doch Valentinstag.«

»Davon habe ich noch nie etwas gehalten. Nur ein weiterer Tag, an dem die Konzerne den Leuten das Geld aus der Tasche ziehen wollen.«

»Grandma!«, ermahnte Tobin sie. »Ich finde, der Valentinstag ist ein sehr romantischer Tag. Mal davon abgesehen werde ich wahrscheinlich im ganzen Jahr nicht so viele Blumen verkaufen wie heute und morgen.«

»Der Muttertag ist auch nicht zu vergessen«, sagte Keira.

»Muttertag, pah! Es sollte einen Großmuttertag geben«, fand Emily. Dann stolzierte sie an Tobins Seite in die Valerie Lane und betrachtete alles ganz genau. »Ja, ja, nicht zu verachten. Der Efeu an den Häuserfassaden ist ganz hübsch. Aber was sollen denn die kitschigen Lichterketten?«

»Die haben wir nur wegen des Valentinstags aufgehängt«, informierte Keira sie. »Wir fanden die Idee ganz schön.«

»Wer ist *wir*?«

»Die anderen Ladenbesitzerinnen und ich.«

»Sie sollten noch mal über Ihren Geschmack nachdenken.«

»Alles klar, werden wir machen.« Keira verabschiedete sich und lief kichernd und kopfschüttelnd zurück in ihren Laden, der gerammelt voll war.

Das Gute an den vielen Kunden war – neben den fabelhaften Einkünften –, dass das Spendenglas jetzt überquoll. Das für Afrika, wohlgemerkt. Das Glas für Mrs. Witherspoon war bereits gestern aus allen Nähten geplatzt. Am Abend hatten die fünf Freundinnen sich getroffen und das Geld gezählt. Tobin hatte seins Keira kurz nach Ladenschluss übergeben. Sie hatten die Gläser auf Susans Verkaufstisch ausgeschüttet und grob gezählt. Es waren über dreihundert Pfund! Das bedeutete, sie konnten Mrs. Witherspoon den neuen Kühlschrank kaufen und ihn obendrein noch mit den köstlichsten Sachen füllen.

Es war eine Aktion, die der guten Valerie bestimmt gefallen hätte. Keira wurde noch ganz warm ums Herz, als sie daran dachte, wie sie die Übergabe des Kühlschranks geplant hatten ...

»Wer besorgt den Kühlschrank? Und wann wollen wir ihn ihr überbringen?«, fragte Susan.

»Am Tag nach dem Valentinstag? Wenn nicht mehr so viel los ist in unseren Geschäften?«, schlug Keira vor.

»Das wäre ein Mittwoch, da würde ich schon gerne wie immer die Tea Corner am Abend geöffnet lassen. Vielleicht benötigt jemand ein offenes Ohr oder eine Schulter zum Anlehnen«, gab Laurie zu bedenken.

»Ich fände es sehr schön, wenn wir ihn ihr direkt am

Valentinstag bringen könnten«, fand Ruby. »Das wäre doch wirklich ein wundervolles Geschenk.«

»Da haben einige von uns Dates, oder?«, fragte Laurie. »Vielleicht sogar Mrs. Witherspoon.«

»Wie wäre es dann mit morgen?«, schlug Susan vor. »Nach Ladenschluss. Wir könnten ihn ihr alle zusammen vorbeibringen.« Ihre Augen strahlten vor Vorfreude.

»Das würde mir auch gut passen«, sagte Keira. »Seid ihr einverstanden?«

Nicken und Zustimmung allerseits.

»Jetzt bleibt nur noch die Frage, wer den Kühlschrank besorgt. Das Geschäft boomt, da kann keiner mal eben seinen Laden schließen«, gab Orchid zu bedenken.

»Wie wäre es, wenn wir zusammen nach Ladenschluss zum SB-Warenhaus fahren?«, schlug Keira vor.

»Das ist sogar noch besser. Aber bekommst du das auch hin, Ruby?«

»Ich hoffe es.« Ruby sah irgendwie besorgt aus. Sie hatte wohl die Befürchtung, dass wieder so etwas wie beim letzten Mal passieren könnte, als sie außerplanmäßig einen Abend weg gewesen war.

»Wie wäre es denn, wenn Barry sich so lange um deinen Dad kümmert?«, schlug Laurie vor. »Sagtest du nicht, er spielt gerne Schach?«

Ruby nickte eifrig. »Er liebt Schach.«

»Barry auch. Er könnte so lange mit ihm in der Tea Corner warten, was hältst du davon?«

»Würde er das wirklich machen?«, fragte Ruby gerührt.

»Wenn ich ihn lieb darum bitte.« Laurie grinste. »Ihr glaubt doch nicht, dass er mir so kurz vor dem Valentinstag irgendeinen Wunsch abschlägt?« Sie zwinkerte den anderen zu.

»Na, dann wäre ja alles geklärt«, sagte Susan zufrieden. Das war es. Keira musste unwillkürlich lächeln bei der Erinnerung daran. Sie hatten das Geld in einen Geldsack gesteckt, den Barry auf Lauries Bitte hin gleich am Montagmorgen zur Bank gebracht hatte. Dann hatte Orchid vorgeschlagen, noch irgendwo etwas trinken zu gehen, und sie hatten den Sonntagabend bei Cocktails und Geschichten über vergangene Valentinstage ausklingen lassen. Alle außer Ruby, die zu ihrem Vater nach Hause geeilt war. So leid Ruby ihr tat … irgendwie fand Keira es doch auch ergreifend, von jemandem so gebraucht zu werden.

Fünf nach vier, und er war noch immer nicht gekommen.

Der Laden war voll. Kimberly und sie taten ihr Bestes, um die Kunden freundlich zu beraten und zu bedienen, sich Zeit für jeden Einzelnen zu nehmen, obwohl sich die Menschen durch den ganzen Laden schlängelten.

Viertel vor fünf. Er würde wohl heute nicht mehr erscheinen. Womöglich war er krank, oder seine Frau war es oder seine Kinder. Herrje. Sie sollte endlich aufhören, an ihn zu denken. Das machte es doch alles nur noch schlimmer.

Als sie um sechs den Laden schloss und Kimberly nach Hause entließ, seufzte sie schwer. Sie hatte sich so auf ihn gefreut. Fast hätte sie dabei sogar vergessen, sich ständig Gedanken über diese Tessa Keane zu machen.

Wer war die Frau nur? Warum überwies Jordan ihr

monatlich nicht gerade geringe Beträge? Warum hatte er den Namen ihr gegenüber noch nie zuvor erwähnt? Hatte Jordan etwa Geheimnisse vor ihr?

Sie alle hatten doch Geheimnisse, so wie sie wieder mit dem Rauchen angefangen hatte und es Jordan gegenüber ganz bestimmt nicht erwähnen würde. Auch verheimlichte sie ihm, dass sie im Wohnzimmerschrank hinter den Fotoalben, die noch aus ihrer Anfangszeit stammten und die Jordan sich natürlich nie ansah, einige Tafeln Schokolade versteckt hatte. Aber so bedeutende Dinge wie Personen, denen man haufenweise Geld überwies, waren schon eine andere Liga. Niemals hätte sie Jordan so etwas Wichtiges verheimlicht, was auch immer es war.

»Hallo, ihr Lieben!«, rief Keira Susan, Orchid, Laurie und Barry zu, die sich vor der Tea Corner versammelt hatten.

»Hi. Wir warten nur noch auf Ruby und Hugh. Barry hat den Lieferwagen mitgebracht«, informierte Laurie sie und deutete auf das nicht zu übersehende Gefährt. »Damit können wir den Kühlschrank transportieren.«

»Super. Und wer fährt?« Keira hatte nämlich noch nie am Steuer eines Lieferwagens gesessen. Eigentlich hatte sie seit Jahren an überhaupt keinem Steuer mehr gesessen, zumindest nur sehr selten. Seit sie mit Jordan zusammen war, war sie Beifahrerin. Das gemeinsame Auto fuhr er jeden Tag zur Praxis, weshalb sie sich an öffentliche Verkehrsmittel gewöhnt hatte.

»Darf ich?«, fragte Orchid.

»Wenn du das kannst.«

»Ist nicht schwer. Ich habe sogar schon mal einen LKW gefahren. Meine Tante Hannah ist doch Truckerin.«

»Ehrlich? Das wusste ich ja gar nicht«, sagte Susan.

»Nicht? Hm, ich dachte, ich hätte es mal erwähnt.« Das war wirklich ein Wunder, dass sie heute ein Detail aus Orchids Leben erfuhren, das ihre redselige Freundin nicht bereits erzählt hatte.

»Also gut«, gab Laurie ihr Einverständnis.

»Super!«, freute sich Orchid und wandte sich dann an Keira. »Sag mal, es kann doch echt nicht wahr sein, dass du zu dem Idioten zurückgegangen bist, oder?«

Keira vermied es, Orchid direkt anzusehen. »Doch, irgendwie schon.«

»Warum denn nur?«, schimpfte sie.

»Weil … weil …«

»Das weiß Keira selbst nicht«, antwortete Susan für sie.

»Oh Mann, du versaust dir echt dein eigenes Glück, weißt du das?« Orchid wollte sich gar nicht wieder beruhigen.

»Ist doch mein Leben«, entgegnete Keira.

Laurie legte ihr eine Hand auf den Arm. »Nicht sauer werden, Süße. Wir wollen nur dein Bestes. Und du weißt, ich bin ebenfalls Orchids Meinung: Zu ihm zurückzugehen war der größte Fehler, den du machen konntest. Lass ihn endlich hinter dir.«

»Ich weiß, ihr meint es nur gut. Aber morgen ist Valentinstag …«

»Und da willst du nicht allein sein?«, fragte Susan verständnisvoll.

»Ich dachte einfach, ich gebe ihm noch eine letzte Chance. Er will mir sogar was Romantisches schenken, hat er gesagt.«

»Ich kann's nicht verstehen«, machte Orchid noch einmal deutlich.

»Das musst du auch nicht.«

Es herrschte Stille. Sie standen noch eine Weile in der Kälte, während Barry drinnen schon mal das Schachbrett auf einem der hübschen weißen Tische aufbaute. Laurie steckte den Kopf durch die Tür. »Und bedient euch ruhig. Tee ist in der Kanne, Kekse sind noch hinter der Theke.«

»Alles klar.« Barry hob einen Daumen in die Luft.

Dann kamen auch Ruby und Hugh endlich herbei, und Hugh freute sich richtig auf das Schachspiel mit Barry.

»Übrigens, Barry, du hast absolut keine Chance«, sagte Ruby ihm noch. »Meinen Dad hat bisher noch keiner geschlagen.«

»Oho. Danke für die Warnung, aber ich spiele auch nicht so übel.«

Hugh rieb sich die Hände und setzte sich an den Tisch.

Ruby ging neben ihm in die Knie. »Ich bin dann ein, zwei Stunden weg, Daddy, okay? Wir haben das ja besprochen.«

Hugh nickte. »Gibt es hier Milchbrötchen?«

»Ach, das hätte ich fast vergessen. Deine Milchbrötchen, natürlich.« Sie holte eine Tüte abgepackter Brötchen aus dem Supermarkt aus dem Beutel, den sie um die Schulter hängen hatte. Und dann konnten sie losgehen.

»Diese Woche sind es Milchbrötchen«, erklärte Ruby den anderen, als sie draußen waren.

»Ich mag Milchbrötchen«, sagte Susan.

Tobin verließ ebenfalls gerade sein Geschäft und winkte ihnen zu.

»Wir gehen jetzt und kaufen den Kühlschrank für Mrs. Witherspoon«, ließ Keira ihn wissen. »Und bringen ihn ihr dann.«

»Brauchen Sie Hilfe beim Tragen?«, bot er nett an.

»Wir sind versorgt«, entgegnete Orchid genervt.

»War ja auch nur ein Angebot. Haben Sie denn genug Geld zusammenbekommen?«

Keira lächelte ihm entgegen. »Ja, danke, mehr als genug.«

»Tut mir leid, dass es bei mir in den zwei Tagen nicht mehr geworden ist.«

»Dass Sie überhaupt mitgemacht haben, war toll. Mit Ihrem Anteil können wir noch ein paar Lebensmittel einkaufen, damit der Kühlschrank nicht so leer ist.«

»Klasse!«, sagte Tobin. »Grüßen Sie Mrs. Witherspoon unbekannterweise von mir.«

»Machen wir.«

Orchid und Susan stiegen in Barrys Lieferwagen, der Rest von ihnen machte sich auf zu Lauries Auto, das in der Nähe geparkt war. Im großen Warenhaus trafen sie wieder aufeinander und kauften nicht nur den Kühlschrank für Mrs. Witherspoon, der sogar gerade im Angebot war, sondern obendrein noch all ihre Lieblingsspeisen – Stargazy Pie ausgenommen.

Als sie eine halbe Stunde später bei ihr klingelten,

machte die Gute aber Augen. Mrs. Witherspoon stand in ihrem alten Kittel und mit zerzaustem Haar an der Tür und starrte auf den Lieferwagen.

»Was bringt ihr mir denn da?«

»Einen neuen Kühlschrank, zum Valentinstag«, sagte Laurie und gab der alten Dame eine Umarmung.

Eine nach der anderen drückte sie, während sie das Haus betraten und die Lebensmitteltüten reinbrachten. Dann schafften sie den Kühlschrank mithilfe einer Sackkarre, die Barry hinten drin hatte, hinein. Mrs. Witherspoon hatte Tränen in den Augen, und ihre Lippen zitterten, als sie sich bedankte.

»Wie soll ich euch das nur jemals zurückzahlen?«

»Sie müssen keinen Penny zurückzahlen«, erklärte Keira ihr. »Wir alle haben Gläser in unseren Geschäften aufgestellt, sogar der neue Blumenladeninhaber, Tobin Marks, von dem wir Sie übrigens herzlich grüßen sollen. Es ist so viel zusammengekommen, dass es nicht nur für den Kühlschank, sondern auch noch für den reichlichen Inhalt gereicht hat.«

»Dass ich das noch erleben darf. Ihr seid wahrlich Engel auf Erden.«

»Sie sind der Engel, Mrs. Witherspoon«, sagte Susan.

»Können wir ihn gleich anschließen?«, wollte sie wissen.

»Ja, das können wir, da wir ihn stehend transportiert haben. Lassen Sie uns nur machen. Sollen wir den alten gleich mitnehmen und entsorgen?«, fragte Laurie.

»Das wäre wirklich nett.«

»Na sicher doch.«

Sie luden den defekten Kühlschrank in den Lieferwagen und räumten die Lebensmittel in den neuen ein. Dieser stand nun in der Ecke der schäbigen Küche, die dennoch nichts als Liebe ausstrahlte, wie auch der Rest des winzigen alten Hauses, das von dieser wunderbaren Frau bewohnt wurde.

»Haben Sie schon gegessen, Mrs. Witherspoon? Wie wäre es, wenn ich Ihnen etwas Leckeres koche?«, schlug Susan vor.

»Einen Eintopf?« Die alte Dame klatschte in die Hände, wie sie es immer tat, wenn sie aufgeregt war.

»Lässt sich machen.« Susan fragte nach einem Topf und holte Gemüse und eine Packung Würstchen aus dem neuen Kühlschrank.

»Ist es okay, wenn wir euch jetzt allein lassen?«, fragte Laurie, wahrscheinlich weil sie wie Keira wahrnahm, dass Ruby immer nervöser wurde.

»Natürlich, fahrt nur schon. Wir kommen zurecht, nicht wahr, Mrs. Witherspoon?« Susan legte ihr eine Hand auf die zerbrechliche Schulter.

Orchid fuhr den Lieferwagen zurück, die anderen drei saßen wieder in Lauries Auto.

»Sie hat sich so gefreut«, sagte Keira gerührt.

»Ja. Wir haben heute eine richtig gute Tat vollbracht«, stimmte Laurie ihr zu.

»Glaubt ihr, mit meinem Dad ist alles okay? Barry hat sich gar nicht gemeldet.« Ruby knabberte nervös an ihren Fingernägeln.

»Warte kurz, ich ruf mal eben an.« Laurie wählte Barrys Nummer und sprach über die Lautsprecherfunktion in ihr Handy. »Barry? Alles gut bei euch?«

»Alles paletti. Hugh hat mich schon sechsmal geschlagen.«

»Tatsächlich? Und wie oft hast du ihn geschlagen?«

»Machst du Witze? Der Mann ist nicht zu schlagen.«
Keira sah Ruby stolz lächeln.

»Ich wollte nur Bescheid sagen, dass wir jetzt zurückfahren und bald da sind.«

»Keine Eile. Wir verstehen uns super.«

»Hat er noch genügend Milchbrötchen?«, erkundigte Ruby sich.

»Ruby lässt fragen, ob Hugh noch ausreichend mit Milchbrötchen versorgt ist.«

»Ist er. Eigentlich haben wir die ganze Zeit Kekse gegessen«, erzählte er.

Ruby hielt den Atem an, legte sich eine Hand auf den Mund. In ihren Augen standen Tränen.

»Alles okay?« Keira berührte sie am Arm.

Ruby nickte nur. Sie flüsterte: »Es ist nur so lange her, dass er aus seinem Muster ausgebrochen ist. Das ist … wirklich … schön.«

»Das ist es.« Es war ein rundum gelungener Abend gewesen.

»Okay, Barry. Wir sind in zwei Minuten da und haben einen alten Kühlschrank im Gepäck«, informierte Laurie ihn.

»Das ist ja nett. Und den darf ich dann entsorgen?«

»Wärst du so lieb?«

»Für dich mache ich doch alles, mein Schatz.«

»Wann geht es weiter?«, hörten sie Hugh im Hintergrund quengeln.

»Sofort, Mr. Riley, sofort. Laurie, ich lege auf. Ich muss versuchen, wenigstens ein Spiel zu beenden, ohne alle Läufer, Springer und Türme verloren zu haben. Von der Dame ganz zu schweigen.«

»Dann viel Glück.«

Sie hängte auf und parkte hinter Orchid vor dem Laden.

»Sollen wir wirklich schon reingehen? Die beiden spielen gerade so schön«, fragte Laurie.

Sie alle beobachteten die beiden Männer, die wahrscheinlich noch die ganze Nacht lang spielen würden, wenn sie nicht unterbrochen werden würden.

»Er sieht fast normal aus, oder?«, fragte Ruby. Sie hatte sich eine Hand aufs Herz gelegt.

»Er *ist* normal, Ruby«, stellte Keira klar. »Er hat nur seine Eigenheiten.«

»Manchmal wünschte ich, er hätte sie nicht.«

»Ich weiß genau, was du meinst, Süße. Aber die Menschen sind, wie sie sind, und genau so müssen wir sie akzeptieren.«

Ruby nickte und sah ihrem Vater zu, wie er Barrys Dame vom Brett wischte und dabei laut jubelte.

KAPITEL 18

Sie lag wach, den Kopf auf die Hand gestützt, und sah Jordan dabei zu, wie er sachte ein- und ausatmete. Was er wohl träumte? Ob er von ihr träumte oder von Tessa Keane?

Nein! Heute wollte sie nicht an diesen Namen denken! Heute wollte sie einfach nur glücklich sein, sich freuen, sich in romantische Stimmung begeben und froh sein, einen Mann an ihrer Seite zu haben – denn heute war Valentinstag!

Als Jordans Handywecker ihn endlich mit seinem Lieblingssong *Kung Fu Fighting* weckte, schlug er die Augen auf.

»Guten Morgen, mein Schatz. Alles Gute zum Valentinstag«, sagte Keira, obwohl es bei dem Lied nicht allzu romantisch rüberkam.

Jordan grummelte und stellte den Wecker aus. Dann drehte er sich ihr zu. »Ebenso.«

»Ich hab was für dich, warte …« Sie sprang aus dem Bett und holte das hübsch eingepackte Geschenk aus dem Schrank, in dem sich neben einer Karte und Kinogutscheinen zwei neue Trägerhemden befanden, die Jordan zum Sport anziehen konnte. Er mochte die Dinger, darin konnte er seine Muskeln so gut zur Geltung bringen.

Er setzte sich im Bett auf und wickelte das Paket aus. »Oh, wow. Die sind wirklich toll. Ich danke dir.« Er lehnte sich zu ihr und gab ihr einen Kuss.

»Schön, dass du dich freust.« Erwartungsvoll sah sie ihn an. Doch Jordan machte keine Anstalten, ihr ebenfalls ein Geschenk zu überreichen. Ganz im Gegenteil.

»Ich geh dann duschen«, sagte er, stand auf und ging in Richtung Bad.

Enttäuscht blieb Keira zurück.

»Ha! Du hast wirklich gedacht, ich hätte es vergessen, oder?« Jordan war zurück und hielt nun eine kleine Geschenktüte in der Hand.

»Beinahe habe ich das tatsächlich gedacht, ja«, gestand sie, war aber unendlich erleichtert, dass er sie nur auf den Arm genommen hatte. Allerdings fragte sie sich, wie ein Strauß Blumen in diese kleine Papiertüte hineinpassen sollte.

»Du hattest dir doch etwas gewünscht … Allerdings dachte ich, Blumen werden so schnell welk, deshalb hab ich dir was Süßes besorgt. Ist ja Valentinstag.« Er hielt ihr die Tüte hin.

Überrascht sah sie ihn an. Er hatte ihr tatsächlich etwas Süßes gekauft? Trotz seiner Vorurteile gegenüber allem, was Zucker enthielt? Konnte es sein, dass er sich doch noch änderte?

Überglücklich nahm Keira die rote Herztüte entgegen. Sie lächelte breit, griff hinein und holte … zwei Packungen Müsliriegel heraus. Zuckerfreie Müsliriegel.

»Siehst du? Da hast du was zum Naschen, das dazu auch noch gesund ist.« Jordan strahlte.

Sie wusste nicht, ob das wieder nur ein Scherz sein sollte, doch Jordan sah sie ganz freudig an, als hätte er ihr ein Diamantdiadem gekauft.

»Oh. Müsliriegel?«

»Die sind echt lecker. Ich hatte die auch schon.«

Sie starrte die Riegel an. Wie teuer waren die wohl gewesen? Vier bis sechs Pfund? Sie hatte gut fünfzig für ihn ausgegeben, aber darauf kam es gerade gar nicht an.

»Was hab ich jetzt wieder verkehrt gemacht?«, fragte Jordan plötzlich genervt.

»Gar nichts.«

»Ich sehe es doch an deinem Blick.«

»Ich frage mich nur … ob du gar keine Karte für mich hast.«

»Ist doch Schwachsinn, sich jedes Jahr wieder eine zu schenken, man schreibt eh immer dasselbe drauf, oder? Ich meine, wer hebt schon all die Karten auf?«

»Ich tue das.«

»Tatsächlich?«

Hieß das etwa, dass er die Karten, die sie ihm die letzten Jahre liebevoll geschrieben hatte, zum Valentinstag, zum Jahrestag oder zum Geburtstag, weggeworfen hatte?

»Ist nicht so wichtig«, sagte sie mit einem riesengroßen Kloß im Hals.

»Okay. Ich geh dann duschen. Wollen wir noch zusammen frühstücken?«

»Sorry, ich kann nicht. Heute wird im Laden die Hölle los sein.«

»All die Verrückten.« Jordan schüttelte abschätzig den Kopf und ging ins Bad.

Keira trat wie in Trance zur Kommode, auf der Jordan sein Geschenk abgelegt hatte. Die Karte, die auf dem Geschenkpapier angebracht war, hatte er überhaupt nicht beachtet. Sie machte sie ab, ging damit in die Küche und warf sie in den Mülleimer, vergrub sie ganz tief unter den Eier- und Gemüseschalen, die von dem Omelett stammten, das Jordan sich zum Abendessen gemacht hatte.

Völlig fertig erschien sie in der Valerie Lane. Da sie noch keine von ihren Freundinnen entdeckt hatte, holte sie, bevor sie den Laden aufschloss, ihre Zigaretten aus der Tasche und zündete sich eine an. Sie wusste, dass es verkehrt war, aber sie wusste auch, dass das noch das Geringste war, was sie verkehrt machte.

Als eine Viertelstunde später die ersten Kunden im Laden erschienen, durfte Keira endlich wieder in ihrem Element sein. Wenn ihr eigenes Leben schon keine Romantik enthielt, wollte sie wenigstens anderen Menschen dazu verhelfen. Eine klitzekleine Hoffnung hatte sie auch noch, dass der Montagskunde vielleicht heute erscheinen würde. Es konnte ja jedem mal was dazwischenkommen, vielleicht war er auch einfach nur krank gewesen. Mit ihrem peinlichen Verhalten bei seinem letzten Besuch hatte es hoffentlich nichts zu tun, dass er diesen Montag nicht aufgetaucht war.

Um kurz nach zehn, als neben einigen anderen Kunden gerade Agnes im Laden war, um ihrem deutschen Freund Lübecker Marzipan zu kaufen, das er so vermisste, stürmte jemand in die Chocolaterie. Es war Jordan.

Im ersten Augenblick freute Keira sich. Jordan war seit ewigen Zeiten nicht im Laden vorbeigekommen. Wie lieb, dass er ihr ausgerechnet am Valentinstag einen Besuch abstattete. Auch wenn sie viel zu tun hatte, was er eigentlich wissen müsste, würde sie versuchen, ihm ein wenig Zeit zu widmen.

»Jordan. Was für eine Überraschung«, sagte sie und ging auf ihn zu.

Jordan allerdings war nicht sehr guter Laune. »Du hast mein Handy eingesteckt!«

»Wie bitte?«

»Du hast heute Morgen das falsche Handy eingesteckt. Ich habe deins.«

»Oh, ehrlich?« Das war ihr gar nicht bewusst gewesen.

»Ja. Kannst du mir meins geben? Ich bin extra aus der Praxis weg, und hier kann man nicht mal mit dem Wagen fahren in dieser Scheißgegend.«

Keira nahm einen schockierten Blick von Agnes wahr, die direkt hinter Jordan stand. Zu den anderen Kunden mochte sie gar nicht hinsehen.

»Jordan! Nicht so laut, ich habe Kunden.«

»Ist mir doch egal! Ich habe Patienten, und ich muss schnell wieder zurück. Die zahlen nämlich mehr als nur zwei neunundneunzig.«

»Du verhältst dich unmöglich, Jordan.« Sie nahm ihn zur Seite.

»Ich bin einfach genervt. Krieg ich jetzt endlich mein Handy?«

»Natürlich.« Sie holte es aus der Hosentasche. Sie wusste jetzt schon, dass später eine lange Rede darüber folgen würde, was für eine blöde Idee Partnertelefone gewesen waren. Und dass er ja von Anfang an dagegen gewesen sei. »Ich wusste nicht, dass ich es hatte. Warum hast du denn nicht angerufen und es mir gesagt?«

»Wie denn? Ich habe deine Ladennummer in meinem Handy gespeichert. Denkst du, die kenne ich auswendig?«

Er kannte ja nicht mal seine Nummer auswendig.

»Du hättest dein Handy mit meinem anrufen können.« Oder die Chocolaterie in den Gelben Seiten nachschlagen können.

»Hab ich versucht. Du hast eine Pin.«

»Die ist ganz leicht zu erraten. Es ist unser Jahrestag.«

So, wie Jordan sie ansah, ahnte sie, dass er auch den nicht auswendig wusste. Würde er ihn überhaupt je wissen, wenn sie ihn nicht schon immer Tage vorher erwähnte?

»Hier ist dein Handy. Ich bin weg.« Er legte ihr nicht sehr behutsam ihr Smartphone in die Hand und war verschwunden, bevor sie noch etwas sagen konnte.

Danach konnte sie sich kaum noch auf ihre Arbeit konzentrieren. Agnes wartete, bis sie die drei anderen Kunden bedient hatte, und kam dann zu ihr an die Kasse.

»War das etwa dein Freund?«

Keira nickte. »Jordan, ja.«

»Er hat dich behandelt, als wäre er dein Vater. Ein sehr strenger Vater.«

Na super. Dass Agnes jetzt so etwas sagte, machte es auch nicht gerade besser. Und dann war sie dabei auch noch so direkt.

»Ich … er … ich weiß auch nicht, warum er sich so aufgeführt hat.«

Agnes sah sich um, um sicherzugehen, dass auch niemand mithörte. »Ich will mich ja nicht einmischen, aber du weißt, dass ich Psychologie studiere. Wir hatten da gerade neulich dieses Thema ... Frauen, die ohne Vater aufgewachsen sind, suchen sich oft einen Mann, der sie bevormundet und erniedrigt. Du bist doch ohne Vater aufgewachsen, oder?«

Sie nickte. Zu etwas anderem war sie gerade überhaupt nicht imstande.

»Falls er dich öfter so behandelt, solltest du vielleicht mal darüber nachdenken«, sagte Agnes. »Ich kann dir auch Material zum Lesen geben.«

»Ist nicht nötig, danke.«

Sie war froh, als Agnes weg war. Am liebsten hätte sie ihren Laden auf der Stelle geschlossen und sich in irgendeiner Höhle verkrochen oder hinten in der Küche bei der großen Dose Keksbruch. Aber heute war der wichtigste und umsatzreichste Tag des Jahres, außerdem verließen ihre Kunden sich auf sie. Sie musste es irgendwie noch bis zum Feierabend schaffen. Noch knapp siebeneinhalb Stunden. Da musste sie durch. Irgendwie.

Am Nachmittag bekam sie wenigstens Hilfe von Kimberly und ging in die Pause. Diesmal ließ sie sich Zeit, rauchte ein paar Zigaretten, während sie durch die Straßen lief. Zu essen kaufte sie sich nichts, Hunger hatte sie keinen.

Sie hatte Jordan fragen wollen, ob sie heute Abend ausgehen wollten. Besser gesagt hatte sie darauf gewartet, dass er so etwas vorschlug. Hatte er aber nicht, und nach diesem Auftritt hatte sie auch nicht mehr das Bedürfnis danach. Sie würde nie wieder ein Wort mit ihm reden, er hatte sie so blamiert – vor ihren Kunden, und das war das Schlimmste. Sie hatte sich entschuldigen müssen, und sie hatte es in ihren Augen gesehen, das Entsetzen. Die Frage: Wie kann Miss Buckley sich nur mit solch einem Unhold abgeben?

Zurück in der Valerie Lane, die heute vor Kunden nur so strotzte, ging sie bei Susan vorbei.

»Hallo, Keira. Wie nett, dass du mich besuchst. Aber hast du heute nicht jede Menge zu tun?«

»Doch, habe ich. Ich wollte dich nur kurz was fragen. Hast du noch immer vor, heute nach Ladenschluss ins Obdachlosenheim zu fahren und die Handschuhe zu verteilen?«

»Aber natürlich.«

»Kann ich mitkommen?«

Susan sah sie stirnrunzelnd an.

»Bitte frag nicht«, bat sie.

»Klar kannst du mitkommen. Ich würde mich sogar sehr freuen.«

»Danke.« Schon war sie wieder raus aus Susan's Wool Paradise und wappnete sich für den Rest dieses ach so romantischen Tages.

Irgendwie schaffte Keira es, bis zum Ladenschluss Kunden zu bedienen, freundlich zu lächeln und die liebevoll verpackten Herzpralinen zu verschenken. Um sechs Uhr verabschiedete sie Kimberly, der sie auch noch ein paar Herzen in die Hand drückte, und stand dann einfach nur da. Wusste nicht, was sie tun sollte.

Erneut sah sie auf ihr Handydisplay. Jordan hatte seit dem Vorfall am Morgen nichts von sich hören lassen. War er jetzt sauer auf sie? Obwohl *sie* doch allen Grund dazu hatte.

Draußen sah sie Patrick und Orchid verliebt entlanglaufen. Er musste sie von der Arbeit abgeholt haben, eine wirklich süße Geste am Valentinstag. Die beiden waren zu beneiden, so unglaublich glücklich wirkten sie. Jetzt fiel ihr wieder ein, dass sie ja vorhatten, heute Abend noch nach London zu fahren und sich einen romantischen Abend zu machen. Obwohl die Großstadt nur eine Stunde entfernt lag, hatte es Keira seit Jahren nicht dorthin verschlagen. Die Gelegenheit hätte sie zwar gehabt, Lust auf irgendwelche Sportmessen dagegen weniger, also war sie, wenn Jordan sich auf nach London gemacht hatte, stets zu Hause geblieben. Es lag ja auch nicht nur daran. Sie hatte die Chocolaterie einfach nicht für einen ganzen Tag schließen wollen. Seit sie aber Kimberly eingestellt hatte, wäre es problemlos gegangen, sie hatte ja schon einige Male super übernommen. Jetzt hatte Keira zwar die Möglichkeit, aber nicht die Gelegenheit. Wozu sollte sie sich schon einen Tag freinehmen? Um Jordan zu verfolgen? Ihn zu beobachten? Herauszufinden, um wen es sich bei dieser Tessa Keane handelte?

Ein lautes Klopfen an der Ladentür.

Keira ging aufschließen und ließ eine aufgeregte Laurie herein.

»Du wirst es nicht glauben! Barry hat mir eine Reise nach Schottland geschenkt!«

Keira lächelte. Das wusste sie doch längst.

210

»Wie schön. Ich freue mich für dich. Das hört sich fantastisch an.«

»Nun tu nicht so scheinheilig. Ich weiß genau, dass du eingeweiht warst.« Sie stupste sie leicht an.

»Du hast mich ertappt. Du freust dich also, ja?« Sie erzählte Laurie lieber nichts von den zuckerfreien Müsliriegeln.

»Na klar! Ich lerne endlich Barrys Schwester und seine bezaubernde kleine Nichte persönlich kennen. Geskypt haben wir schon.«

»Und du schaffst es wirklich, deinen Laden für ein paar Tage zu schließen?«

»Das muss dann einfach mal gehen. Ich habe die Tea Corner seit Jahren nicht geschlossen. Wann hab ich mir zuletzt Urlaub gegönnt?«

»Zweitausendvierzehn?«

»Zweitausenddreizehn!«

»Wow! Das ist lange her.«

»Ganz genau. Seit ich mit Barry zusammen bin, steht der Laden auch nicht mehr an erster Stelle, verstehst du? Ich meine, er ist mir immer noch unglaublich wichtig, aber … ich muss endlich auch mal anfangen, an mich selbst zu denken. Das sollten wir alle.« Eindringlich sah Laurie sie an.

»Ich weiß. Und deshalb gehe ich heute Abend auch nicht mit Jordan aus, sondern begleite Susan ins Obdachlosenheim.« Dass Jordan gar nicht vorhatte, mit ihr auszugehen, sagte sie nicht.

Laurie runzelte die Nase. »Das hört sich nicht gerade nach Ausbrechen an.«

»Ich habe dir schon mal gesagt, dass ich nicht der Typ fürs große Ausbrechen bin.«

»Ja, ja, ich weiß. Dann angle dir aber wenigstens einen heißen Obdachlosen.« Laurie grinste frech.

»Haha. Du bist ja lustig. Nein danke, das überlasse ich lieber anderen.«

Sie blickten beide unwillkürlich hinüber zu Garys Ecke, wo Ruby stand. Die beiden schienen sich angeregt zu unterhalten.

»Ich wünschte so, du würdest auch endlich deinen Gary finden«, sagte Laurie, und jetzt schwang eine Spur Traurigkeit in ihrer Stimme mit. »Oder deinen Barry. Oder deinen Patrick. Oder deinen Humphrey.«

»Du brauchst mir jetzt nicht alle Traummänner der Stadt aufzuzählen, danke.« Sie überlegte. Sollte sie Laurie von ihm erzählen? Immerhin war sie ihre beste Freundin. »Weißt du ... es gibt da jemanden. Eigentlich ist es verrückt, er ist verheiratet und ...«

»Lass bloß die Finger von verheirateten Männern«, riet Laurie ihr.

»Ich will ja auch gar nichts von ihm. Ich wollte nur sagen, dass ich meinen eigenen Traummann schon gefunden habe.«

»Wäre er nur nicht verheiratet ...«

»Wäre er nur nicht verheiratet ...«

Sie schwiegen eine Minute, dann fragte Keira: »Und? Wann geht es nach Schottland?«

»Anfang März. Für ein langes Wochenende.«

»Na, Gott sei Dank bist du nicht mittwochs weg. Wo sollten wir uns sonst treffen?«

»Da hättet ihr schon was gefunden. Aber ich bin ja da. Ich lasse euch doch nicht an einem Mittwoch allein.« Laurie lächelte warm.

Keira erwiderte das Lächeln. »Das will ich aber auch hoffen.« Sie nahm ihre Freundin in die Arme. »Ich freue mich wirklich für dich, dass du die wahre Liebe gefunden hast. Du hast es so verdient.«

»Danke, Keira. Du wirst sie auch noch finden, da bin ich mir ganz sicher.«

»Meinst du?«

Laurie nickte. »Es wäre nur von Vorteil, wenn du dann frei für sie wärst. Verstehst du, was ich meine?«

Sie verstand. Aber sie hatte trotz allem das Gefühl, einfach noch nicht völlig abschließen zu können mit Jordan und ihrer Beziehung.

KAPITEL 19

An diesem Mittwochabend ging Keira zum ersten Mal seit langer Zeit nicht rüber zu Laurie's Tea Corner. Sie hätte zwar gerne gehört, wie Mrs. Witherspoon von ihrem neuen Kühlschrank erzählte, und hätte es auch großartig gefunden, endlich Humphrey kennenzulernen, falls die Gute ihn heute endlich einmal mitbringen sollte, aber Orchid würde sicher nur von ihrem romantischen Abend in London erzählen, und Laurie würde aufgeregt von ihrer faszinierenden Reise nach Schottland schwärmen. Und darauf konnte sie gut verzichten. Keira hatte Wichtigeres zu tun.

Sie musste mit Jordan reden.

Am Abend zuvor war sie mit Susan zum Obdachlosenheim gefahren. Sie hatte die restlichen Herzpralinen und auch jede Menge anderer Süßigkeiten eingepackt und sie dort den Menschen gegeben, die wahrscheinlich sonst nichts zum Valentinstag bekommen hatten. Fast bereute sie, am Morgen nicht die dämlichen zuckerfreien Müsliriegel eingesteckt zu haben. Hier hätte sie vielleicht noch jemandem eine Freude damit machen können.

Während sie Susan dabei zusah, wie sie mit dem liebevollsten Lächeln und ihrem warmherzigen Wesen ihre selbst gestrickten Handschuhe verteilte – ganz so wie die gute Valerie es einst gemacht hatte –, wurde sie endlich wachgerüttelt.

Eine Last, die so unheimlich schwer auf ihrer Seele gelegen hatte, riss sich von dieser los und ließ ein Gefühl der Dankbarkeit, Demut und Einsicht bei ihr zurück. Dankbarkeit und Demut, weil sie es so gut im Leben hatte und mit solch einem tollen Job, solch liebenswerten Freunden und einem Dach über dem Kopf gesegnet war, und Einsicht, weil sie endlich erkannte, dass sie ebendiese wertvollen Gaben, mit denen der liebe Gott sie gesegnet hatte, nicht vor die Hunde werfen sollte.

Sie ließ ihren Tränen freien Lauf, als sie die dankbaren Gesichter der armen Menschen betrachtete, die sich über so etwas Triviales wie ein paar selbst gestrickte Handschuhe und eine Herzpraline freuten. Ihr Herz ging auf, und sie wusste, was sie zu tun hatte.

Die ganze Nacht und den ganzen Tag hatte sie darüber nachgedacht, und am Abend war sie bereit, Jordan zur Rede zu stellen.

Bevor sie nach Hause fuhr, rief sie noch schnell bei Laurie an und entschuldigte sich. Ihr gehe es nicht gut, sie werde nach Hause fahren, sagte sie ihr. Anders konnte sie es nicht ausdrücken.

Sie saß am Esstisch und wartete auf ihn. Gegessen hatte sie bereits, eine Portion Fish and Chips, die sie sich auf dem Heimweg gekauft hatte. Sie war am Abend zuvor spät nach Hause gekommen – Susan und sie waren noch eine heiße Schokolade trinken gegangen –, und heute Morgen hatten sie und Jordan sich zwar kurz gesehen, den Vorfall vom Vortag aber nicht angesprochen. Sie fragte sich, ob Jordan überhaupt bewusst war, wie bescheuert er sich aufgeführt hatte. Sie konnte sich noch immer nicht erklären, warum er wegen der vertauschten Handys so ausgerastet war. Jetzt, wo sie darüber nachdachte, erkannte sie aber, dass er schon immer etwas eigen gewesen war, was sein Handy anging. Er hatte es noch nie gemocht, wenn es geklingelt hatte, und sie war rangegangen, oder wenn sie es nur in die Hand genommen hatte, um nach der Uhrzeit zu sehen. Hatte das alles etwa eine tiefere Bedeutung? Wollte er nicht, dass sie sich sein Handy genauer ansah? Weil sie darin vielleicht etwas finden und sein Geheimnis lüften würde? Wenn dem so war, warum richtete er sich nicht auch eine Bildschirmsperre ein? Er könnte ihren Jahrestag als Pin nehmen – ach, den hatte er ja vergessen!

»Jordan«, sagte sie, als er kam. Sie war ganz ruhig, würde sich auf keinen Streit einlassen. Sie wollte nur wissen, was Sache war.

»Keira.« Er sah sie kurz an und machte Anstalten, sich aufs Sofa zu setzen. Er hatte bereits die Fernbedienung in der Hand.

»Können wir reden?«, fragte sie.

»Muss das jetzt sein? Ich bin echt kaputt.«

»Vom Sport?«

»Genau.«

»Es muss jetzt sein, Jordan«, sagte sie bestimmt.

Er seufzte und begab sich rüber zu ihr, setzte sich an den Tisch. »Was gibt's?«

Obwohl sie sich so gut überlegt hatte, was sie sagen wollte, weigerten die Worte sich nun doch herauszukommen. Also begann sie so: »Gestern war Valentinstag.«

»Das weiß ich doch.«

»Hast du mir nichts zu sagen?«

»Du meinst das, was im Laden passiert ist? Tut mir leid, falls ich überreagiert habe, aber es war wirklich ätzend, das Handy nicht dabeizuhaben. Ich brauche mein Handy.«

»Schon klar.«

»Und du hast wirklich nicht gemerkt, dass du meins eingesteckt hattest?«

»Erst als du bei mir im Laden standest und rumgeschrien hast.«

»War nicht meine Absicht.«

»Schon vergessen. Eigentlich möchte ich über ganz was anderes mit dir sprechen.«

»Wegen gestern Abend, hm? Du hast ausgehen wollen, oder?«

»Nein, ich hatte bereits etwas anderes vor«, antwortete sie, und Jordan blickte verdutzt drein.

»Ach, tatsächlich? Was denn?«

»Ich hatte etwas Wichtiges zu tun. Mit Susan.«

»Hat lange gedauert.«

»Dann hast du doch mitbekommen, wie ich nach Hause gekommen bin.«

»Nur so im Halbschlaf.«

»Aha.«

»Du weißt, dass der Valentinstag nicht so mein Ding ist. Ich bin beruhigt, dass du dich anderweitig beschäftigt hast. Wir können das ja ein andermal nachholen. Ausgehen, meine ich.«

»Schon okay. Du hast dein Soll erfüllt. Ich hab doch diese tollen Müsliriegel von dir bekommen.«

»Ich wusste doch, dass du dich nicht darüber freust.«

»Wenn du es wusstest, warum hast du sie mir dann geschenkt?«

»Was hätte ich dir denn sonst schenken sollen?«

»Wie wär's mit Schokolade?«

»Du hast einen ganzen Laden voller Schokolade.«

Sie spürte wieder diese Wut in sich aufsteigen. Aber nein, sie würde jetzt nicht ihre Stimme erheben.

»Wie wäre es mit den Blumen gewesen, um die ich dich gebeten habe?«

»Ich schenke dir doch ständig Blumen.«

»Das letzte Mal zum Geburtstag. Das ist acht Monate her.« Und es waren auch noch gelbe Rosen gewesen, die sie am allerwenigsten mochte. Dass Rosa ihre Lieblingsfarbe war, schien Jordan immer noch nicht zu wissen. Tobin wusste es. Aber das war eine andere Sache.

»Willst du mir jetzt Vorhaltungen machen? Mir ein schlechtes Gewissen einreden? Oh Gott, am besten schenke ich dir gar nichts mehr. Du freust dich ja eh über überhaupt nichts.«

Tief einatmen.

»Es geht nicht um den Valentinstag«, ließ sie ihn wissen.

»Geht es nicht?«

»Nein.« Sie sah ihm direkt in die Augen. Wenn nicht jetzt, dann nie. »Wer ist Tessa Keane?«

Sie konnte mit ansehen, wie Jordan von Millisekunde zu Millisekunde blasser wurde.

»Was?«

»Ich habe dich gefragt, wer Tessa Keane ist.«

»Woher kennst du diesen Namen?«, fragte er, und etwas Aggressives, Beängstigendes schwang in seiner Stimme mit.

»Ich habe den Namen auf deinem Computerbildschirm gesehen. Du überweist ihr monatlich eine horrende Summe, kannst du mir das erklären?«

Jordan stand wütend vom Stuhl auf, stützte beide Hände auf den Tisch und starrte sie hasserfüllt an. »Du wagst es, an meinen Computer zu gehen?«, schrie er sie an.

»Es war ganz zufällig. Du hattest den Laptop offen stehen lassen.«

»Wann war das bitte?« Er funkelte sie noch immer böse an.

»Neulich. An dem Abend, als ich zurück nach Hause gekommen bin.«

Sie sah ihn grübeln, an den Abend zurückdenken.

»Und dann bist du, nachdem du in meinen Sachen geschnüffelt hast, einfach wieder gegangen? Nur um später wiederzukommen und so zu tun, als ob nichts gewesen wäre?«

»So in etwa.« Es war die Wahrheit, warum sollte sie sich die Mühe machen, ihn anzulügen? Es reichte, dass einer von ihnen log.

»Du bist echt … Keira, du bist echt …«

»Na, was bin ich?«

»Du bist das Letzte! In meinen privaten Sachen zu schnüffeln. In meinen Bankunterlagen! Ich glaub's einfach nicht.«

»Ich will wissen, wer Tessa Keane ist«, sagte sie noch einmal. Sie würde nicht lockerlassen, bis er es ihr erzählte.

Er richtete sich nun auf, rieb sich die Schläfe, ging im Raum auf und ab. Dann setzte er sich wieder.

»Wenn du es unbedingt wissen musst: Sie ist meine Finanzberaterin.«

Sie glaubte ihm kein Wort. »Du hast eine Finanzberaterin?«

»Ja, habe ich.«

»Und du überweist ihr Geld, weil …?«

»Weil ich da in eine Sache investiere. Eine vielversprechende Sache.«

»Worum geht es genau?«

»Eine Firma, die Sportgeräte herstellt.« Es kam wie aus der Kanone geschossen. Er hatte sich in Sekundenschnelle etwas überlegt. Sie war fast beeindruckt, wäre es nicht so jämmerlich gewesen.

»Was für Sportgeräte?«

Jordan lachte abschätzig und ein wenig krächzend. »Davon würdest du nichts verstehen.«

»Weil ich keine Ahnung von Sport habe?«

»Du hast es erfasst.«

»Ich habe aber, glaube ich, so viel Ahnung, um zu wissen, dass man Investitionsgelder nicht an seine Finanzberaterin überweist, sondern an …«

»Was weißt du schon, Keira? Jetzt hör endlich auf, mir irgendwas unterstellen zu wollen. Du hast ja ein Rad ab!«

»Ich habe …«

»Ich will nichts mehr davon hören, hast du verstanden? Lass uns lieber über dich reden und davon, dass du mein Vertrauen zerstört hast«, sagte er grob. Dabei verließ ein wenig Spucke seinen Mund und blieb an seinem Kinn hängen.

»Genau, Jordan. Vertrauen ist wahrscheinlich das, worüber wir wirklich reden sollten.«

Er sprang nun auf und verließ das Zimmer. »Das muss ich mir echt nicht geben. Ich gehe noch mal raus, eine Runde laufen. Warte nicht auf mich.«

»Hatte ich nicht vor«, rief sie ihm hinterher.

Sie hörte, wie die Tür knallte. Und sie lächelte, obwohl sie nicht genau verstand, warum. Vielleicht, weil sie einmal als Gewinnerin aus einem Streit hervorgegangen war? Weil sie sich nicht von ihm hatte erniedrigen lassen? Weil sie endlich selbstbewusst genug war, gegen ihn anzukämpfen?

»Verflucht noch mal, ich werde herausfinden, wer diese Tessa Keane ist«, sagte sie in die Stille der leeren Wohnung hinein. »Und wenn es das Letzte ist, was ich tue.«

Sie stand auf und ging ins Badezimmer. Während sie sich ein Bad einlaufen ließ, spazierte sie in Unterwäsche in die Küche und schmierte sich ein Nutellabrot. Mit ganz dick Nutella drauf. Sie legte eine CD von James Bay ein und stieg in die Wanne.

»Dir hab ich's aber gezeigt«, sagte sie, nicht zu James Bay, sondern zu Jordan, der sich sonst wohin verzogen hatte und sie leider nicht hören konnte. »Und das war erst der Anfang.«

KAPITEL 20

»Das kann doch nicht dein Ernst sein!«, rief Laurie und kam auf sie zu.

Keira stand vor dem Laden und rauchte, ganz offen, eine Zigarette. Ihr war gerade alles egal, sie war so verletzt und durcheinander, da konnten nur Zigaretten helfen. Schokolade hätte auch helfen können, aber davon sollte sie lieber Abstand halten, bevor sie noch ihre ganzen Vitrinen leer aß. In den letzten Wochen hatte sie ganze dreieinhalb Kilo zugenommen, das hatte sie heute Morgen bei einem Blick auf die Waage feststellen müssen.

Sie drehte sich um und versuchte nicht einmal, das böse Laster zu verbergen.

»Hi, Laurie. Wie geht's?«

Ihre Freundin, heute in einem langen bunten Rock, sah sie empört an. »Was ist denn in dich gefahren? Drehst du jetzt vollkommen durch?«

»Wieso? Weil ich rauche? Das habe ich doch früher auch schon getan.«

»Du hast aber aufgehört und gesagt, du wolltest nie wieder damit anfangen.«

Keira machte eine gleichgültige Geste. »Ach, was soll's. Ist doch alles egal.«

»Egal? Mir ist deine Gesundheit nicht egal.« Laurie sah wirklich schockiert aus.

»Laurie. Es raucht mindestens ein Drittel der Menschheit. Ist doch keine große Sache.«

Ihre Freundin schüttelte nun den Kopf. »Was ist passiert, hm?«

»Jordan.«

»Hab ich mir gedacht. Was hat er jetzt schon wieder angerichtet?«

»Er hat Geheimnisse vor mir. Schlimme Geheimnisse.«

»Was denn für Geheimnisse?«

»Weiß ich noch nicht. Aber ich habe fest vor, es herauszufinden.«

»Du solltest ihn einfach in den Wind schießen und das alles hinter dir lassen. Ihn und seine Geheimnisse.«

»Geht nicht. Nicht, bevor ich herausgefunden habe, wer diese Tessa Keane ist.« Sie nahm einen langen Zug von ihrer Zigarette.

Laurie griff in Blitzgeschwindigkeit danach, warf sie zu Boden und trat drauf. »Du hörst jetzt sofort auf damit! Wer ist Tessa Keane?«

»Tsss!«, machte Keira und nahm sich eine neue Kippe aus der Schachtel.

»Mensch, Keira, ich erkenne dich kaum wieder. Was macht Jordan nur aus dir? Und erzähl mir jetzt endlich, wer Tessa Keane ist.« Lauries Blick wechselte von empört zu besorgt.

»Keine Ahnung. Noch nicht.«

»Betrügt er dich etwa?«

»Könnte schon sein. Ich habe aber das Gefühl, dass da

noch viel mehr dahintersteckt. Jordan überweist gewisser Tessa Keane nämlich jeden Monat eine hübsche Summe über siebenhundertsiebenundzwanzig Pfund.«

»Ist nicht dein Ernst!«

»Oh doch. Ich habe es selbst gesehen, auf seinem Computer.«

»Du schnüffelst in seinen Onlineangelegenheiten herum?«

»Nun fang du nicht auch noch an.« Genervt rauchte sie weiter.

»Tut mir leid. Hm … das ist ein ganz schön hoher Betrag. Wann überweist er ihn denn immer? Und ist es immer dieselbe Summe?«

»Ich glaube schon. Zumindest in den letzten zwei Monaten. Und er hat die Überweisung gleich am Anfang des Monats getätigt.«

»Hm«, machte Laurie wieder. »Am Anfang des Monats … Hört sich ganz nach Unterhaltszahlungen an, oder?«

»Ha!« Keira lachte. Das war ja einfach lächerlich. »Du meinst, für eine Exfrau?«

»Oder ein Kind.«

»Laurie, Jordan mag ein Idiot sein, aber er hätte mir doch nicht verheimlicht, wenn er mal verheiratet gewesen wäre oder ein Kind hätte! Wir sind seit acht Jahren zusammen, da hätte ich doch was gemerkt. Außerdem ist er total gegen die Ehe, und Kinder kann er nicht ausstehen.«

»Ist er nicht mal total ausgetickt, als du dich über deinen Vater beklagt hast, der euch so früh im Stich gelassen hat?«

»Ja …« Keira erinnerte sich gut. Das war schon eine ganze Weile her. Es war ein Vatertag gewesen, und sie hatte einen dieser seltenen Momente gehabt, an denen sie ihren Vater tatsächlich vermisste. Als sie Jordan von ihm erzählte, wurde er richtig sauer und meinte, nicht jeder Mann wäre dazu geschaffen, ein Vater zu sein. Lieber ein nicht anwesender Vater als ein mieser Vater. Das sei doch fast dasselbe, hatte sie erwidert, und er hatte den Rest des Tages kaum mehr ein Wort mit ihr gewechselt. Verstanden hatte sie seine unerwartete Reaktion damals nicht, und Laurie, der sie davon erzählt hatte, auch nicht. Danach hatte sie es vermieden, ihren Vater Jordan gegenüber zu erwähnen, um nicht noch einmal so eine Reaktion zu provozieren. Bekam die ganze Sache jetzt doch eine Logik?

»Einer von uns hat gleich Kundschaft«, sagte Laurie und deutete zu Mrs. Kingston, die die Valerie Lane entlanggeschlendert kam. Es war kurz vor zehn und im Gegensatz zu Anfang der Woche richtig still in der Straße. Die Leute hatten sich wohl zum Valentinstag genug verausgabt und waren alle bestens versorgt mit Schokolade, Tee, Geschenken und Blumen, sodass sie Keira, Laurie und den anderen ein wenig Ruhe gönnten.

»Guten Morgen!«, flötete Mrs. Kingston. »Zu Ihnen habe ich gewollt«, verkündete sie und zeigte auf Laurie. »Ich brauche Nachschub von dem leckeren Gewürztee. Seit wann rauchen Sie denn?«, wandte sie sich an Keira.

Sie zuckte nur mit den Schultern.

»Na, dann kommen Sie mal mit in die Tea Corner«, sagte Laurie und drückte Keiras Arm. »Wir reden später weiter, ja?«

»Ich wollte keinesfalls Ihr Gespräch unterbrechen. Ich habe Zeit«, ließ Mrs. Kingston sie wissen.

»Wir waren schon fertig«, erwiderte Keira. In ihrem Kopf hingen aber eine Trilliarde Fragezeichen herum. Konnte Laurie mit ihrer Vermutung recht haben?

»Keiras Freund hat Geheimnisse«, plauderte Laurie aus.

Keira bedachte sie mit einem bösen Blick.

»Geheimnisse halten eine Beziehung frisch«, befand Mrs. Kingston.

»Nicht diese Art von Geheimnissen«, erwiderte Keira und ging in ihren Laden zurück. Die Zigarette schnippte sie im hohen Bogen aufs Kopfsteinpflaster.

Drinnen trank sie einen Schluck Kaffee und starrte aus dem Schaufenster. Eine Exfrau oder ein Kind. Könnte sie wirklich so blind und so dumm gewesen sein, sich acht Jahre lang an der Nase herumführen zu lassen? Oder hatte Jordan etwa in der Zeit, in der er mit ihr zusammen gewesen war, ein Kind mit einer anderen gezeugt?

Oh Gott, das wäre ja noch viel schlimmer!

Sie lief auf die Straße und hob mit schlechtem Gewissen, weil sie die Valerie Lane verschmutzt hatte, den Zigarettenstummel auf. Dann ging sie zurück in den Laden, holte das Telefonbuch hervor, das verstaubt in einem alten Regal in der Kammer lag, die sie als Vorratsraum nutzte, und schlug es beim Buchstaben K auf.

»Guten Tag, mein Name ist Bridget Miller, und ich rufe von der Behörde der öffentlichen Verkehrsmittel an. Spreche ich mit Tessa Keane?« Sie hielt den Atem an.

»Ja, da sind Sie hier richtig. Mein Name ist Tessa Keane. Wie kann ich Ihnen denn weiterhelfen?«

Erleichtert, aber auch enttäuscht atmete sie aus. Die Frau hörte sich nach mindestens siebzig Jahren an, wenn nicht weitaus älter.

»Mrs. Keane, wie schön, dass ich Sie erreiche. Wir machen gerade eine Umfrage ... Hätten Sie zwei Minuten Zeit für ein paar Fragen?« Sie konnte ja schlecht gleich wieder auflegen. Da fiel ihr ein, dass sie, anstatt sich als irgendeine Behörde auszugeben, von der sie nicht einmal wusste, ob sie existierte, auch einfach hätte sagen können, sie sei eine alte Schulkameradin oder so etwas in der Art.

»Ja, sicher.« Die alte Mrs. Keane schien sich sogar zu freuen, dass sie ein wenig Unterhaltung bekam.

»Ja, ähm ...« ›Ähm‹ war wohl eher nicht so gut, es hörte sich auf jeden Fall nicht gerade professionell an. Aber es war ja auch ihr erster Anruf als Geheimagentin. »Fahren Sie denn öfter mit den öffentlichen Verkehrsmitteln?«

»Nicht mehr sehr häufig. Ich habe eine kaputte Hüfte, wissen Sie. Zweimal wurde ich schon operiert. Und jetzt machen mir auch noch die Knie zu schaffen. Ohne meinen Rollator komme ich nirgends mehr hin, und damit ist es sehr schwer, in den Bus zu steigen. Wenn einem da keiner zu Hilfe kommt ...«

Oje. Keira hatte nicht erwartet, dass die gute Dame ihr gleich ihre ganze Leidensgeschichte erzählen würde.

»Ich verstehe«, unterbrach sie sie, obwohl es ihr leidtat. Aber nebenbei hatte sie ja auch noch ein Geschäft zu führen, und jeden Moment konnten neue Kunden hereinkommen. »Das mit Ihrer Hüfte und Ihren Knien tut mir sehr leid.«

»Danke, meine Liebe. Sie sollten jeden Tag zu schätzen wissen, dass Ihre Knie noch so wollen, wie Sie wollen.«

»Ich weiß es zu schätzen, auf jeden Fall. Könnten wir jetzt zur nächsten Frage übergehen?«

»Aber natürlich.«

»Gut. Wenn Sie die öffentlichen Verkehrsmittel nutzen, nehmen Sie also den Bus, habe ich das richtig verstanden?«

»Ganz genau.«

»Wie oft, würden Sie sagen, fahren Sie wöchentlich mit dem Bus?«

»Ach, höchstens einmal im Monat noch. Wenn überhaupt. Wissen Sie, ich habe eine kaputte Hüfte. Und die Knie …«

Keira atmete tief durch. Die Türglocke bimmelte, und ein Kunde betrat den Laden.

»War das der Ofen?«, fragte Mrs. Keane am anderen Ende der Leitung.

»Nein, nur eine Glocke.«

»Sind Sie sicher, dass das nicht mein Ofen war? Nicht, dass mir am Ende noch was anbrennt.«

»Haben Sie denn etwas im Ofen, das anbrennen könnte?«

»Das weiß ich nicht«, gab Mrs. Keane zur Antwort. »Warten Sie, ich muss mal nachsehen gehen. Es könnte eine Weile dauern, ich habe nämlich eine kaputte Hüfte, wissen Sie? Und meine Knie wollen auch nicht mehr so …«

»Gehen Sie nur nachsehen. Ich warte.«

Sie wandte sich dem Kunden zu und holte ihm die Packung Kokosplätzchen aus dem Regal, um die er bat. Nach dem Abrechnen nahm sie den Hörer wieder in die Hand und fragte sich gleichzeitig, warum sie nicht einfach aufgelegt hatte. Weil Mrs. Keane ihr leidtat, vielleicht? Weil sie ein schlechtes Gewissen hatte, da sie so eine liebe alte Dame belog?

»Mrs. Keane?«, sprach sie in den Hörer. Es kam aber keine Antwort. Dann hörte sie ein Japsen.

»Hallo? Hallo? Sind Sie noch da?«

»Ja, ich bin noch dran. Und? War nun was im Ofen?«

»Nein, nein. Ich hatte ganz vergessen, dass der Strom vom Ofen ja abgestellt ist. Dafür hat mein Enkel gesorgt. Damit ich keine Dummheiten mache, wie er sagt. Ich bekomme das Mittagessen geliefert.«

»Das ist aber schön. Und? Schmeckt das gelieferte Essen?«

»Meistens schon. Heute Mittag hatte ich eine Kohlroulade. Mit Kartoffeln.«

Keira sah auf die Uhr. Es war Viertel vor zwölf. Wow, aßen alte Leute früh zu Mittag. Sie hatte noch nicht einmal gefrühstückt. Außer die Zigaretten.

»Das freut mich. Ich muss jetzt leider zum Ende kommen. Vielen Dank für Ihre Auskünfte. Sie haben mir wirklich sehr weitergeholfen.« Das hatte sie tatsächlich, viel mehr, als sie wusste.

»Darf ich noch etwas vorschlagen?«

»Aber gerne.«

»Sie könnten doch einen Seniorenservice einrichten. Kleinbusse extra für Senioren, mit jemandem, der einem mit dem Rollator hilft.«

»Eine sehr gute Idee. Ich notiere es mir.«

»Ich habe es nämlich mit der Hüfte, wissen Sie? Und meine Knie …«

»Auf Wiedersehen, Mrs. Keane. Einen schönen Tag noch!« Sie legte auf. So leid die arme Frau ihr tat, sie hatte erst mal genug von kaputten Hüften und Knien.

Himmel, sie war schon von dem einen Anruf fix und fertig und hatte noch sechs vor sich. Das allein in Oxford. Im Internet hatte sie herausgefunden, dass es in der Umgebung bis nach London insgesamt achtzehn Tessa Keanes gab und zweihundertsiebenundsechzig in ganz England. Wie sollte sie da nur die richtige finden?

Als sie am Abend bei ihrer Mutter eintraf, hatte sie die restlichen sechs Tessa Keanes in Oxford bereits abgehakt. Keine von ihnen war eine potenzielle Kandidatin. Bei denen, die gefühlt über zwanzig und unter sechzig waren, hatte sie sogar nachgefragt, ob sie Finanzberaterin seien. Einmal hatte sie sich als alte Klassenkameradin ausgegeben, einmal klipp und klar gefragt, ob die Frau am anderen Ende der Leitung Jordan Mitchum kannte. Dann war sie auf die Idee gekommen, sich einfach als Jordans Sprechstundenhilfe auszugeben. Doch alles hatte sie nicht weitergebracht. Zehn der achtzehn Tessa Keanes im größeren Umkreis hatte sie auch schon erreicht, morgen würde sie mit den restlichen weitermachen.

»Hallo, mein Schatz. Hast du Hunger?«, fragte ihre Mutter sie, als sie sich in die Küche setzte.

»Einen Riesenhunger.« Vor lauter Grübeln und wegen all der Anrufe hatte sie heute ganz vergessen, etwas zu essen. »Und diesmal nehme ich eine große Portion, Mum.«

Mary sah sie an und strahlte. Dann schaufelte sie ihr Kartoffelpüree, Spinat und Spiegeleier auf den Teller – ihr Lieblingsessen als Kind. Es tat gut, es brachte ihr ein Gefühl der Geborgenheit zurück in einer Zeit, die einfach nur zum Verzweifeln war. Der Montagskunde hatte sich bis jetzt nicht blicken lassen, sie würde also auf nächsten Montag hoffen müssen. Und Jordan? Allein bei dem Gedanken daran, sich das Bett mit ihm teilen zu müssen, wurde ihr übel. Sie könnte auf der Couch schlafen, aber eigentlich wollte sie gar nicht in seiner Nähe sein.

»Kann ich heute bei dir übernachten?«

»Jederzeit, mein Kind.« Ihre Mutter streichelte ihr mit dem Finger über die Wange.

»Danke, Mum.« Sie lächelte sie traurig an und war dankbar, dass ihre Mutter ihr keine weisen Ratschläge gab. Im Moment wollte sie nämlich überhaupt nichts hören, ihr Kopf war schon voll genug von all den neuen Informationen.

KAPITEL 21

Am nächsten Tag stieß sie auf einen Hinweis. Als sie sich bei einem weiteren Telefonat als Jordans Sprechstunden- hilfe ausgab, stockte eine Tessa. Keira merkte sofort, dass der Name Jordan Mitchum ihr etwas sagte. Dann fragte sie, was sie für sie tun könne.

Aus lauter Verlegenheit legte Keira auf. Aber sie hatte endlich die Richtige gefunden, da war sie sich sicher. Und sie wohnte keine halbe Stunde von Oxford entfernt in Abingdon.

Am liebsten hätte sie sich sofort aufgemacht, aber sie musste sich gut überlegen, was sie tun und was sie sagen wollte. Außerdem konnte sie den Laden nicht einfach schließen. Sie wartete also ab, bis Kimberly am Samstag kam, und bat sie, Keira's Chocolates für ein paar Stunden allein zu schmeißen.

»Überhaupt kein Problem«, erwiderte Kimberly, und Keira machte sich auf den Weg.

Draußen vor dem Laden wurde ihr bewusst, wie dumm sie gewesen war. Wie sollte sie nach Abingdon kommen? Fuhr dort ein Bus hin? Sie konnte ja schlecht Jordan um den Wagen bitten. Aber Laurie konnte sie bitten. Schnell huschte sie rüber in die Tea Corner.

»Laurie? Kann ich mir dein Auto ausleihen?«

»Klar. Wo willst du denn hin?«

»Erzähle ich dir später in Ruhe.«

Laurie sah sie mit einem Lächeln und einem Nicken an, die besagten, dass sie ihre Freundin durchschaute. »Du hast Tessa Keane gefunden, hab ich recht?«

»Ich denke schon. Ich muss sofort nach Abingdon, es lässt mir sonst keine Ruhe.«

Laurie kramte in ihrer Handtasche nach dem Autoschlüssel und warf ihn ihr zu. »Finde heraus, wer sie ist, James Bond.«

Endlich konnte auch Keira wieder lächeln. »Werde ich.«

»Und später will ich Details hören, ja?«

Sie nickte. »Wo steht dein Wagen?«

»Auf dem Parkplatz beim Fluss. Pass auf dich auf, Süße.«

»Werde ich.«

Keira trat durch die Tür, und sobald sie an der frischen Luft war, fühlte sie sich stark und wagemutig und tapferer als jemals zuvor.

Die Fahrt über war sie dann doch nervös, unglaublich nervös. Sie schaltete das Radio ein, es lief *Take Me To Church* von Hozier, ein Song, den sie immer gemocht hatte, Jordan nicht. Sie sang besonders laut mit. Irgendwie bekam der Song in diesem Augenblick eine neue Bedeutung, er war ihr Kampfsong. Der Song, der sie in eine neue Zukunft führen würde, wenn sie auch noch nicht wusste, wie diese aussah und was sie dort erwartete.

Keira hatte die Adresse, die neben dem Namen von

Tessa Keane im Online-Telefonbuch gestanden hatte, in Lauries Navi eingegeben, das Auto fuhr sie direkt vor ihre Haustür.

Lange saß sie da und traute sich nicht auszusteigen. Dann, den Song noch immer im Ohr, nahm sie endlich ihren Mut zusammen und sang vor sich hin: »Amen, Amen, Amen, Amen.« Obwohl sie gar nicht wirklich religiös und erst recht keine Kirchgängerin war, wusste sie, dass sie dies hier nur mit göttlicher Hilfe durchstehen konnte.

Sie atmete noch einmal ganz tief ein und ließ die frische Februarluft durch ihre Lungen strömen, bevor sie klingelte. Sie musste selbstbewusster auftreten, als sie sich fühlte, doch im Grunde war sie ein einziges nervöses Etwas.

Eine wunderschöne blonde Frau öffnete ihr die Tür. Sah sie verwundert an. »Ja?«

»Guten Tag«, erwiderte sie.

Das war's.

Mehr wollte einfach nicht herauskommen, sosehr sie sich auch anstrengte.

»Geht es Ihnen gut? Sie sind ja ganz blass«, sagte die Frau. War es Tessa Keane?

»Ich … entschuldigen Sie bitte, ich … ich …« Sie fühlte, wie ihr schwindlig wurde. Wenn dies Tessa Keane war, konnte es nur eines bedeuten: Jordan hatte eine Affäre mit ihr und zahlte ihr monatlich etwas, um … wofür? Für die Miete? Für heiße Dessous? Oh Gott, sie passte so viel besser zu Jordan, als sie es jemals getan hatte. Sie war groß und blond und superschlank. Hätte sie ihr gesagt, sie sei ein vielgebuchtes Zeitschriftenmodel, hätte Keira es ihr sofort abgenommen.

»Möchten Sie vielleicht ein Glas Wasser?«, bot die Frau ihr jetzt an.

Nett musste sie auch noch sein, verdammt!

Keira nickte. »Das wäre wirklich … ja, bitte.«

»Warten Sie hier. Ach was, kommen Sie rein.«

Tessa Keane ließ sie eintreten in ihr Haus. War Jordan schon oft hier gewesen? War er hier, wenn er sagte, er sei beim Sport? Wie hatte sie ihm nur abnehmen können, dass er jeden Tag Sport machte? Wer ging denn schon täglich ins Fitnessstudio? Und neulich? An dem Montag, an dem er, ohne sich zu melden, bis nachts weg gewesen war? Der verdammte Abend, an dem sie das blöde Hühnerbrustfilet und den Salat gemacht hatte. War er da hier gewesen? Bei dieser Frau?

Keira folgte ihr in die Küche und setzte sich auf einen der orangefarbenen Stühle, ohne dazu aufgefordert worden zu sein. Ihr war so unglaublich schwindlig.

Amen, Amen, Amen, Amen, sang sie innerlich. Bitte, lieber Gott, schick mir die Kraft, wenigstens so lange stark zu bleiben, bis ich mit ihr geredet habe. Danach kannst du mich von mir aus bewusstlos werden oder einen Nervenzusammenbruch erleiden lassen. Aber nicht vor ihr!

»Hier. Trinken Sie!«

Die Frau reichte ihr ein Glas Leitungswasser. »Sind Sie okay? Soll ich einen Krankenwagen rufen?«

»Nein, nein, es geht schon«, sagte sie und trank das Glas leer. Und dann, weil sie nicht wusste, wie sie es noch länger zurückhalten sollte, sagte sie es freiheraus: »Mein Name ist Keira Buckley.«

»Es freut mich, Sie kennenzulernen, Keira. Ich bin Tessa.« Erwartungsvoll sah Tessa sie an.

»Sagt mein Name Ihnen gar nichts?« Es sah zumindest nicht danach aus.

»Nein. Sollte er?«

»Ich bin … die Lebensgefährtin von Jordan Mitchum.« Der Vorname hätte wohl auch genügt.

Auf der Stelle verzog sich Tessas hübsches Gesicht und bekam einen schmerzverzerrten Ausdruck. »Hat er Sie geschickt?«

»Nein. Er weiß nicht, dass ich hier bin.«

»Was wollen Sie?«, fragte Tessa und verschränkte die Arme, aber nicht so, wie Orchid sie auf niedliche Weise verschränkte, sondern abwehrend, als wolle sie ihre ungebetene Besucherin jeden Moment rausschmeißen.

»Ich … ich …« Sie stockte. Wusste nicht, was sie sagen sollte. Alles, was sie sich seit gestern zurechtgelegt hatte, war weg. »Eigentlich weiß ich gar nicht, was ich hier mache. Ich habe Ihren Namen in Jordans … bin über Ihren Namen gestolpert und auch darüber, dass er Ihnen monatlich Geld überweist. Vielleicht geht mich das alles gar nichts an, aber … wissen Sie was? Es geht mich doch etwas an! Ich bin Jordans Partnerin, ich sollte wissen, was er hinter meinem Rücken macht. Also sagen Sie es mir, ich will es einfach nur wissen.« Sie wappnete sich, hoffte, Tessa würde es schnell machen, so wie wenn man jemandem ein Pflaster abzieht.

»Sie wissen es nicht?«, fragte Tessa sie überrascht.

»Was?«

Tessa ging, ohne ein weiteres Wort, aus der Küche, und Keira fragte sich schon, ob die Frau sie jetzt hier sitzen lassen würde, ohne dass sie je die Wahrheit erfuhr.

Sie erhob sich, merkte aber gleich, dass ihr Kreislauf noch immer im Eimer war. Sie schwankte und hielt sich am Türrahmen fest. Tessa kam zurück, einen Bilderrahmen in der Hand. Als sie ihn umdrehte und ihr hinhielt, breitete sich ein Gefühlschaos in Keira aus, das sie jeden Schwindel vergessen ließ. Erstaunen und Erkennen, Gewissheit und Wut und ein unglaublicher Hass auf Jordan, der sich nie wieder legen würde.

Auf dem Bild war ein Junge zu sehen, etwa zehn Jahre alt, der ein Ebenbild von Jordan war.

»Oh mein Gott«, sagte sie und legte eine Hand vor den Mund.

Sie wusste nicht, ob sie weinen oder schreien oder das Bild nehmen und es gegen die Wand schleudern sollte. Aber der arme Junge konnte ja nichts dafür. Laurie hatte recht gehabt, es gab wirklich ein Kind, das Jordan vor ihr verheimlichte. Wenigstens war der Junge schon groß und somit nicht gezeugt worden, als sie zusammen waren. Aber wer wusste schon, wie viele Kinder Jordan sonst noch hatte? Wer konnte noch irgendetwas mit Sicherheit wissen?

»Sie haben es wirklich nicht gewusst, oder?«, fragte Tessa sie nun. Keira konnte Mitleid in ihrem Blick sehen.

Sie spürte Tränen in ihre Augen aufsteigen und schüttelte nur den Kopf.

Während sie das Foto betrachtete, konnte sie erkennen, dass der Junge auf dem Bild Jordan nicht nur in Sachen blondes Haar und Brille ähnelte, er hatte sogar dieselbe schiefe Nase wie er. Ein Vaterschaftstest war hier nicht nötig.

»Er heißt Timothy und ist zwölf Jahre alt. Er hat gerade Rugbytraining«, erzählte Tessa ihr. Sie hätte es lieber nicht gewusst.

Sie konnte nichts tun, als das Bild anzustarren.

»Darf ich fragen, wie lange Sie und Jordan schon zusammen sind?«

»Acht Jahre«, brachte Keira mit Mühe hervor.

»Das ist eine lange Zeit. Sie sollten selbst entscheiden, was das über Jordan aussagt. Wollen wir uns wieder setzen?«

»Nein danke, ich muss zurück nach Hause fahren.« Nach Hause? Sie wusste nicht einmal mehr, was das war. Ihr Zuhause würde sich nie wieder danach anfühlen.

»In Ihrem Zustand? Sind Sie sich sicher? Ich könnte jemanden für Sie anrufen, der Sie abholt.«

»Keine Sorge, alles gut.« Nichts war gut. »Ich werde es schon schaffen.«

»Sie müssen es wissen.« Tessa brachte sie zur Tür. Keira konnte ihren Anblick nicht mehr ertragen.

»Ich möchte nur noch eins wissen, bitte.« Es klang sogar in ihren eigenen Ohren nach einem Flehen. »Hatte Jordan die ganze Zeit über Kontakt zu Timothy?«

Tessa schüttelte verbittert den Kopf. »Jordan hat uns sitzenlassen, als Timmy fünf Monate alt war. Er konnte das Babygeschrei nicht ertragen. Danach hat er sich nie wieder blicken lassen, nur den Unterhalt gezahlt, bis

Timmy ihn vor einigen Wochen aufgesucht hat. Ich war nicht dafür, aber er wollte sehen, wer sein Vater ist. Wollte ihn kennenlernen.«

Dann hatte Jordan sich also an besagten Tagen mit Timothy getroffen? Sie konnte nicht klar denken.

»Ich danke Ihnen. Und bitte entschuldigen Sie den Überfall.«

»Schon gut. Ich kenne Jordan und kann mir gut vorstellen, was Sie durchmachen müssen. Ich kann Ihnen nur einen Rat geben: Lassen Sie ihn hinter sich, so schnell Sie können.«

»Nichts anderes habe ich vor«, antwortete Keira, wandte sich zum Gehen und stieg draußen wieder in Lauries Wagen.

Als sie jetzt das Radio anstellte, lief *Take Me Home* von Jess Glynne, und sie musste schon nach wenigen Minuten rechts ranfahren, weil sie vor lauter Tränen die Straße nicht mehr sehen konnte.

KAPITEL 22

Irgendwie hatte Keira es doch noch zurück nach Oxford geschafft und Lauries Wagen wieder auf dem Parkplatz am Fluss abgestellt. Sie war in die Chocolaterie getaumelt und hatte Kimberly gebeten, später den Laden abzusperren und Laurie die Autoschlüssel zurückzugeben. Sie habe Kreislaufprobleme, hatte sie gesagt, sie wolle einfach nur schnell nach Hause. Dann war sie mit dem Bus gefahren. Das alles hatte sie wie in Trance getan, und in Trance war sie auch noch, als sie ihr Wohnhaus erreichte, sich die Treppen hochschleppte, sich Jacke, Stiefel und Schal auszog und aufs Sofa setzte. Sie war so verwirrt und so unglaublich müde. Irgendwann sackte sie weg und schlief ein.

Als sie aufwachte, dämmerte es bereits. Sie wusste nicht, wie spät es war, aber die Wohnung war still, Jordan schien noch nicht nach Hause gekommen zu sein. Bestimmt war er wieder beim Sport oder wo auch immer er war, wenn er ihr sagte, er gehe trainieren. Wer wusste schon, was für Geheimnisse er sonst noch vor ihr hatte.

Sie erhob sich und machte sich einen Tee. Laurie hatte ihr neulich diesen leckeren Kirschtee mitgegeben, den konnte sie jetzt gut gebrauchen. Ihre Freundin sagte immer, Tee sei die Antwort auf alles.

Sie nahm den Becher mit zum Couchtisch und zündete sich eine Zigarette an. Es war ihr egal, ob Jordan es riechen würde. Was machte es schon noch aus? Sollte er sich doch von ihr trennen, weil sie ihre schlechte Angewohnheit wieder aufgenommen hatte. Damit würde er ihr sogar einen Gefallen tun.

Ihr Handy klingelte. Es war Laurie.

»Du hast dich noch gar nicht gemeldet. Wie ist es gelaufen?«

»Dein Auto habe ich wieder am Fluss abgestellt. Kimberly hat den Schlüssel.«

»Mein Auto ist mir im Moment völlig egal. Nun erzähl schon! Hast du Tessa Keane gefunden?«

Sie nickte, noch immer gar nicht ganz da. Die Asche ihrer Zigarette drohte abzufallen, und sie kippte sie in die halb leere Plastikschale Nüsse, die noch auf dem Couchtisch stand. Jordans Nüsse. Proteine, Proteine, nur immer darauf bedacht, gesund zu leben. Dein Körper ist dein Tempel. Ihr Tempel war gerade dabei, in Schutt und Asche zu zerfallen, zumindest fühlte es sich so an.

»Keira?«

»Ich habe sie gefunden.«

»Und?«

»Sie ist seine Ex. Sie haben einen gemeinsamen Sohn. Er ist zwölf Jahre alt«, ratterte sie monoton herunter.

»Scheiße!«

»Das kannst du laut sagen.«

»Bist du dir ganz sicher?«

»Sie hat mir ein Bild gezeigt. Der Junge sieht aus wie Jordan, haargenau. Und die Überweisungen waren Unterhaltszahlungen. Jetzt macht alles einen Sinn. Wie konnte ich nur so blind sein?«

»Wie konnte Jordan nur so ein verdammt guter Lügner sein? All die Jahre? Dieser Schuft! Du solltest ihn rausschmeißen, auf der Stelle.«

Sie nickte erneut. Ja, das sollte sie. Sie nahm einen langen Zug und pustete den Rauch in Ringen wieder aus. Sie hatte gar nicht gewusst, dass sie das noch konnte.

»Ich fühle mich so … so …« Ihr fehlten die Worte.

»Verletzt? Gedemütigt?«

»Kalt. Gefühllos. Ich empfinde rein gar nichts.«

»Was erzählst du da, Keira?«

»Vorhin war ich geschockt, natürlich, wer wäre das nicht? Ich bin in Tessa Keanes Küche fast in Ohnmacht gefallen. Aber auf der Heimfahrt im Auto habe ich mich ausgeheult, und jetzt ist da rein gar nichts mehr.«

»Ach, Süße. Kann ich irgendetwas für dich tun? Soll ich vorbeikommen?«

»Nein. Ich muss mit Jordan reden. Ich warte gerade, dass er vom Sport kommt.«

»Ich wünsche dir viel Kraft. Und lass dir bloß keinen Bären aufbinden, dem darfst du kein Wort mehr glauben.«

»Mein Vertrauen ist dahin, das steht schon mal fest«, sagte sie verbittert.

»Kann ich mir vorstellen. Keira, ich bin da, wenn du mich brauchst, ja? Melde dich jederzeit, Tag oder Nacht.«

»Danke, das weiß ich zu schätzen.« Sie legte auf, pustete noch ein paar Rauchringe in die Luft und beobachtete sie dabei, wie sie aufstiegen und irgendwann verpufften. So wie ihre Liebe verpufft war.

Ja, sie hatte schon seit einiger Zeit gespürt, dass irgendwas war. Aber sie hatte Jordan trotz allem geliebt, immer noch an einer gemeinsamen Zukunft festgehalten. Immer noch gehofft, dass sie eines Tages eine Familie gründen würden. Ein Kind haben würden. Und all die Zeit hatte sie nicht einmal ansatzweise geahnt, dass Jordan bereits ein Kind mit einer anderen hatte.

Wie hatte er ihr das verschweigen können?

Über eines wunderte sie sich sehr: Wie konnte man von einem Moment auf den anderen statt Liebe Hass für jemanden empfinden? Doch so war es. Sie fühlte nichts als Hass für Jordan, und der wuchs von Minute zu Minute.

Als Jordan endlich zur Tür reinkam, war sie so entschlossen, ihn heute noch zu verlassen, dass sie wusste, es gab keinen Ausweg mehr.

Sie saß noch immer auf demselben Platz auf der Couch und rauchte eine nach der anderen.

»Bist du jetzt völlig verrückt geworden?«, begrüßte Jordan sie.

Einen Moment lang dachte sie, Tessa Keane hätte ihn vielleicht darüber in Kenntnis gesetzt, dass sie heute bei ihr gewesen war und Bescheid wusste. Als sie aber seinen angeekelten Blick wahrnahm, wurde ihr klar, dass es doch nur um die Zigaretten ging.

Sie starrte ihn an. Jordan wirkte wie ein Fremder.

»Du rauchst?«, schrie er herum. »Seit wann rauchst du denn wieder? Und warum zum Teufel tust du es in der Wohnung? Alles ist verqualmt und stinkt und ...«

»Du stinkst«, sagte sie und wusste nicht einmal, warum.

Jordan bedachte sie mit einem irren Blick, aber er verstummte.

Ein paar Sekunden lang sahen sie einander einfach nur an, keiner sagte etwas, keiner wusste, wie ihm geschah.

»Hör sofort auf damit!«, schrie Jordan dann. »Mach die Kippe aus. Was ist nur in dich gefahren?« Er begann herumzulaufen und alle Fenster aufzureißen, Jordan, der Gesundheitsfanatiker.

»Nein, ich werde meine Zigarette nicht ausmachen«, sagte sie vehement. »Ist doch meine Sache, ob ich rauche oder nicht.«

»Bist du jetzt total durchgeknallt? Soll ich einen Psychiater holen und dich in die Klapse einweisen lassen?«

Sie gab ihm auf diese bescheuerte Frage keine Antwort. »Wo warst du, Jordan?«, fragte sie ihn stattdessen.

»Was?« Er starrte sie wieder an. Auf diese Weise, die erkennen ließ, dass er nicht verstand, was hier gerade passierte. »Beim Sport, wo sonst?«

»Ach, ehrlich? Du warst nicht zufällig irgendwelche unehelichen Kinder besuchen?«

»Wovon redest du da, verdammt noch mal?« Er stellte sich jetzt kerzengerade, in seinem Hals begann es zu pochen, das konnte sie genau sehen.

»Ich war heute in Abingdon.«

Seine Augen weiteten sich. »Was hast du da zu suchen gehabt?«

»Ich wollte Tessa Keane ausfindig machen.«

»Scheiße, woher wusstest du, wo du sie findest?«

»Ich bin ja nicht blöd, Jordan. Oder anscheinend bin ich es doch, ganz gewaltig sogar. Anders kann ich mir nicht erklären, wie ich acht Jahre lang auf deine Lügen reinfallen konnte.«

»Keira …« Er kam einen Schritt auf sie zu. Fast sah es so aus, als würde es ihm leidtun, sie belogen zu haben. Oder tat es ihm nur leid, dass er aufgeflogen war? Es war egal, denn im nächsten Moment nahm sein Gesicht wieder diesen wütenden Ausdruck an. »Hast du etwa mit ihr geredet?«

»Das habe ich. Sie ist wirklich nett. Und sie hat mir ein Bild gezeigt, von Timothy. Du hast wirklich einen hübschen Jungen, er sieht dir sehr ähnlich. Du musst stolz auf ihn sein.«

»Das bin ich ganz und gar nicht. Wenn du wirklich mit Tessa geredet hast, und ich kann immer noch nicht glauben, dass du das wahrhaftig getan hast, wirst du auch erfahren haben, dass ich die letzten zwölf Jahre nichts mit den beiden zu tun hatte. Ich wollte nie ein Kind, ich bin nicht der Vatertyp.«

»Und das ist das Allerschlimmste von allem, verstehst du das denn nicht?« Ihr selbst wurde in diesem Augenblick erst bewusst, woher dieser enorme Hass rührte, den sie verspürte. »Du bist wie mein Dad! Wie oft habe ich dir erzählt, dass der damals einfach abgehauen ist und mich und meine Mum sitzengelassen hat? Wie sehr mich das als Kind verletzt hat? Und du bist ganz genauso! Du hast deine Familie auch einfach sitzen- und nie wieder was von dir hören lassen.«

»Wir waren niemals eine Familie.«

»Was auch immer ihr wart, es ist egal. Du hast deinem Sohn seine Kindheit versaut! Ich weiß genau, wie das ist,

Jordan. Es tut so verdammt weh, ohne Vater aufzuwachsen und nicht zu wissen, wo er ist. Nicht zu wissen, ob er deine Mummy oder dich verlassen hat. Ob du irgendetwas falsch gemacht hast, das ihn veranlasst hat zu gehen.«

»Nun werde doch nicht theatralisch ...«

»Halt die Klappe, Jordan! Du weißt gar nicht, wie sehr ich dich in diesem Moment hasse. Nicht nur, weil ich mir all die Jahre mit dir nichts sehnlicher gewünscht habe als ein Baby und du die ganze Zeit gesagt hast, dass du dir niemals vorstellen könntest, eins zu haben. Nicht nur, weil du mich belogen hast, mir so wichtige Dinge in deinem Leben vorenthalten hast, während du mir, deiner Partnerin, doch alles hättest anvertrauen können ... nein, müssen. Auch nicht, weil du mit einer anderen hast, wonach ich mich so sehne. Nicht einmal, weil du bist wie mein Vater. Weißt du, was mich richtig, richtig wütend macht, Jordan? Dass du mich die ganze Zeit verarscht hast, mich für dumm gehalten hast. Mich Tag für Tag gedemütigt hast, ohne dass ich überhaupt davon wusste. So behandelt man keinen anderen Menschen, Jordan, und vor allem keinen, den man liebt.«

»Ach, das musst du gerade sagen, was? Wer hat denn hier hinter meinem Rücken in meiner Vergangenheit herumgestöbert und ist nach Abingdon gefahren?«

»Jordan.« Sie stand nun endlich auf, wusste, dass sie die Kraft dazu hatte, und fühlte sich sogar ganz ruhig. »Nichts, was ich getan habe oder je hätte tun können, ist auch nur im Entferntesten so schlimm wie das, was du mir angetan hast. Und Tessa und deinem Sohn. Ich habe gehört, er hat den Kontakt zu dir gesucht. Ich hoffe sehr, für dich und für ihn, dass du nur einmal in deinem Leben etwas richtig machst.«

»Mein Sohn geht dich gar nichts an, Keira.«

»Das ist mir auch schon aufgegangen. Jordan, es ist aus mit uns.«

»Du machst Schluss? Ehrlich?«

»Ganz ehrlich. Denkst du, ich könnte auch nur einen Tag länger mit dir zusammen sein, nachdem du mich so behandelt hast?«

»Na gut, soll mir recht sein. Ich zieh aber nicht aus, nur damit das schon mal klar ist.«

»Keine Sorge. Ich ertrage es hier eh keine Sekunde länger. Ich gehe. Gib mir eine halbe Stunde, um zu packen.«

»Ich gehe in die Drogerie, meine Energy-Riegel sind alle. Wenn ich zurückkomme, bist du weg.«

»Darauf kannst du dich verlassen.«

Jordan ging aus der Tür. Und damit, dass er sich nicht einmal bei ihr entschuldigte, bewies er nur noch mehr, was für ein Idiot er war. Ihre Freundinnen hatten die ganze Zeit über recht gehabt.

Sie sammelte ihre Sachen zusammen und packte alles in zwei Koffer. Aus dem Badezimmer holte sie sich ihre Dusch- und Schminksachen, im Schlafzimmer räumte sie ihre Hälfte des Kleiderschranks aus. Sie steckte noch zwei Paar Schuhe, ihre flauschigen Pantoffeln, ein bisschen Nippes und zwei Bilderrahmen ein; auf dem einen Bild war sie mit ihrer Mutter zu sehen, auf dem anderen mit ihren Freundinnen aus der Valerie Lane. Jedes Foto zusammen mit Jordan hätte sie am liebsten gegen die Wand gedonnert.

Warum eigentlich nicht?

Sie nahm den teuren Glasbilderrahmen in die Hand, in dem ein Foto steckte, das ungefähr fünf Jahre alt war und sie und Jordan mit Partyhüten zeigte, und schmiss es mit geballter Kraft gegen die Wand über der Kommode. Dies tat sie auch mit allen anderen Bildern, die sie in der Wohnung fand. Es war unglaublich erleichternd und befreiend. Sie war richtig enttäuscht, als keine Bilderrahmen mehr übrig waren.

Die beiden Koffer waren voll. Ihre Backutensilien, die restlichen Trockenfrüchte und anderen Zutaten, die sie noch in der Küche hatte, würde sie zusammen mit den Fotoalben, den Aktenordnern und den restlichen Schuhen, Jacken und Mänteln ein andermal abholen. Laurie hatte ja bereits ihre Hilfe angeboten, sie würde sich sicher freuen, dabei zu sein.

Am liebsten hätte sie Laurie gleich angerufen, aber sie war so unglaublich geschafft und schrecklich müde. Sie schrieb ihr also nur eine kurze SMS und stieg dann über die Scherben. Das war alles, was sie Jordan hinterließ: einen Scherbenhaufen. Genau so, wie er es bei ihr getan hatte.

Als sie vor dem Haus auf das Taxi wartete, blickte sie zum Himmel auf und zu den Sternen. *Stern, leuchte, leuchte mir, der erste Stern, den ich heut seh, ich wünsche mir, ich wünsche mir, dass mein Wunsch in Erfüllung geht*, sagte sie den alten Reim in ihrem Kopf auf. Leider fiel ihr in diesem Moment kein gescheiter Wunsch ein, also wünschte sie sich einfach ein wenig Glück für die Zukunft und dass sie schnell über Jordan und all den Schmerz, den er verursacht hatte, hinwegkommen würde.

Als das Taxi neben ihr hielt, stieg sie ohne einen Blick zurück ein und fuhr von allem davon, was sie kannte, was sie ausgemacht hatte. Plötzlich wusste sie gar nicht mehr, wer sie sein sollte. Was definierte sie denn nun noch? Sie musste sich darüber klar werden, wie es jetzt weitergehen sollte, aber dafür hatte sie ja alle Zeit der Welt.

»Wohin?«, fragte der Taxifahrer.

»In eine neue, ungewisse Zukunft«, gab sie zur Antwort.

KAPITEL 23

Ein neuer Morgen in der Valerie Lane. Die Sonne bahnte sich ihren Weg durch die Wolken und schickte einen hellen Strahl direkt auf das kleine verlassene Gässchen. Keira, die an diesem Sonntag um kurz nach acht als Einzige schon draußen war, schüttelte den Kopf.

»Pah! Du willst mich doch wohl auf den Arm nehmen, oder?«, sprach sie zum Himmel, denn sie fand, dass zu ihrer Stimmung viel besser Regen und Sturm und Düsternis gepasst hätten. Hagel vielleicht, der in großen Klumpen auf sie niederprasselte. Aber Sonne? Das konnte nur ein schlechter Scherz sein.

Sie steckte sich eine Zigarette an, die ihr nicht einmal mehr schmeckte. Nie zuvor in ihrem Leben hatte sie sich so einsam und verlassen gefühlt, so hilflos, so verzweifelt. Ihr Leben, wie sie es bisher gekannt hatte, war beendet, abrupt und unwiderruflich.

Jetzt bemerkte sie erst, dass die Herzen weg waren. Die anderen mussten sie gestern abgenommen haben, als sie sich auf nach Abingdon gemacht und die Wahrheit über den Dreckskerl herausgefunden hatte, den sie ihre große Liebe genannt hatte. Oder am Abend nach Ladenschluss, als sie ebendiesen Dreckskerl in die Wüste geschickt hatte. Nun, eigentlich ja gar nicht in die Wüste, denn er durfte weiter in ihrer schönen Wohnung wohnen, in dem Palast aus Glas, in den er so gut passte – kalt wie ein Eiskönig, ohne jegliche Empathie. Sie war es, die noch einmal ganz von vorne anfangen musste, an einem neuen Ort, mit neuen vier Wänden, neuen Möbeln ... Vielleicht sollte sie nach Abingdon ziehen. Sie könnte sich mit Tessa Keane anfreunden, die hatte sicher viel zu erzählen.

»Keira? Ist alles in Ordnung?«

Sie blickte auf und sah Tobin vor sich stehen. Er wirkte besorgt.

»Ja. Nein. Nein, überhaupt nicht.«

Diesmal setzte er sich, ohne zu fragen. »Möchten Sie reden?«

»Ich habe mit ihm Schluss gemacht.«

»Wirklich?«

Sie nickte. Das hatte sie noch nie verstanden: Warum fragten die Leute immer »Wirklich?« oder »Ehrlich?«, wenn man ihnen etwas erzählte? Natürlich wirklich! Warum sollte man sich so was denn ausdenken?

»Ich bin noch gestern Abend ausgezogen.«

»Oh. Nun, ich denke, Sie haben richtig gehandelt.«

»Ach ja?« Was wusste er denn schon über ihre Beziehung außer dem bisschen, was sie ihm neulich erzählt hatte. Sie war sich ja selbst nicht mal mehr sicher, ob sie richtig gehandelt hatte. Fast wünschte sie, sie hätte nie nach Tessa Keane gesucht, hätte die Wahrheit nie erfahren. Sie hätte sich weiterhin blind stellen können. Alles wäre so viel einfacher gewesen.

»Ja. Keira, Sie waren nicht glücklich, das konnte sogar ein Blinder sehen.«

»Ich glaube, ich kann gerade nicht rational denken. Ich bin so ... müde.«

»Kann ich verstehen. Sie müssen jetzt zur Ruhe kommen, zu sich selbst finden. Lassen Sie ihn hinter sich, und fangen Sie noch einmal neu an. Hey, sehen Sie es positiv! Wann hat man im Leben schon mal die Chance, noch einmal ganz von vorn anzufangen?«

»Die Vorstellung macht mir Angst, muss ich gestehen, mehr als alles andere.«

»Sie werden es schaffen. Sie sind eine starke Frau.«

»Auch da bin ich mir nicht so sicher.«

»Keira, sehen Sie mich an.« Er fasste ihr ganz sachte ans Kinn und zwang sie, ihm in die Augen zu blicken. »Sie werden es schaffen. Okay?«

Sie nickte. Sie glaubte ihm.

»Und jetzt geben Sie mir endlich die blöden Zigaretten, das haben Sie doch gar nicht nötig.«

Wie unter Hypnose überreichte sie Tobin die Schachtel, die er sich in die Jackentasche steckte.

»Gut gemacht. Ah, sehen Sie, da kommt Susan.« Er winkte Susan zu ihnen heran.

Keira sah ihrer Freundin dabei zu, wie sie gemeinsam mit Terry die Straße überquerte. Sie sah mindestens genauso besorgt aus wie Tobin.

»Hey, was ist denn los?«, fragte sie sogleich.

Tobin übergab sie Susan und verabschiedete sich leise.

»Ich habe mich von Jordan getrennt.«

»Das wurde aber auch Zeit. Diesmal endgültig? Oder bist du nur wieder für ein paar Tage zu deiner Mutter gezogen?«

»Ich bin überhaupt nicht zu ihr gezogen. Ich wollte einfach nur allein sein.«

Susan sah sie stirnrunzelnd an. »Wo hast du geschlafen?«

»Im Laden.«

»Bei dir steht aber doch gar kein Sofa.«

»Frag nicht, ja?« Dann müsste sie ihr nämlich erzählen, dass sie zusammengekauert auf dem harten, kalten Holzboden geschlafen hatte. Na, schlafen konnte man das eigentlich nicht nennen. Sie war höchstens mal ein paar Sekunden eingenickt, weil sie so fertig gewesen war vom vielen Weinen.

»Komm, ich bring dich hoch in meine Wohnung. Du siehst aus wie eine wandelnde Leiche, du brauchst ganz dringend Schlaf.«

Keira lachte. Sie sah aus wie ein Zombie? Na, das würde Thomas Finch morgen aber beeindrucken – falls er überhaupt mal wieder auftauchen würde.

»Wieso lachst du?«, fragte Susan verwundert.

»Ich weiß es nicht.« Ihr Lachen wurde zu einem Schluchzen und dann zu einem Heulen.

»Oh Mann, es ist schlimmer, als ich gedacht hatte. Komm mit mir mit, Keira.« Susan half ihr hoch und legte ihr einen Arm um die Schulter, führte sie über die Straße, die Stufen hinauf und in ihre Wohnung. Dort duftete es nach Lavendel. Keira konnte sich nicht erinnern, je etwas so Wohlriechendes wahrgenommen zu haben. Es roch nach Geborgenheit.

»Aber was ist mit dem Laden?«, lallte sie schläfrig vor sich hin.

»Das schafft Kimberly auch allein. Ich gebe ihr die Schlüssel, wenn ich sie kommen sehe.«

»In meiner Hand …ta …sche.«

Sie ließ sich von Susan in deren Bett helfen und war eingeschlafen, bevor sie weiter überlegen konnte, ob sie gegen den Schlaf ankämpfen sollte.

Als sie erwachte, stand die Sonne tief am Himmel. Hatte sie etwa den ganzen Tag durchgeschlafen?

Sie stand auf und ging ins Bad, um sich frischzumachen. Ein unglaubliches Hungergefühl überkam sie, sie hatte seit über vierundzwanzig Stunden nichts gegessen. In Susans Küche fand sie Weißbrotscheiben, Senf, Salatblätter und Käse und machte sich ein Sandwich. Es hatte keinen Geschmack. Würde jemals wieder etwas gut schmecken?

Sie musste sich umziehen, ihre Sachen waren ganz zerknittert. Auch hatte sie sich seit gestern Morgen nicht mehr die Zähne geputzt oder geduscht. Ihr fiel ein, dass ihre Koffer noch hinten im Laden standen, also ließ sie die Wohnungstür einen Spalt offen und überquerte die Straße.

»Keira. Alles gut?«, fragte Kimberly gleich, als sie in die Chocolaterie kam. »Susan sagte mir, du bist krank?«

»Ja, ich habe immer noch Kreislaufprobleme. Ich will nur kurz was holen.«

Wenn sie jetzt mit den beiden Koffern aus dem Laden marschierte, würde sie Kimberly erklären müssen, warum sie die bei sich hatte, und danach war ihr gerade gar nicht zumute. Sie ging also nur schnell in die Kammer, wo sie

ihr Gepäck abgestellt hatte, und holte sich ihren Kultur-
beutel und frische Unterwäsche heraus, die sie in eine
Papiertüte mit der Aufschrift ihres Ladens stopfte.

»Ich bin dann auch schon wieder weg, Kimberly. Danke, dass du heute übernimmst. Ich mach's wieder gut, ja?«

»Das ist nicht nötig, ich komme zurecht.«

»Das ist schön. Kannst du nachher absperren und den
Schlüssel bei Susan abgeben?«

»Mache ich.« Kimberly sah sie auf eine Weise an, als
wüsste sie Bescheid. Hatte sie etwa doch schon die Koffer
hinten entdeckt? Oder hatte Susan etwas durchsickern
lassen? Falls dem so war, erwähnte sie es mit keinem
Wort.

»Danke, Kimberly«, sagte Keira und meinte es auf viel-
fache Weise.

»Kein Problem.«

Sie nickte. »Bye.«

»Bye. Und gute Besserung.«

Keira huschte wieder hoch in Susans Wohnung. Zum
Glück hatte sich kein Einbrecher Zutritt verschafft, alles
war noch an Ort und Stelle. Sie roch ihn wieder, den
Lavendel. Vielleicht sollte sie mal etwas mit Lavendel
ausprobieren. Dunkle Schokolade und Lavendel könnten
eine gute Mischung abgeben.

Sie sah auf die Uhr, es war kurz nach halb sechs. Sie
hatte noch Zeit zu duschen, bevor Susan kam. Ein Handtuch fand sie im Regal, aber es war dennoch merkwürdig,
unter einer fremden Dusche zu stehen. Sie hatte das
Gefühl, in Susans Privatsphäre einzudringen. Bei Laurie
hätte sie das Gefühl nicht gehabt, die Beziehung zwi-

schen ihnen beiden war irgendwie lockerer. Aber bei Laurie war sie auch schon etliche Male zu Hause gewesen – hier bei Susan, obwohl sie direkt gegenüber wohnte, höchstens ein paarmal, zuletzt im Dezember, als sie für den alljährlichen Weihnachtsmarkt gebastelt hatten.

Mit einem um den Kopf gewickelten Handtuch kam sie aus dem Bad und trat zum Erkerfenster. Es hatte eine so breite Fensterbank, dass man diese als Sitzplatz nutzen konnte, und war mit einer bequemen Auflage und zwei hübschen Kissen ausstaffiert, deren beigefarbene Bezüge Susan garantiert selbst gehäkelt hatte. Keira setzte sich hin und sah kurz hinaus. Draußen war nicht mehr so viel los, die Läden der Valerie Lane schlossen bald. Ihr Blick fiel auf ein Bild auf der anderen Seite des Zimmers über dem dunkelblauen Sofa. Es war ein Aquarell und zeigte eine Mutter, die ihr Baby im Arm hielt und ihm einen Kuss auf die Stirn gab. Es musste neu sein, denn Keira wäre es sicher zuvor schon aufgefallen. Ein wirklich schönes Bild, das so viel Liebe ausstrahlte. Mutterliebe.

Eine Träne lief ihre Wange hinunter und landete auf ihrer Hand. Sie hatte nicht gewusst, dass noch welche übrig waren. Sie fühlte sich ganz ausgetrocknet, wie eine Pflanze, die ewig kein Wasser mehr bekommen hatte. Und es war ja auch so. Die vertrocknete Pflanze war die perfekte Metapher für sie, nachdem sie viel zu lange nicht die Zuwendung bekommen hatte, die sie brauchte.

Was Jordan jetzt wohl tat? Ob er wie immer beim Sport war? Oder bei Timothy? Ob er Tessa wohl böse war, weil sie ihn verraten hatte? Aber hätte sie es leugnen können, wo Keira doch von sich aus zu ihrer Tür gefunden hatte?

»Hallo? Ich bin's«, hörte sie Susan rufen. Einen Moment später trat sie ins Zimmer, einen Koffer in jeder Hand.

»Oh, ist es schon sechs?«, fragte Keira verwundert.

»Gleich halb sieben. Ich habe deine Koffer geholt. Dein Laden ist abgeschlossen.«

»Ich danke dir.«

»Hast du ein bisschen schlafen können?«

»Ich habe den ganzen Tag verschlafen.«

»Gut. Das ist sehr gut. Du hattest es bitter nötig.«

»Ja, wahrscheinlich.«

»Wollen wir uns eine Pizza bestellen und reden? Nur wenn du willst natürlich.«

»Was? Pizza oder reden?«

»Beides.«

»Auf Reden habe ich ehrlich gesagt keine Lust. Es ist aus, da gibt es nicht mehr viel zu sagen. Aber Hunger hab ich ohne Ende. Mit Pizza bin ich also mehr als einverstanden.«

Susan griff zum Telefon und wählte eine Nummer aus dem Kopf. »Thunfisch okay?«, fragte sie, während sie die Hand auf die Muschel legte.

»Mir ist alles recht. Vielleicht noch Pilze?«

Susan tätigte die Bestellung und trat dann zu ihr ans Fenster. »Und du willst wirklich nicht reden? Manchmal tut das gut, weißt du?«

Sie seufzte schwer. »Okay. Jordan hat ein Kind mit einer anderen und hat es mir all die Jahre verschwiegen. Noch dazu hat er zwölf Jahre lang keinen Kontakt zu seinem Sohn gehabt.«

»Oh Gott.« Susan legte sich schockiert eine Hand an den Mund. »Das ist ja genau wie bei ... Ich verstehe, warum du nicht drüber sprechen willst. Keira, ich hab genug Platz, und meine Couch kann man ausziehen. Du kannst so lange bei mir wohnen, wie du möchtest, ja?«

Dankbar sah sie ihre Freundin an und nickte dann, während ihr schon wieder Tränen in die Augen schossen.

»Magst du dir einen Film mit mir ansehen? Ich habe aber nur Liebesschnulzen.«

»Das weiß ich doch«, sagte sie. »Hast du vielleicht irgendwas, wo ein Mann und eine Frau jahrelang einmal die Woche aufeinandertreffen und sich irgendwann ineinander verlieben?«

»Hmmm ... lass mich überlegen. Wer spielt da mit?«

»Thomas Finch.«

»Den kenne ich gar nicht.«

»Ist auch nicht so bekannt. Eigentlich ist der Film auch gar nicht so gut. Er hat kein Happy End.«

»Dann lass uns doch was mit Hugh Grant gucken. Da gibt es immer ein Happy End.«

»*Notting Hill?*«

»Eine gute Idee.«

Sie dachte an Julia Roberts, die in die Buchhandlung von Hugh Grant kam ... und daran, dass sie sich am Ende doch verliebten. Aber gab es Happy Ends auch im wirklichen Leben?

KAPITEL 24

Drei Wochen später. Ein Montag.

»… und dann sind wir über die immergrünen Hügel spaziert. Es war wie in diesen Filmen, wie in Outlander, verstehst du? Einfach unglaublich!«

Keira hörte seit gefühlten Stunden Laurie zu, die von ihrem Kurzurlaub in Schottland erzählte, der anscheinend ein voller Erfolg gewesen war. Laurie hatte tatsächlich vier Tage lang ihre Tea Corner geschlossen, um sich mit Barry auf in das Land der Schottenröcke zu machen.

»Und? Hast du Haggis probiert?«, erkundigte sich Keira, während sie die Farbrolle in den Eimer voll pinker Farbe tauchte und sie dann in gleichmäßigen Bewegungen über die Fassade strich.

»Iiiih. Nur über meine Leiche.« Laurie zog eine Grimasse, und Keira musste lachen. Sie selbst hätte die schottische Spezialität aus Schafsinnereien auch nur gegessen, wenn man sie damit gefoltert hätte.

»Es war also schön, ja?«, fragte sie und zwinkerte Laurie zu. Als hätte sie es nicht schon mindestens hundertmal erwähnt.

»Sooooo schön. Eine Reise nach Schottland kann Barry mir gerne jedes Jahr zum Valentinstag schenken.«

»Werde ich ihm zuflüstern, wenn er mal wieder ankommt und fragt.«

»Und, wie geht es dir so?« Laurie setzte sofort wieder ihren Mitleidsblick auf, ein Ausdruck, mit dem all ihre Freundinnen sie seit der Trennung von Jordan bedachten.

»Du brauchst mich nicht so anzusehen, mir geht es gut. Sehr gut sogar.«

»Ja?«

»Ja.«

»Streichst du deshalb deinen Laden?«

Keira hatte sich so sehr nach einer Veränderung gesehnt. Die meisten Frauen gingen doch nach einer Trennung zum Friseur und ließen sich die Haare schneiden oder sonst etwas Radikales. Ein neuer Lebensabschnitt gleich eine Typveränderung. Da aber Jordan ihre Haare sowieso immer nur bemängelt hatte und sie eigentlich auch keine Lust auf eine neue Frisur hatte, hatte sie sich bloß die Spitzen schneiden lassen und sich überlegt, dass sie doch dem Laden ein neues Outfit verpassen könnte. Einen neuen Anstrich, ganz in Pink, damit die Fassade auch zur Tür passte. Am Tag zuvor hatte sie die Farbe besorgt, und heute Morgen hatte sie, sobald es hell geworden war, begonnen zu streichen. Dafür ließ sie den Laden vormittags geschlossen und würde erst mittags öffnen, in der Hoffnung, dass Thomas Finch sich endlich mal wieder blicken ließe. Die letzten drei Montage war er wieder nicht gekommen, hatte keine Pralinen für seine Frau gekauft … Das konnte doch eigentlich nur eines bedeuten, oder? Andererseits hatte er auch sonst nicht im Laden vorbeigeschaut, was wirklich sehr verwunderlich war. Sie fragte sich, was nur los war und ob es ihm gut ging. Dabei wünschte sie sich so, dass er ihr mal wieder einen Besuch abstatten würde, an einem Montag oder an jedem anderen Tag der Woche.

»Wie nennt sich die Farbe?«, fragte Laurie und riss sie aus ihren Gedanken.

»Magenta. Hübsch, oder?«

»Sehr hübsch. Sie passt perfekt zu dir. Wenn mich jemand fragen würde, welche Farbe du widerspiegelst, würde ich sofort Magenta sagen. Gut, dass ich jetzt weiß, wie sich die Farbe schimpft.« Sie lachte, ihre Augen glänzten.

Keira lächelte. Sie hatte Laurie noch nie so glücklich gesehen. Nach einer dreiwöchigen Auszeit in Sachen Beziehung und dem Kummer, den die Liebe mit sich brachte, war sie selbst zu der Einsicht gekommen, dass sie dieses Glück, das Laurie und Orchid und irgendwie sogar Ruby ausstrahlten, ebenso verdiente. Sie war einfach nur an den Falschen geraten, mit Jordan hätte sie das wohl niemals finden können. Deshalb war es gut, dass es vorbei war, auch wenn es immer noch wehtat und wahrscheinlich noch eine ganze Weile wehtun würde. Gebrochene Herzen brauchten ihre Zeit, um zu heilen. Aber sie hatte nicht mehr das Gefühl, am Abgrund zu stehen. Nein, ganz im Gegenteil, so langsam bekam sie wieder Lust zu leben, zu lieben und an eine schöne Zukunft zu glauben, mit Familie, Kindern und allem, was dazugehörte. Und eines Tages, da war sie sich sicher, würde auch sie den Richtigen finden.

Dass sie wieder daran glauben konnte, hatte sie ihren Freundinnen zu verdanken. Die vielen Schultern, an denen sie sich in den letzten Wochen ausgeweint hatte, die vielen zuversichtlichen Worte und die Wärme und Geborgenheit, die sie ihr geschenkt hatten, hatten mehr bewirkt, als jeder Therapeut es vermocht hätte.

»Musst du nicht mal wieder reingehen?«, fragte Keira. Laurie stand seit bestimmt zehn Minuten am Stück hier draußen bei ihr.

»Heute ist irgendwie nichts los bei mir, keine Ahnung, warum.«

»Vielleicht denken deine Kunden, du bist noch immer verreist?«, vermutete Keira.

»Das Schild hat aber ganz deutlich gesagt, dass ab heute wieder geöffnet ist.«

»Mach dir nichts draus, so kommen wir endlich mal wieder zum Quatschen. Und das bei strahlendem Sonnenschein.«

Für einen Märztag war es erstaunlich warm und sonnig, was die Valerie Lane auch bitter nötig hatte. In der letzten Woche hatten die fünf Freundinnen zusammen mit Tobin, der sie gut beraten hatte, Frühlingsblumen besorgt und in die Kübel gepflanzt, die verteilt auf beiden Seiten der Straße standen. Tulpen, Narzissen und Stiefmütterchen verliehen der Straße wunderbar blumige Düfte, und die Farbtupfer in der noch vor Kurzem so tristen winterlichen Gasse machten, dass man noch mehr Lust bekam, die Valerie Lane zu besuchen.

»Da hast du auch wieder recht. Die Kundschaft wird schon kommen.«

»Ganz bestimmt.«

»Kann ich dir solange helfen?«

»Klar. Schnapp dir einen von den Pinseln da vorne und versuch dich an den Fensterrahmen.« Es würde eine sehr mühselige Arbeit sein, die dünnen Holzleisten anzumalen, die die Fenster unterteilten. Keira hatte sie extra mit Malerkrepp umklebt, damit nichts auf die Scheiben kleckerte.

»Cool. Sieht nach Spaß aus.«

Doch als Laurie gerade mal zwei Minuten dabei war, kam Kundschaft. Barbara und Agnes wollten eine Tasse Tee trinken.

»Das sieht einfach toll aus!«, lobte Agnes Keira und ihre Arbeit.

»Ich danke dir. Wie geht es euch?«

»Super, danke, und dir?«

»Mir geht es gut«, antwortete Keira und meinte es so.

»Wie läuft es mit Mr. Spacey?«, fragte Laurie Barbara unverblümt und lächelte sie breit an.

Barbara errötete ein wenig. »Ich kann mich nicht beklagen.«

»Was macht ihr eigentlich mitten am Tag hier? Müsst ihr nicht arbeiten? Beziehungsweise in die Uni?«, erkundigte sich Keira.

»Ich habe erst mittags einen Kurs, daher habe ich den Vormittag frei und kann mit meiner frisch gekündigten Mutter einen Tee trinken«, teilte Agnes, die heute ein kunterbuntes Kleid, dazu Chucks und einen Dutt oben auf dem Kopf trug, ihnen mit.

»Dir wurde im Kaufhaus gekündigt?«, fragte Laurie Barbara schockiert.

»Ich habe gekündigt«, erwiderte Barbara, die neuerdings einen Bob trug. Ihrer war allerdings nicht so glatt und elegant wie der von Ruby, sondern ein wenig toupiert, eben ihrem Alter und ihrem Wesen entsprechend. »Die wollten mich doch tatsächlich als Toilettenfrau einsetzen. Ts, ts.« Sie schüttelte missbilligend den Kopf.

Barbara hatte ihnen einmal erzählt, dass sie aufgrund eines Erbes gar nicht arbeiten brauchte und es eigentlich nur aus Langeweile tat. Sie hatte den Job im Kaufhaus also nicht wirklich nötig.

»Oh! Tobin hat mir erzählt, dass er eine Aushilfe für den Blumenladen sucht«, informierte Keira sie. »Vielleicht hast du dazu Lust?«

»Hört sich prima an. Ich mag Tobin und könnte mir gut vorstellen, mit Blumen zu arbeiten. Ich gehe nachher gleich mal rüber zu ihm.«

»Ich wünsche dir viel Glück.«

»Glück? Ich denke nicht, dass ich das brauche«, lachte Barbara. »Was ich jetzt allerdings brauche, ist ein Tee. Können wir?«, wandte sie sich an Laurie.

»Aber sicher. Ich war am Wochenende in Schottland, soll ich euch davon erzählen?«

»Na klar. Wir wollen alles hören«, erwiderte Agnes, und die beiden begleiteten Laurie in die Tea Corner.

Keira machte weiter und verlieh ihrem Laden endlich auch eine eigene Note. Er würde so viel besser zu den anderen passen, und sie fragte sich, warum sie das nicht schon viel früher gemacht hatte. Nun, eigentlich fragte sie sich, warum sie eine ganze Reihe von Dingen nicht schon viel früher gemacht hatte. Jordan verlassen zum Beispiel. Frei sein für jemanden, der sie zu schätzen wusste, der sie liebte, so wie sie war. Ein gewisser Thomas Finch zum Beispiel. Also, wenn er heute wieder nicht erschien, um Pralinen zu kaufen, musste sie doch annehmen, dass er sich von seiner Frau getrennt hatte, oder? Wären die beiden nur verreist oder Ähnliches, hätte er es bestimmt bei seinem letzten Einkauf erwähnt. Obwohl, dieser letzte Besuch war schon ein wenig anders gewesen. Sie dachte daran zurück, an die Blicke, die nervösen Worte, die sie ausgetauscht hatten. Und sie dachte wieder an die Blicke, die sie am Tag von Tobins Ladeneröffnung durch das Fenster hindurch gewechselt hatten. Hach, würde er doch nur endlich mal wieder in der Chocolaterie erscheinen. Dann würde sie … würde sie … ihn nach seiner Frau fragen. Ja, das würde sie. Sie wünschte sich so sehr, dass er heute kam.

Er kam wieder nicht. Keira war richtig traurig, das musste sie zugeben. Hatte sie sich etwa nur eingebildet, dass da etwas zwischen ihnen in der Luft gelegen hatte? An jenem Tag – er war bereits fünf Wochen her – hatte sie sich nichts weiter dabei gedacht. Er war verheiratet oder zumindest in einer festen Beziehung, sie war mit Jordan zusammen … aber jetzt? Sie war wieder zu haben, und er? Er vielleicht auch. Aber wie könnte sie das herausfinden, wenn er sich nicht mehr blicken ließ? Wie würde sie ihn wiederfinden? Oxford war zwar keine Großstadt, aber einen einzigen Menschen unter über 152.000 anderen zu finden schien ihr dann doch eher so wie die Sache mit der Nadel im Heuhaufen.

Den ganzen Tag über bekam sie Komplimente für den

neuen Anstrich, und nachdem sie am Abend die »Frisch gestrichen«-Schilder abmachte, ging sie noch ein bisschen spazieren. Sie brauchte ein paar Dinge aus der Drogerie und wollte für Susan und sich eventuell irgendwo noch Sushi (mit extra viel Tempura) oder etwas anderes Leckeres besorgen.

Sie wohnte immer noch bei Susan und hatte es nicht eilig auszuziehen. Susan hatte ihr gesagt, sie könne so lange bleiben, wie sie wolle, was natürlich nicht hieß, dass sie vorhatte, deren Gastfreundschaft auszunutzen. Aber ein bis zwei Wochen würde sie gerne noch bleiben, bis sie sich stark genug fühlte, sich eine eigene Wohnung zu suchen. Ihre restlichen Sachen hatte sie mit Lauries Hilfe und Barrys Lieferwagen längst bei Jordan abgeholt und in den Lagerräumen ihrer Freundinnen untergebracht, bis sie ihr eigenes Reich hätte, in dem sie noch einmal ganz neu anfangen konnte. Am besten in einem hübschen Altbau und mit einer Einrichtung, wie sie ihr gefiel. Kein Glas, sondern alles schön gemütlich und kuschelig. Ihr neues Zuhause sollte Wärme ausstrahlen. Erst jetzt fing sie an zu begreifen, was für ein kühler Mensch Jordan wirklich war, in jeglicher Hinsicht.

Einmal hatte er sich noch bei ihr gemeldet. Zwei Tage nach ihrem Auszug hatte er eine Riesenszene auf ihrer Mailbox gemacht und ihr versichert, er werde ihr eine Rechnung wegen all der kaputten Bilderrahmen und angeblichen Kratzer an Wänden und Möbeln schicken. Diese Rechnung hatte sie allerdings bis heute nicht erhalten. Vor etwa einer Woche hatte Orchid ihr berichtet, dass sie »den Idioten« mit einer anderen, superschlanken

Frau gesehen hätte. Keira musste zugeben, dass es wehtat. Er schien sie wirklich schnell vergessen zu haben.

Aber sollte er doch! Jordan war Vergangenheit. Sie war froh, dass sie ihn hinter sich gelassen hatte. Es konnte doch nur besser werden. Irgendwann, irgendwo, mit irgendwem.

»Miss Buckley?«, hörte sie jemanden sagen. Sie stand gerade im Gang mit den Shampoos und sah sich nach ihrer Marke um. Warum mussten diese Drogerien auch ständig alles umstellen?

Als sie jetzt aber aufsah, konnte sie es kaum glauben. Es war Thomas Finch, tatsächlich. Gerade als sie gedacht hatte, ihn nie wiederzusehen. Manchmal fand die Nadel auch einfach ihren Weg zu einem – raus aus dem Heuhaufen und einem direkt vor die Füße, im Shampoo-Gang.

»Thomas! Ich meine, Mr. Finch.«

Er lächelte. »Sie können ruhig Thomas sagen.«

»Gerne. Thomas. Wie schön, Sie zu sehen.«

»Die Freude ist ganz meinerseits.« Er blickte sie an, lächelte schüchtern. Er trug wieder seinen braunen Mantel, der ihn so attraktiv aussehen ließ. Doch er wirkte verändert, gealtert irgendwie.

»Sie haben mir lange keinen Besuch mehr abgestattet«, wagte sie sich vor.

»Ja, äh …« Er kratzte sich am Hinterkopf, dies schien er immer zu tun, wenn er nervös war. Keira freute sich. Sie machte ihn nervös? »Ich brauche leider keine Pralinen mehr«, sagte er dann aber und blickte traurig zu Boden. Sehr traurig.

»Oh. Okay.«

Also entweder mochte seine Frau keine Pralinen mehr,

sie war auf Diät, oder sie war weg. Letzteres hatte sie zwar insgeheim gehofft, aber seine Traurigkeit gab ihr nun doch zu denken …

»Meine Mutter ist vor wenigen Wochen verstorben.«

Seine … Mutter?

»Das tut mir sehr leid«, sagte sie und musste sich erst einmal sammeln. Musste die Puzzleteile neu legen. Er hatte die Pralinen also überhaupt nie für seine Frau, sondern für seine Mutter gekauft? Zwei Jahre lang? Aber er hatte doch gesagt, sie wären für eine ganz besondere Frau … Natürlich! Seine Mutter! Sie hätte sich am liebsten mit der flachen Hand auf die Stirn gehauen, ließ es dann aus Respekt aber doch bleiben.

»Es kam ganz plötzlich. Ein Herzinfarkt. Wenigstens musste sie nicht lange leiden. Nach zwei Tagen im Krankenhaus war sie …« Er unterbrach sich und sah sie an. Sie spürte, dass seine Mutter ihm viel bedeutet haben musste.

Keira wusste nicht, was sie sagen sollte. Vor allem bewunderte sie, dass Thomas so ehrlich mit ihr war, sie an seinem Privatleben teilhaben ließ. Ihr sein Intimstes offenbarte.

»Ich weiß ja nicht, ob Sie Zeit und Lust haben und ob Ihre Frau etwas dagegen hätte, aber …« Sie wusste, dies war womöglich ihre einzige Chance, sie musste sie einfach nutzen. »… würden Sie gerne etwas trinken gehen? Oder essen?«

»Ich habe keine Frau, die etwas dagegen haben könnte«, sagte er und lächelte leicht. »Also nehme ich das Angebot gerne an.«

»Ehrlich?« Sie machte große Augen, war völlig perplex. Er hatte gar keine Frau? Himmel, jetzt machte es auch endlich Sinn, dass er keinen Ehering trug! Und hatte er gerade wirklich Ja gesagt? Er wollte mit ihr ausgehen? Sie würde jetzt, gleich, in wenigen Minuten mit dem Mann ihrer Träume ausgehen?

Schnell blickte sie an sich herunter. Wie sah sie aus? Nach dem Streichen hatte sie ihre vollgekleckerte alte Jeans und den ollen Pulli ausgezogen und sich in ihre neuen Lieblings-Blue-Jeans und die hübsche blassrosa Bluse geworfen. Ja, das ging, sie sah wohl ganz okay aus. Sie war so froh, dass Orchid sie neulich zum Shoppen überredet hatte.

»Ich würde mich freuen«, sagte Thomas nun. »Allerdings wäre es mir ganz recht, wenn wir etwas essen gehen würden. Ich habe die letzten Wochen nicht sehr viel zu mir genommen.«

Keira war es genauso ergangen. Sie hatte kaum Appetit gehabt, obwohl sie sonst eine Frustesserin war. Vier Kilo hatte sie sogar abgenommen, Jordan wäre stolz auf sie. Leider musste sie Jordan aber enttäuschen, denn sie hatte nicht vor, auf diesem Level weiterzumachen.

»Mögen Sie Chinesisch?«, fragte sie ihn.

»Ich liebe chinesisches Essen.«

Wie sehr sie das gerade freute, konnte sie in Worten gar nicht ausdrücken. Sie bezahlten beide ihre Sachen und machten sich auf, gingen ein paar Straßen weiter zum besten Chinesen der Stadt.

»Ich kenne den Laden, bin aber schon ewig nicht hier gewesen«, sagte Thomas. »Wenn ich ehrlich sein soll, hatte ich auch schon ewig kein Date mehr.«

Er sah das hier also als ein Date? Als Thomas voranging, um ihr die Tür aufzuhalten, machte sie einen kleinen Freudensprung.

Thomas lachte. »Das habe ich gesehen. In der Tür. Sie hat Sie widergespiegelt. Was war das?«

Keira lachte. Ihr hätte die Situation vielleicht peinlich sein sollen, aber das war sie komischerweise nicht. Sie war lange nicht so vergnügt und voller Vorfreude gewesen.

»Ich glaube, ich wollte meiner Freude einfach nur Ausdruck verleihen.«

Thomas sah sie an, hob eine Hand, wie um sie zu berühren, ließ es dann aber doch. »Ich freue mich mindestens genauso«, sagte er stattdessen.

Bestimmt eine Minute strahlten sie einander einfach nur an.

»Tür zu!«, rief jemand aus dem Restaurant, und sie beide brachen in schallendes Gelächter aus.

»Ich brauche eine Riesenmenge an Mini-Frühlingsrollen«, sagte Keira.

»Ganz meine Meinung. Die sind ja wohl Pflicht bei einem Besuch im Chinarestaurant.«

Keira wurde warm ums Herz. Sie setzte sich zusammen mit Thomas an einen Tisch, wo sie die nächsten Stunden kalorienreiches chinesisches Essen aßen, redeten und lachten, bis ihnen die Bäuche wehtaten. Wie sehr sie das beide gebraucht hatten. Wie einfach es manchmal war, gebrochene Herzen zu heilen. Manchmal benötigte es nämlich nur ein paar Mini-Frühlingsrollen und den richtigen Menschen an seiner Seite.

KAPITEL 25

»Hast du Lust, den morgigen Tag mit mir zu verbringen?«, hatte Thomas Keira am Abend zuvor gefragt, als sie sich verabschiedeten. Der Abend war hinreißend gewesen, sie hatten sich kaum voneinander trennen mögen.

»Ich muss leider arbeiten«, hatte sie geantwortet. Sie hatte schließlich den halben Montag schon geschlossen gehabt.

»Ich ja auch.« Inzwischen hatte sie erfahren, dass er tatsächlich Lehrer war, für Englisch und Geschichte. Sie schien eine bessere Menschenkennerin zu sein, als sie gedacht hatte. Nur bei der Sache mit seiner Frau hatte sie vollkommen danebengelegen. »Aber nach Schulschluss könnten wir etwas unternehmen. Wenn du möchtest.«

»Ich möchte sogar sehr gerne.« Warum überlegte sie eigentlich so lange? Dieser wunderbare Mann bat sie, den Tag mit ihm zu verbringen. »Wann hast du Feierabend?«

»Meine letzte Schulstunde endet um vierzehn Uhr dreißig.«

»Weißt du was? Ich kann meinen Laden ruhig mal um drei schließen, das mache ich ja sonst so gut wie nie. Meine Kunden werden es überleben.«

»Wirklich?«

»Würde ich es sonst sagen?«

Er lachte. »Ich wundere mich auch immer wieder, warum man das eigentlich fragt. Warum solltest du es nicht wirklich ernst meinen?«

Keira lächelte. Sie waren *wirklich* auf einer Wellenlänge.

»Ausgezeichnet. Ich freue mich, dass du dir Zeit nimmst«, sagte er dann. »Was wollen wir machen?«

»Denk dir etwas aus. Du bist Geschichtslehrer, bring mir die Geschichte meiner Stadt ein wenig näher«, sagte sie.

Thomas strahlte. »Dann werde ich mir etwas Nettes überlegen.«

»Super. Wo treffen wir uns?«

»Ich hole dich natürlich ab. Gegen drei in deinem Laden?«

»Ich werde bereit sein.« Oh ja, das würde sie.

Den ganzen Tag schon war sie aufgeregt wie ein kleines Kind. Sie konnte es noch immer nicht glauben. Erstens, dass Thomas Finch überhaupt nicht verheiratet war, wie sie die ganze Zeit angenommen hatte, und zweitens, dass er tatsächlich mit ihr ausgehen wollte. Erneut. Nach einem fantastischen ersten gemeinsamen Abend. Nach dem Date – ja, es war *wirklich* ein Date gewesen – hatte sie in ihrem Bett wachgelegen und ihr Glück überhaupt nicht fassen können. Sollte sie nach so viel Kummer doch endlich einmal etwas richtig Schönes in Sachen Männer erfahren? Sollte sie nach dem Reinfall mit Jordan doch endlich einem Mann begegnet sein, der sie akzeptierte, wie sie war? Er hatte ihr sogar noch zwei von seinen Mini-Frühlingsrollen abgegeben, ohne ein Wort über Kalorien zu verlieren.

Um zwei Minuten nach drei stand er im Laden. Keira war unglaublich aufgeregt.

»Hallo, Keira«, sagte er.

»Hallo, Thomas. Schön, dich zu sehen.«

»Das finde ich auch. Bist du bereit?«

»Wenn du wüsstest, wie sehr.«

»Ich habe mir etwas überlegt, ich hoffe, es gefällt dir.«

»Da bin ich mir ganz sicher.«

Er trat näher, sah überrascht aus und zeigte auf den Korb auf dem Verkaufstresen, wo vor einigen Wochen noch das Spendenglas für Mrs. Witherspoon gestanden hatte.

»Valeries Teegebäck?«, las er vom Etikett ab, das auf der Tüte klebte.

Keira lächelte zufrieden. »Ja. Wir haben die Lieblingsplätzchen der guten Valerie nachgebacken und bieten sie jetzt in unseren Läden an. Je ein Pfund pro verkaufter Packung geht an eine wohltätige Organisation.«

»Was für eine großartige Idee. Da nehme ich doch gleich mal eine Tüte. Wie viel macht das?«

»Drei Pfund.«

Er reichte ihr drei Ein-Pfund-Münzen. »Ich muss sagen, ich bin hellauf begeistert. Valerie Bonham wäre sicher sehr glücklich darüber.«

»Du kennst die Geschichten über sie?«, fragte Keira und dachte gleich, wie dumm die Frage doch war. Er unterrichtete schließlich Geschichte.

»Oh ja. Ich weiß einiges über sie.«

»Dann solltest du unbedingt mal zu einem unserer Mittwochstreffen kommen, da sind alle immer ganz erpicht auf neue Geschichten über sie.«

»Vielleicht mache ich das sogar mal.« Er sah ihr tief in die Augen, und sie musste wegsehen, weil es sie so verlegen machte.

»Können wir?«, fragte sie dann. Doch in dem Moment betrat eine Kundin den Laden, und sie mochte sie nicht wieder wegschicken. Nachdem sie die Frau bedient hatte, sagte Keira: »Nichts wie weg, bevor der Nächste kommt!«, und sie machten schnell, dass sie loskamen.

Thomas hielt ihr den Arm hin, und sie hakte sich bei ihm ein.

»Also, wohin gehen wir?«

»Das wirst du gleich sehen«, antwortete er und führte sie die Cornmarket Street entlang, bog mit ihr in die High Street ein und blieb vor einer Kirche stehen. Ein außergewöhnlich schöner, rosa blühender Mandelbaum stand davor und verlieh ihr eine Eleganz, die sie nur noch beeindruckender machte.

Church of St. Mary the Virgin. Kurz: St. Mary's. Keira kannte die Kirche. Natürlich. Wie wohl die meisten Schulklassen hatte auch ihre einen Ausflug dorthin unternommen, es musste in der fünften oder sechsten Klasse gewesen sein. Damals waren sie alle hoch zur Aussichtsplattform gestiegen, die einmal um die Kirche herumführte und einen tollen Blick auf die Stadt versprach. Das hatte sie zumindest von den anderen gehört, selbst hatte sie es nicht miterlebt, da sie damals als Einzige unten geblieben war – wegen ihrer Höhenangst, die sie schon ihr ganzes Leben begleitete. Freie Höhen machten ihr eine gewaltige Angst, da hatten die Lehrer versuchen können, sie zu überzeugen und zu überreden, es hatte alles nichts geholfen. Und ihr schwante Schlimmes, als Thomas jetzt zum Kirchturm hinaufblickte.

»Thomas? Ich glaube, ich weiß, was du vorhast, und ich sollte dir wohl gleich sagen, dass ich unter schlimmer Höhenangst leide.«

»Oh. Das ist schade. Ich hätte dich gerne dort hochgeführt und dir den wohl beeindruckendsten Ausblick der ganzen Stadt gezeigt. Eine kleine Geschichtsstunde inklusive.«

»Es tut mir leid.«

»Kein Problem.« Er sah sie an. »Hm, du warst also noch nie zuvor da oben?«

Sie schüttelte den Kopf.

»Dann weißt du nicht, was du verpasst?«

»Nein, aber ... ich glaube wirklich nicht, dass ich das schaffe.«

»Ich wäre bei dir.« Er sagte es so lieb, dass sie überall mit ihm hingegangen wäre, sogar in die tiefsten und dunkelsten Höhlen oder auf den Mount Everest. Doch Thomas bemerkte seinen Fehler und sagte sogleich: »Es tut mir ehrlich leid. Du hast Angst, und ich sollte nicht versuchen, dich zu etwas zu überreden, das du nicht willst. Wir könnten stattdessen ins Ashmolean Museum gehen, wenn du möchtest.«

»Nein, Thomas, lass es uns tun. Ich möchte endlich stark und tapfer sein, viel zu lange habe ich mich vor meinen Ängsten versteckt.«

»Bist du dir sicher?«

»Bin ich. Du bist ja bei mir. Oder?«

»Natürlich. Ich lasse dich keine Sekunde aus den

Augen, und wenn dir schwindlig wird, fange ich dich auf.«

Awww. Ihr Ritter in schimmernder Rüstung.

»Gut, dann brauche ich ja überhaupt keine Angst zu haben.«

Thomas hielt ihr diesmal nicht seinen Arm, sondern seine Hand hin, die sie ergriff und ganz fest hielt, denn ihre Furcht war natürlich noch immer da, sie hatte nur vor, sie zu besiegen.

Es fühlte sich gut an, seine Hand zu halten. Während er sie durch die Kirche führte, die mit ihren Buntglasfenstern und dem Altar so vielen anderen Kirchen glich, erzählte er ihr etwas zur Geschichte von St. Mary's.

»Weißt du, nach welcher Mary diese Kirche benannt ist?«, fragte er.

Sicher hatten die Lehrer ihnen das damals erzählt, jedoch erinnerte sie sich keine Spur daran. »Nach Mary Poppins?«, fragte sie also lachend.

Er schmunzelte. »Nicht ganz. Nach Queen Mary, auch die Bloody Mary genannt.«

»Daher der Cocktail?«

»Das weiß ich nicht, es könnte aber gut sein.« Diesmal war er es, der lachte.

»Weshalb nennt man die Gute denn Bloody Mary?«, erkundigte sie sich.

»Willst du das wirklich wissen?«

»Klar. Oder denkst du, ich ertrage das nicht?«

»Na ja, dir wird gleich schon schwindlig genug von der Höhe, da dachte ich …« Er grinste schelmisch, und Keira schlug ihm sanft gegen die Schulter.

»Du bist so gemein! Nun komm schon. Wenn du mich so heiß auf die Geschichte machst, musst du sie mir auch erzählen. Und spare bitte nicht mit den blutigen Details.«

Thomas holte Luft und begann zu erzählen von Mary, die wütend auf Thomas Cranmer, den Erzbischof von Canterbury, gewesen war, weil der die Ehe zwischen ihrem Vater Heinrich den Achten und Anne Boleyn für gültig und damit die Scheidung von ihrer Mutter Katharina von Aragon für rechtens erklärte.

»Anne Boleyn? War das nicht die, die wegen Untreue geköpft wurde?«

»Ganz genau von der sprechen wir«, sagte Thomas beeindruckt.

»Ich habe in der Schule wohl doch besser aufgepasst, als ich dachte. Erzähl weiter. Mary war also sauer? Auf diesen Erzbischof?«

»Richtig, auf Thomas Cranmer. Sie hatte sowieso schon einen Hass auf ihn, weil er den Protestantismus in England eingeführt und bewirkt hatte, dass die anglikanische Kirche sich von Rom trennte. Und das alles wegen der Sache mit Anne Boleyn. Das Ganze hatte nämlich den Zorn des Vatikans erregt, der Thomas Cranmer verbannte. König Heinrich erklärte sich selbst zum Oberhaupt der Church of England. Nach seinem Tode allerdings kam seine älteste Tochter Mary auf den Thron und an die Macht.«

»Oh-oh.«

»Oh-oh. Mary, die dem Protestantismus nie etwas hatte abgewinnen können, wollte das Land wieder katholisieren und ließ Thomas Cranmer in den Tower of London sperren. Er wurde in dieser Kirche hier vor Gericht gestellt, und obwohl er unter Folterandrohung zuerst sein anglikanisches Bekenntnis zurücknahm, bekannte er sich nun doch öffentlich dazu. Er wurde zum Tode verurteilt und auf dem Scheiterhaufen verbrannt. Ich zeige dir, an welcher Stelle das war, wenn du es hinaufschaffst.«

»Na, wenn das kein Anreiz ist. Hältst du meine Hand?«

»Ich lasse sie keine Minute los.«

Sie gingen durch die Kirche zur Kasse, bezahlten für sie beide zusammen acht Pfund Eintritt und traten durch die Tür, die zu den alten Stufen aus Holz führte.

»Sind diese Treppen auch stabil?«, fragte Keira ängstlich und machte sich an den ersten Abschnitt.

»Na, das will ich doch hoffen.« Thomas blieb direkt hinter ihr.

Sie erklommen Stufe um Stufe, nach denen aus Holz kamen welche aus Metall, dann wieder welche aus Holz, zum Schluss eine enge Wendeltreppe aus Stein. Manchmal mussten sie ihre Köpfe einziehen, und manchmal hätte Keira am liebsten die Augen geschlossen, wenn sie sah, wie tief es nach unten ging und wie weit es noch bis oben war. Als sie endlich die letzten Stufen erreichten und an der frischen Luft waren, wagte sie sich, an die steinerne Brüstung heranzutreten. Beim Anblick nach unten wurde ihr ganz anders, also wich sie einen Schritt zurück und suchte Halt an der kühlen Wand. Sie atmete ein paarmal tief durch, sah in die Ferne und war mit einem Mal froh, diese Strapazen auf sich genommen zu haben. Der Ausblick war wirklich unglaublich, Thomas hatte nicht zu viel versprochen.

»Wow!«, sagte sie, ein wenig aus der Puste.

Thomas lächelte. »Na, was hab ich gesagt?«

»Ich bin wirklich froh, auf dich gehört zu haben. Der Blick von hier oben ist atemberaubend.«

»Komm, wir gehen einmal herum«, sagte er und nahm wieder ihre Hand. »Deine Finger sind ja eiskalt.«

»Das muss von den Horrorgeschichten kommen«, sagte sie und lachte. »Also, wo wurde der Erzbischof nun verbrannt?«

Sie ließ sich von Thomas führen, war dabei jedoch darauf bedacht, an der Wand entlangzugehen.

»Dort hinten, siehst du? In der Magdalen Street.« Er deutete auf das spitze viktorianische Denkmal, an dem sie sicher schon Hunderte Male vorbeigekommen war. »Das ist das Martyrs' Memorial.«

»Deshalb steht das also da? Gut zu wissen.« Sie grinste ihn an, und er grinste zurück, und dann standen sie einfach nur da und genossen die Nähe des anderen an diesem einzigartigen Ort in den Höhen von Oxford.

»Und weil sie den Erzbischof auf den Scheiterhaufen geschickt hat, nennt man sie Bloody Mary?«

»Sie hat noch so einige andere Leben auf dem Gewissen, das kann ich dir versichern.«

»Danke für die Geschichtsstunde.« Sie lächelte ihn an.

»Gern geschehen. Ist dir sehr schwindlig?«, fragte Thomas dann.

»Nein, alles gut.« Es war ihr nie besser gegangen.

»Da bin ich erleichtert.«

»Hm. Dieser Bischof hieß doch auch Thomas, oder? Genau wie du.«

»Thomas Cranmer, ja.«

Sie kicherte. »Dann solltest du es dir lieber niemals mit einer Mary verscherzen.«

»Bisher habe ich das gut vermeiden können.«

»Meine Mum heißt Mary, wollte ich nur mal erwähnt haben.«

Thomas starrte sie an. »Du nimmst mich auf den Arm.«

»Nein, wirklich.«

»Aber man nennt sie nicht zufällig auch Bloody Mary, oder?«

Keira lachte ausgelassen. »Nein, nicht dass ich wüsste.«

»Na, dann ist ja gut. Ein bisschen Angst davor, sie kennenzulernen, habe ich nun aber dennoch.«

Er wollte ihre Mutter kennenlernen? Das fand sie wirklich lieb, dass er das sagte, auch wenn es eher im Spaß gewesen war. Sie hätte ihn so gerne nach seiner Mutter gefragt, die ja erst kürzlich von ihm gegangen war, wollte die fröhliche Stimmung aber nicht verderben.

»Darf ich als Nächstes etwas aussuchen?«, fragte sie stattdessen.

»Natürlich. Ich bin für alles offen.«

»Sehr schön. Magst du Kakao?«

»Ich könnte sterben für einen guten Kakao.«

»Perfekt. Ich weiß nämlich zufällig, wo man den besten der Stadt bekommt.«

»Und? Was sagst du?«, fragte Keira Thomas eine Viertelstunde später.

»Der beste Kakao, den ich je getrunken habe.«

Lächelnd pustete sie in ihren Pappbecher. Sie saßen auf einer der kalten Bänke vor ihrem Lieblings-Kaffeestand in der Cornmarket Street. Susan hätte jetzt sicher etwas über Blasenentzündung gefaselt, aber Keira dachte allein daran, wie schön sich das Zusammensein mit einer verwandten Seele anfühlte. Und ja, sie war sich in der kurzen Zeit bewusst geworden, dass Thomas genau das war. Nie zuvor hatte sie sich in Gegenwart eines Mannes so wohlgefühlt, ganz sie selbst. Jetzt verstand sie auch die Anziehungskraft, die sie seit gut zwei Jahren in den gegenseitigen Bann gezogen hatte – heimlich, still und leise.

»Vermisst du deine Mutter sehr?«, wagte sie es nun doch zu fragen.

»Ganz fürchterlich. Sie war eine einzigartige Frau.«

»Ich hätte sie gerne kennengelernt.«

»Sie hätte dich gemocht, da bin ich mir sicher.«

Keira fragte sich, ob ihre eigene Mutter ihn mögen würde.

»Erzähl mir etwas über dich«, sagte Thomas. »Bist du in Oxford aufgewachsen?«

»Ja, das bin ich, und ich kann mir nicht vorstellen, irgendwo anders zu leben.«

»Kann ich gut verstehen. Ich bin in London groß geworden, in Notting Hill.« Bei der Erwähnung Notting Hills durchfuhr Keira ein Schauer, den Film hatte sie doch neulich erst gesehen und dabei unwillkürlich an ihn gedacht.

»Hat es dir dort gefallen?«

»Ich mochte es, eine herrliche Gegend. Ich habe dann aber irgendwann die Stelle am College hier in Oxford angeboten bekommen und London hinter mir gelassen. Als mein Vater vor sechs Jahren starb, habe ich meine Mutter hierher zu mir geholt. Ich habe mich die letzten Jahre um sie gekümmert, aber es ging ihr ohne ihre große Liebe einfach nicht mehr gut. Sie fühlte sich allein und hat sich nur noch darauf gefreut, ihn eines Tages wiederzusehen.«

»Irgendwie romantisch, auch wenn es natürlich sehr traurig ist.«

»Ja. Nur mit ihren Lieblingsblumen und mit ihren Lieblingspralinen gelang es mir, sie aufzuheitern.«

Jetzt, wo es endlich einen Blumenladen in der Valerie Lane gibt, ist es leider zu spät, dachte Keira.

»Deshalb bist du jeden Montag in meinen Laden gekommen?«, fragte sie Thomas.

»Ja, nun ja, anfangs schon. Danach nicht mehr nur deshalb.«

Keira merkte, wie sie errötete. Sie strich sich eine Haarsträhne hinters Ohr und starrte auf ihren Kakao.

»Ich wollte nicht … Herrje, ich glaube, ich bin ein wenig eingerostet, was das Komplimentemachen angeht«, sagte er.

»Nein, nein. Du machst das genau richtig.« Sie versuchte zu lächeln, aber das misslang ganz gewaltig.

»Du bist in keiner festen Beziehung, oder?«, fragte er, und sie konnte sehen, dass es ihn einige Überwindung kostete.

»Nicht mehr, nein.«

Er nickte. »Hast du Lust, morgen Abend wieder etwas zu unternehmen?«

»Oh, morgen Abend kann ich leider nicht.«

»Ach ja, mittwochabends triffst du dich mit deinen Freundinnen.«

»Genau. Das könnte ich zwar mal ausfallen lassen, aber Mrs. Witherspoon hat versprochen, morgen endlich ihren Humphrey mitzubringen. Das ist ihr neuer Freund.« Sie lachte. »Falls er wirklich existiert. Wir haben da nämlich unsere Zweifel. Er scheint ein großes Mysterium zu sein.«

Thomas schmunzelte. »Die gute alte Mrs. Witherspoon hat einen Freund?«

»Du kennst sie?«

»Natürlich. Wer kennt sie nicht? Ihr habt doch für einen Kühlschrank für sie gesammelt. Habt ihr genug zusammenbekommen?«

»Mehr als genug.«

»Das freut mich. Und ich verstehe natürlich, dass du da gerne dabei sein willst. Wie wäre es denn dann mit einem anderen Tag? Ich möchte nicht aufdringlich sein, aber mir fällt zurzeit zu Hause die Decke auf den Kopf. Und mir hat der Tag mit dir so gut gefallen«, hängte er, ein wenig schüchtern, hintendran.

»Weißt du, bei unseren Mittwochstreffen ist jedermann herzlich willkommen.«

»Ist das eine Einladung?«

»Klar, wenn du möchtest. Dann könntest du dich selbst davon überzeugen, ob Humphrey real oder doch nur imaginär ist.«

»Ich kann es kaum erwarten. Morgen in Laurie's Tea Corner?«

»Um sechs, gleich nach Ladenschluss, wenn du möchtest.«

»Ich werde da sein.«

»Ich auch.« Keira lächelte diesen Mann an, der einen Kakaobart hatte, den sie ihm am liebsten mit dem Finger weggewischt hätte. Aber das wäre dann doch zu viel des Guten gewesen. Sie wollte es langsam angehen lassen, ganz langsam und behutsam, auch wenn sie sich so vertraut mit ihm fühlte.

»Du hast da einen Kakaobart«, sagte Thomas und zeigte auf ihren Mund.

Keira grinste ihn an. »Ich wollte dir eben dasselbe sagen.«

KAPITEL 26

»Huhu, ihr Süßen«, rief Susan, als sie Laurie's Tea Corner betrat. »Ich hoffe, ihr habt alle Lust auf Birnen-Schokoladenkuchen? Mir war gestern Abend so nach Backen.« Sie stellte den Kuchen auf dem Tresen ab und schickte Terry in seine Ecke.

»Hört sich köstlich an«, sagte Laurie.

»Und er riecht auch so«, fügte Keira hinzu. »Es war die reinste Qual, mich davon fernzuhalten.«

»Wie läuft es bei euch beiden? Habt ihr das Zusammenleben schon satt?«, fragte Orchid, die im Schneidersitz auf ihrem Stuhl saß und mit ihren Haaren spielte.

»Nicht im Geringsten. Wenn es nach mir ginge, brauchte Keira gar nicht wieder auszuziehen.«

»Danke für das Angebot, aber so langsam sollte ich mir wirklich etwas Eigenes suchen. Vor allem, da …«

Die Türglocke bimmelte, und Mrs. Witherspoon trat ein. Im Schlepptau hatte sie einen attraktiven älteren Mann, der den Hut abnahm, sobald er den Laden betrat.

Sie alle wechselten erstaunte Blicke. Den geheimnisvollen Humphrey gab es also wirklich?

»Guten Abend.« Laurie ging auf die beiden älteren Herrschaften zu. »Wie schön, Sie zu sehen, Mrs. Witherspoon. Und Sie müssen Humphrey sein.«

»Der bin ich«, sagte er und gab Laurie eine Kusshand.

»Sie sind ja ein Charmeur. Unsere Freundin hat uns schon so viel von Ihnen erzählt. Wir sind entzückt, dass Sie uns mit Ihrer Gesellschaft beehren.«

Keira sah Laurie an. Warum redete sie denn plötzlich wie vor einhundert Jahren? Weil der Mann, der vor ihr stand, knapp so alt war? Sie musste kichern.

»Was bist du denn heute so ausgelassen, Keira? Und was wolltest du uns eben erzählen?«, fragte Orchid nun, während Mrs. Witherspoon und Humphrey ihre Mäntel auszogen und sich setzten.

»Mrs. Witherspoon ist nicht die Einzige, die heute eine männliche Begleitung dabeihat«, verriet sie den anderen.

Jetzt starrten alle Keira an.

»Wie meinst du das?«, fragte Laurie.

»Heilige Peperoni, hast du etwa jemanden kennengelernt?«, wollte Orchid wissen.

»Könnte sein.« Sie lächelte verlegen.

»Und du hast mir nichts davon gesagt?« Susan tat beleidigt. »Wir sind immerhin Mitbewohnerinnen! Da erzählt man sich so was.«

»Ich kenne ihn schon eine ganze Weile. Er ist ein Kunde von mir.«

»Hattest du deshalb gestern Nachmittag deinen Laden geschlossen?« Orchid sah sie an, als hätte sie eine Erleuchtung.

»Ganz recht. Er hat mich nämlich auf eine Geschichtsstunde entführt.«

»Hört sich schrecklich langweilig an.« Orchid gähnte.

»Es war alles andere als das. Es hat unheimlichen Spaß gemacht.«

»Habt ihr euch geküsst?«, fragte Susan neugierig.

Mrs. Witherspoon zog die Schultern hoch und grinste. »Das würde mich auch interessieren.«

»Na, hört aber mal! Ich bin gerade frisch getrennt!«

»Es ist fast vier Wochen her, und Jordan ist ein Idiot«, sagte Orchid, als würde das einen Kuss rechtfertigen.

»Wir haben uns nicht geküsst«, stellte sie klar. »Aber wir verstehen uns sehr gut, und er hat gesagt, er würde heute Abend vorbeikommen. Dann kann ich ihn euch allen vorstellen.«

»Er wagt sich wirklich in die Höhle des Löwen?« Laurie lachte und bot Mrs. Witherspoon und Humphrey einen Tee an.

»Wir hätten gerne Kamillentee, nicht, Humphrey?«

»Ich nehme das, was du nimmst, mein Schatz.«

Keira wurde warm ums Herz. Wie entzückend die beiden waren. Sie saßen so dicht beieinander, als würden sie die Nähe des anderen brauchen wie die Luft zum Atmen.

»Susan hat leckeren Birnenkuchen gebacken«, teilte Laurie den beiden mit.

»Das hört sich himmlisch an«, sagte Humphrey. »Wer war noch gleich Susan?«

Sie alle lachten. »Das ist meine Wenigkeit«, meldete sich Susan.

»Ich werde eine Weile brauchen, um mir all Ihre Namen zu merken. Meine Erinnerung ist nicht mehr die beste.«

»Das macht doch nichts. Ich vergesse auch ständig was«, sagte Laurie, damit er sich nicht schlecht fühlte.

»Neulich habe ich doch glatt vergessen, welcher Wochentag war, und mich gewundert, dass Barry plötzlich bei mir im Laden stand. Mit einer Lieferung. Barry ist mein fester Freund und mein Teelieferant. Er bringt jeden Dienstag eine Lieferung. An einem Dienstag haben wir uns kennengelernt.«

Bei ihr war es ein Montag gewesen, dachte Keira. Der Montag war ihr zwei Jahre lang der liebste Tag der Woche gewesen. Welcher es wohl zukünftig sein würde?

»Entschuldigt die Verspätung.« Ruby kam in die Tea Corner und hatte nicht nur ihren Vater, sondern auch Gary dabei.

»Oh, heute wird es aber eine große Runde«, sagte Laurie und freute sich über so viel Besuch. »Wollte Tobin nicht auch noch kommen?«

»Dann bin ich weg!«, hörte Keira Orchid flüstern und konnte sie beruhigen.

»Nein, er hat mir vorhin gesagt, dass er nun doch etwas anderes vorhat.«

»Gut«, sagte Orchid, und Keira hätte schwören können, sogar ein wenig Enttäuschung in ihren Augen zu erkennen.

Laurie warf einen Blick auf den Tisch. »Hm. Ich weiß bloß nicht, ob der Kuchen für alle reichen wird.«

»Ich kann noch schnell rübergehen und ein paar Kekse holen«, schlug Keira vor und erhob sich.

»Ist es okay, meinen Dad mitzubringen?«, hörte sie Ruby Laurie fragen, so leise, dass der es nicht mitbekam.

»Natürlich. An Mittwochabenden ist hier jeder willkommen, und dein Dad sowieso immer.«

»Danke.«

Keira huschte hinüber in die Chocolaterie und holte zwei Tütchen Kekse und eine Schachtel Pralinen. Draußen stieß sie auf Thomas.

»Du bist gekommen.«

»Hatte ich doch versprochen. Ich habe ein paar Mini-Muffins mitgebracht, weil ich nicht wusste, ob so etwas von einem Neuling erwartet wird. Ich hatte ganz vergessen zu fragen.«

»Süßes ist immer gut, wäre aber nicht nötig gewesen. Komm, ich stelle dich meinen Freunden vor.«

»Keira, warte«, hielt er sie zurück. Er trug wie immer seinen braunen Mantel, heute aber Jeans statt einer schwarzen Anzughose.

Sie blieb stehen, sah ihn an. »Ja?«

»Du siehst bezaubernd aus heute Abend.«

»Ach was«, winkte sie ab. Sie trug doch bloß eine Jeans und eine alte Blümchenbluse. Ihre Haare hatte sie hochgesteckt.

»Ich meine es ganz ernst.«

»Dann … danke.« Sie wollte sich eine Haarsträhne hinters Ohr stecken, es hing aber nirgendwo eine, also tat sie es mit einer unsichtbaren. »Du siehst auch gut aus, Thomas.«

»Danke. Und danke auch noch mal für die Einladung.«

»Gerne. Weißt du, was ich gerade eben gedacht habe?«

»Was denn?«

»Dass ich die Montage vermisse. Ich meine, deine montäglichen Besuche bei mir im Laden.«

»Ich vermisse sie auch. Ich könnte ja vielleicht wieder jeden Montag kommen. Nur so, um Hallo zu sagen.«

»Das fände ich sehr schön.« Sie strahlte ihn an.

»Wollen wir?«, fragte er und atmete tief durch.

»Du brauchst wirklich nicht nervös zu sein. Es sind heute auch ein paar Männer da, du bist also nicht der Hahn im Korb. Mrs. Witherspoon hat tatsächlich ihren Humphrey dabei.«

»Er ist also doch nicht nur ein imaginärer Freund?«

»Nein, anscheinend nicht. Außerdem ist ein Bekannter da, Gary. Und meine Freundin Ruby hat ihren Dad mitgebracht. Der ist ein wenig sonderbar, aber total lieb. Falls du Schach spielst, wäre er sicher begeistert.«

»Ich bin leidenschaftlicher Schachspieler.«

»Na super!«

Sie gingen zur Tür der Tea Corner, und Keira öffnete sie. Alle starrten ihnen entgegen. Überraschung malte sich in den Gesichtern ihrer Freundinnen ab, während Gary und Hugh an einem Tisch in der Ecke Platz genommen hatten und bereits dabei waren, das Schachbrett aufzubauen.

»Leute, darf ich vorstellen: Das ist Thomas Finch, mein guter Freund. Thomas, das sind meine Freundinnen Laurie, Orchid, Ruby, Susan, Mrs. Witherspoon und ihr Freund Humphrey. Und dort hinten sitzen Gary und Hugh. Du darfst dich ruhig zu ihnen gesellen, falls du keine Lust auf Frauentratsch hast.«

Thomas lächelte allen zu. »Ich würde gerne eine Weile bei dir sitzen, Keira, wenn es recht ist.«

»Ich würde mich sehr freuen«, erwiderte sie, und sie zogen noch einen Stuhl heran.

»Erzählen Sie uns von sich, Thomas«, sagte Orchid sofort.

»Orchid, du kannst den Mann doch nicht so überfallen!«, schimpfte Keira.

»Sorry. Aber wenn du schon jemanden mitbringst, wollen wir auch wissen, wer er ist.«

»Kein Problem«, sagte Thomas und wandte sich an ihre vorlaute Freundin. »Also, mein Name ist Thomas, wie Sie ja schon wissen, ich bin achtunddreißig Jahre alt und unterrichte Englisch und Geschichte am Queen's College. Ursprünglich stamme ich aus London.«

»Ooooh, ein Lehrer!«, sagte Susan bewundernd.

»Ja. Und ich habe Mini-Muffins dabei.« Er hielt die Papiertüte hoch.

»Sie haben den Test bestanden und sind in die Runde aufgenommen«, sagte Laurie und nahm ihm die Muffins ab. Kurz darauf verteilte sie Teller und stellte Kuchen, Muffins, Kekse und Pralinen auf die Tische.

»Okay. Was gibt's Neues?«, fragte Orchid.

»Bei mir nichts«, antwortete Susan.

»Hat Terry nicht wieder irgendeine Hündin geschwängert?«

»Das geht nun leider nicht mehr.«

»Oh nein, der Arme. Du hast ihn tatsächlich kastrieren lassen?«, fragte Ruby.

»Es ging nicht anders. Dafür hat er auch drei Tage lang sein Lieblingskotelett bekommen.«

»Na dann.« Orchid kräuselte die Nase. »Gibt es bei Ihnen etwas Spannendes zu erzählen, Mrs. Witherspoon?«

Die alte Dame lächelte verschwörerisch und hielt Humphrey ihre Hand hin, die dieser sofort in seine nahm. »Nun, Humphrey und ich haben uns verlobt.«

Orchid blieb der Kuchen im Hals stecken, und sie musste husten.

»Sie sind verlobt?«, fragte Keira, um sicherzugehen, dass sie sich auch nicht verhört hatte.

»Ganz richtig. Humphrey hat mir einen Antrag gemacht.«

»Aber … ist das nicht ein bisschen früh?«, fragte Laurie vorsichtig. »Sie kennen sich doch erst ein paar Wochen.«

»In unserem Alter kann es jeden Tag vorbei sein«, meldete sich Humphrey zu Wort. »Man sollte keine Zeit verlieren, sondern das tun, was einen glücklich macht.«

»Der Meinung bin ich auch«, stimmte Susan zu. »So sollte man übrigens in jedem Alter denken. Ich finde das total romantisch und freue mich riesig für Sie beide.«

»Danke, meine Liebe«, sagte Mrs. Witherspoon freudestrahlend.

Keira dachte nach. Die beiden Alten hatten es richtig gemacht. Sie und Jordan hatten so viel Zeit vergeudet, und am Ende war überhaupt nichts dabei herausgekommen. Mit Thomas würde sie alles anders machen, das versprach sie sich selbst. Was natürlich nicht bedeuten sollte, dass sie schon nach wenigen Wochen einen Antrag annehmen würde. Aber acht Jahre würde sie auch nicht darauf warten. Dafür war ihr ihre Zeit, ja, ihr Leben, zu kostbar.

Ein Telefon klingelte. Keira sah sich in der Runde um. Dann kramte Orchid ihr Handy aus der Tasche, ging ran und sprang wie von der Hummel gestochen auf.

»Oh mein Gott, ich komme sofort!« Sie beendete das Gespräch und informierte die anderen: »Phoebe bekommt ihr Baby! Sie wird gerade mit dem Krankenwagen in die Klinik gebracht. Ich muss los!«

»Soll ich dich hinbringen? Du bist doch viel zu aufgeregt, um selbst zu fahren«, bot Susan an.

»Nein, nein, das geht schon. Ich lasse es euch sofort wissen, wenn ich Tante geworden bin. Bye, Mädels. Und Jungs.« Sie winkte und düste zur Tür hinaus.

»Jetzt ist es endlich so weit«, sagte Laurie. »Da bekommt man fast selbst Lust auf Babys.«

Laurie und Barry würden sicher ganz fantastische Eltern abgeben, dachte Keira. Und sie musste einfach fragen: »Thomas, hast du eigentlich Kinder?«

»Und Sie sollten Keira nicht anlügen. Den letzten Mann, der sie in dieser Beziehung angelogen hat, hat sie auf den Mond geschossen«, ließ Susan ihn wissen.

»Oh. Nein, ich habe leider noch keine Kinder, hätte aber gerne eines Tages welche.« Er warf ihr einen verstohlenen Blick zu.

Seine Antwort war einfach perfekt, fand Keira, und die Aussichten waren es ebenfalls.

»Wisst ihr, dass ich früher Hebamme war?«, erzählte Mrs. Witherspoon. »Ich habe bestimmt eintausend Kindern auf die Welt geholfen.«

Jetzt war das Geheimnis also endlich gelüftet. Das war es, was Mrs. Witherspoon früher von Beruf gewesen war!

Wenig später kam auch noch Barry dazu und bat Thomas, nachdem er ihm vorgestellt worden war, mit hinüber zum Herrentisch zu kommen, wo mit Begeisterung »Schach« und »Matt« gerufen wurde, worauf Ruby Gary einen dankbaren Blick zuwarf, der diesen scheu erwiderte.

»Darf ich?«, fragte Thomas Keira.

»Natürlich«, antwortete sie. »Mach sie fertig.«

Er stand auf und drückte leicht ihre Schulter, bevor er rüberging.

»Er ist sooo toll«, sagte Laurie zu ihr, sobald er am Schachtisch Platz genommen hatte.

»Ich weiß«, erwiderte sie.

»Und eine Million Mal sympathischer als Jordan«, fand Susan.

»Jordan, der Idiot?«, erkundigte sich Mrs. Witherspoon.

»Genau der.« Laurie lachte. »Aber der ist längst passé. Manchmal schenkt das Leben einem nämlich doch eine zweite Chance in Sachen Liebe.«

»Da kann ich dir nur beipflichten«, sagte Mrs. Witherspoon und küsste ihren Humphrey auf die Wange.

Sie alle spürten an diesem Abend, diesem wunderbaren, freudigen Mittwochabend, der ihnen nicht nur neues Leben, sondern auch neue Liebe brachte, etwas ganz Besonderes in der Luft – und plötzlich schien alles möglich.

REZEPTE AUS
KEIRA'S CHOCOLATES

KEIRAS
MANDELKROKANTPRALINEN

Zutaten für etwa 50 Stück

- 🫖 100 g gehackte Mandeln
- 🫖 1 EL Butter oder Margarine
- 🫖 100 g Zucker
- 🫖 300 g Vollmilchkuvertüre

Die Mandeln in einer beschichteten Pfanne goldbraun rösten, in eine Schale geben und beiseitestellen. Die Butter und den Zucker in die Pfanne geben und schmelzen lassen, bis die Masse karamellbraun ist. Vom Herd nehmen, die Mandeln hinzugeben und gut unterrühren. Auf ein mit Backpapier belegtes Blech geben, dünn verstreichen, abkühlen und hart werden lassen. Den Krokant in grobe Stücke brechen, in einen verschließbaren Tiefkühlbeutel geben und mit einem Nudelholz zu sehr kleinen Stückchen verarbeiten.

Die Kuvertüre bei niedriger Flamme in einem Topf schmelzen lassen und vom Herd nehmen. Den Krokant unter die flüssige Schokolade mischen, in Pralinenförmchen füllen und für etwa zwei Stunden in den Kühlschrank stellen.

Ein kleiner Tipp von Keira: Wer keine Pralinenförmchen zur Hand hat, kann Eiswürfelformen aus Silikon verwenden.

KEIRAS WEISSE
ORANGEN-MACADAMIA-HERZEN

Zutaten für etwa 30 Pralinen

- 75 ml Sahne
- 300 g weiße Kuvertüre
- 1 EL geriebene Orangenschale
- 1 kleines Fläschchen Orangenaroma
- 50 g fein gehackte Macadamianüsse

Die Sahne in einem Topf erwärmen. Die Kuvertüre stückeweise hinzugeben und langsam schmelzen lassen. Die Masse in eine Rührschüssel umfüllen und für 2 Stunden in den Kühlschrank stellen. Dann mit einem elektrischen Rührgerät cremig aufschlagen. Die Orangenschale, das Orangenaroma sowie die Macadamianüsse hinzugeben und unterrühren. Die Masse in einen Spritzbeutel geben und in herzförmige Pralinenförmchen füllen. Das Ganze noch einmal für 1 Stunde in den Kühlschrank stellen.

Keira empfiehlt für dieses Rezept weiße Schokolade, die Pralinen schmecken aber auch mit Vollmilch- oder Zartbitterschokolade köstlich.

KEIRAS SCHOKOLADENKEKSE

Zutaten für etwa 30 Stück

- 250 g Mehl
- 120 g Zucker
- 20 g Vanillezucker
- 1 Päckchen Backpulver
- 1 Prise Salz
- 5 EL Milch
- 150 g Butter oder Margarine
- 100 g Schokoladenplättchen

Mehl, Zucker, Vanillezucker, Backpulver, Salz und Milch in eine Schüssel geben. Die Butter in der Mikrowelle schmelzen und hinzugeben. Alles gut verrühren. Zum Schluss die Schokoplättchen unter die warme Masse rühren, bis sie ein wenig schmelzen und ein Marmormuster ergeben. Den Teig mit den Händen zu kirschgroßen Kugeln rollen, auf ein mit Backpapier ausgelegtes Backblech legen und ein wenig platt drücken. Bei 150 Grad (Ober-/Unterhitze) je nach gewünschter Knusprigkeit 15–20 Minuten backen.

DANKE

Dieses Mal möchte ich gerne zuallererst meinen Lesern danken. Für jedes gekaufte Buch, jede gelesene Seite, jede geschriebene Rezension, jede ausgesprochene Empfehlung, jede persönliche Nachricht, jedes liebe Wort. Ohne den unglaublichen Zuspruch könnte ich meiner allerliebsten Beschäftigung nicht nachgehen, dem Geschichtenschreiben. Deshalb: Danke, eine Million Mal danke.

Wie immer möchte ich auch meiner Familie danken für die unendliche Unterstützung und Liebe.

Meiner Agentin Anoukh Foerg, Maria Dürig und Andrea Schneider – danke für alles!!!

Danke dem gesamten Blanvalet-Team, meiner zauberhaften Lektorin Julia Fronhöfer, meiner großartigen Redakteurin Angela Kuepper, der wunderbaren Verlagsleiterin Eléonore Delair, dem fantastischen Presseteam und Johannes Wiebel fürs Designen der wunderschönen Valerie-Lane-Cover.

Ein großes Danke meinen Kolleginnen und Freundinnen Roberta Gregorio, Alexandra Blöchl und Britta Dubber für ihre guten Ratschläge und ihre immer offenen Ohren – ihr seid wunderbar!

Und zuletzt danke an Hozier für seinen grandiosen Song *Take Me To Church*, der im Verlauf dieses Buches nicht nur mein Schreibsong wurde, sondern auch Keiras Kampfsong. Manchmal braucht man nur die richtige Musik, manchmal muss man einfach ausbrechen, manchmal hilft im Leben nur ein Neubeginn. Und euch allen da draußen möchte ich sagen: Ihr seid gut so, wie ihr seid. Ganz genau so! Lasst euch von niemandem etwas anderes einreden. Ihr seid einzigartig. Ihr seid wundervoll. ♥

Leseprobe

Manuela Inusa

Der zauberhafte Trödelladen
Valerie Lane 3

Ruby verkauft in ihrem kleinen Antiquitätenladen Trödel aus aller Welt, den sie mit liebevoller Sorgfalt restau-
riert. Auch wenn sie insgeheim von einem Buchladen
träumt, liebt sie die Arbeit in *Ruby's Antiques*, das sie von
ihrer Mutter übernommen hat, und verliert sich oft in der
Vergangenheit der Stücke. Und ein Leben ohne ihre
Freundinnen aus der Valerie Lane kann sie sich sowieso
nicht mehr vorstellen! Diese sind in diesem Frühling
noch stärker für Ruby da, denn nicht nur das mit der Liebe gestaltet sich schwieriger als gedacht, sondern auch
Rubys eigene Vergangenheit holt sie ein – und wird die
eine oder andere Überraschung bereithalten …

PROLOG

An einem sonnigen Tag im Mai spazierte eine junge Frau eine kleine Straße entlang, die nach einer legendären Person benannt war, die hier vor über hundert Jahren ein Mischwarengeschäft geführt hatte. Es war wohl die romantischste Straße von Oxford, vielleicht sogar die schönste der Welt … die Valerie Lane.

Die junge Frau trug ein braunes Fünfzigerjahrekostüm und dazu passende Stiefeletten. Ihr dunkles Haar war zu einem kinnlangen Bob geschnitten und mit einer versilberten Blumenspange zurückgesteckt. Sie schlenderte ohne Eile über das Kopfsteinpflaster, vorbei an einem Teeladen, einem Wollgeschäft, einer Chocolaterie, einem Blumenladen und einem Geschenkartikelladen. Vier dieser Etablissements wurden von guten Freundinnen geführt, den Blumenladen hatte vor nicht allzu langer Zeit ein attraktiver blonder Mann neu eröffnet. Er stand zu dieser frühen Stunde bereits in seinem Schaufenster und dekorierte es frühlingshaft mit vielen bunten Blumen, Schmetterlingen und Marienkäfern. Als er sie sah, winkte er ihr zu.

Sie winkte fröhlich zurück und schloss dann für einen Moment die Augen, sog die frische Morgenluft ein und ließ die Atmosphäre auf sich wirken. Wie so oft kamen ihr Erinnerungen an eine sorglose Kindheit in den Sinn, in der sie an der Seite ihrer Mutter diesen Weg gegangen war. Und ihre Gedanken machten noch einen größeren Sprung zurück in die Vergangenheit, hin zu einer Zeit, in der die noch immer vorhandenen, heute aber nicht mehr funktionierenden Gaslaternen die Straße erhellt hatten und in der es hier nur ein einziges Geschäft gegeben hatte, nämlich besagtes Mischwarengeschäft, das von der guten Valerie, wie man sie nannte, geführt worden war. Zusammen mit ihrem Mann Samuel hatte sie vor vielen, vielen Jahren Geschichte geschrieben.

Valerie Bonham hatte nicht nur die Bedürftigen der Stadt mit dem versorgt, was sie so bitter benötigten, sie war einfach für jeden da gewesen, mit einem offenem Ohr, einem weisen Wort oder einer Schulter zum Anlehnen. Es hatte keine wie sie mehr gegeben, niemanden mit einem größeren Herzen, doch die heutigen Ladenbesitzerinnen der Valerie Lane versuchten jeden Tag aufs Neue, es ihrem Vorbild gleichzutun – sie wollten die Welt, oder wenigstens die Stadt, zu einem besseren Ort machen.

Die junge Frau trat auf ihren Antiquitätenladen zu, den die meisten Leute einen Trödelladen nannten, was sie überhaupt nicht mochte. Sie verkaufte keinen Trödel, sondern wertvolle Antiquitäten. Im Gegensatz zu den anderen Läden hatte er einen dunkelgrünen Fassadenanstrich wie zu Valeries Zeiten, den sie unbedingt beibehalten wollte, denn sie mochte alles Alte, Antike und die Beständigkeit der Dinge.

Sie schloss die Tür auf, lächelte, als sie den Geruch der geschichtsträchtigen Dinge vernahm, und durchquerte den vollgestellten Raum bis zur hinteren Wand. Dort ging sie in die Hocke, hob eine der knarrenden Holzdielen an und holte eines der acht Bücher hervor, die sie eines Tages zufällig dort gefunden hatte. Dieses Buch war ihr das liebste. Es erzählte eine einzigartige Liebesgeschichte, die sie an diesem schönen Frühlingstag unbedingt lesen musste, denn sie hatte das Gefühl, die Liebe hatte endlich auch zu ihr gefunden.

KAPITEL 1

Es war ein regnerischer, ungemütlicher Sonntag in Oxford. Ruby hatte sich auf einen Morgen auf dem Flohmarkt gefreut, diesen jedoch schon nach einer halben Stunde wieder verlassen, weil die Verkäufer ihre Waren einpackten und ihre Stände abbauten.

Wie schade, dachte Ruby. Sie hatte wirklich gehofft, ein paar Schnäppchen zu machen, gerade weil Flohmärkte bei diesem Wetter nicht allzu gut besucht waren. Aber außer einem Radio für ihren Vater, ein paar Büchern für sich und zwei Vasen für den Laden hatte sie nichts ergattert. Trotzdem konnte sie nicht anders, als zu lächeln, als sie die Treppen zu der Wohnung hinaufstieg, die sie mit ihrem Vater teilte. Er würde sich über den quietschgrünen Rundfunkapparat freuen, da war sie sich sicher. Sein alter hatte nämlich den Geist aufgegeben, und er war schon ganz hibbelig, weil er sich die Sportergebnisse nicht anhören konnte.

»Ruby, bist du das?«, hörte sie ihn rufen, als sie die Tür aufschloss und die Wohnung betrat.

»Wer sollte es denn sonst sein?«, rief sie in Richtung Wohnzimmer zurück.

»Ein Einbrecher vielleicht.«

»Ach, Dad, der hätte doch keinen Schlüssel.« Sie schüttelte belustigt den Kopf und befreite sich von der nassen Jacke und den durchweichten Schnürstiefeln.

»Den könnte er dir geklaut haben.«

»Und woher sollte er wissen, wo ich wohne?«

Ihr Vater erschien grinsend in der Wohnzimmertür. »Na, er könnte doch auch deine Brieftasche mit deinem Ausweis geklaut haben.«

Ruby lächelte. »Ich lasse mich schon nicht beklauen, Daddy, keine Angst.« Sie wischte sich das feuchte Haar aus dem Gesicht.

Als sie am frühen Morgen das Haus verlassen hatte, hatte ihr Vater noch geschlafen. »Hast du etwas Schönes gefunden?«, wollte er nun wissen.

Seine grauen Haare standen wild vom Kopf ab, was aber nicht unbedingt daran lag, dass es erst halb neun morgens war. Er sah oft ein wenig zerzaust aus, legte nicht viel Wert auf sein Äußeres, was man an der orangefarbenen Jogginghose und dem blau-weiß gestreiften Hemd erkannte.

»Oh ja. Schau mal, was ich dir mitgebracht habe.« Ruby griff in ihren Baumwollbeutel und holte das Radio hervor. Es hatte ebenfalls ein paar Regentropfen abbekommen, die sie mit dem Blusenärmel abwischte.

Ihr Vater riss ihr das Teil aus der Hand, betrachtete es, hielt es sich näher ans Gesicht und lächelte dann zufrieden.

»Funktioniert das auch?«

Er sah fragend zu ihr herunter. Ruby war mit ihren eins

fünfundsiebzig nicht gerade klein, ihr Vater war jedoch noch ein ganzes Stück größer.

»Ja, das tut es. Du kannst es gleich ausprobieren.« Sie zeigte ihm, wo der An/Aus-Schalter war.

Nachdem er probiert, gedrückt, gedreht und endlich seinen Lieblingssender gefunden hatte, ging er mit dem Radio zurück ins Wohnzimmer und setzte sich auf seinen Sessel, auf dem niemand außer ihm sitzen durfte.

Ruby folgte ihm. »Es gefällt dir also, ja?«, fragte sie. Er lächelte nur und nickte. »Das freut mich. Dann mache ich mal Frühstück, bevor ich in den Laden gehe. Auf was hast du heute Lust?«

»Eier.«

Das war schon klar, denn es war Eier-Woche. Hugh Riley hatte diesen Tick, stets eine ganze Woche lang das Gleiche essen zu wollen – morgens, mittags und abends. In dieser Woche waren es Eier, und wenigstens war er dabei so flexibel, dass Ruby in der Zubereitung variieren durfte. Das war nicht immer so.

»Und was für welche?«, erkundigte sie sich.

»Na, Hühnereier. Es sei denn, du hast ein Straußenei für mich.«

Sie musste lachen. »Nein, Dad, ich wollte wissen, ob du Rühreier, Spiegeleier oder ein hart gekochtes Ei möchtest. Vielleicht ein Omelett?«

»Hm …«

Oje. An seinem Gesichtsausdruck erkannte sie, dass sie ihn damit völlig überforderte. Sie hätte ihn nicht wählen lassen, sondern einfach machen sollen.

Manchmal fragte sie sich, ob sie wohl nie lernen würde, dass ihr Vater einfach nicht mehr derselbe war seit dem Tod ihrer Mutter. Dass sie ihn jetzt anders behandeln musste.

»Ich mache uns Rühreier, einverstanden?«

Ihr Dad nickte, und Ruby machte sich auf in die Küche, jedoch nicht, ohne vorher überprüft zu haben, ob die Bücher vom Flohmarkt in ihrem Stoffbeutel wirklich trocken geblieben waren. Gott sei Dank waren sie es, aber sie hätte sich auch sonst zu helfen gewusst. Sie hatte ungefähr eine Million hilfreicher Tipps und Tricks für alle Lebenssituationen in ihrem Hinterkopf gespeichert.

Sie rubbelte sich das Haar trocken und stellte sich an den Herd, briet die Eier und sah dabei aus dem Fenster. Was für ein trister Regentag! Ob die Leute da überhaupt aus dem Haus gehen und sich bis ganz ans Ende der Valerie Lane verirren würden?

Zwei Stunden später schloss Ruby die Tür ihres Ladens auf. Obwohl sonntags nicht alle kleinen Geschäfte der Stadt öffneten, hatten die Besitzerinnen der Läden in der Valerie Lane vor Jahren beschlossen, sich den großen Geschäften der Cornmarket Street, von der ihre kleine Straße abging, anzupassen, um ihren Kunden zu ermöglichen, von elf bis fünf in Ruhe ihre Einkäufe zu tätigen.

Sie packte die beiden Vasen aus, die sie von einer alten Frau auf dem Flohmarkt gekauft hatte, und betrachtete sie versonnen. Eine der Vasen, sie war weiß und mit hinreißenden blauen Blümchen bemalt, schien älter zu sein, als Ruby anfangs geglaubt hatte. Der Stempel einer Firma auf der Unterseite, den sie nun mit der Lupe erkannte und gut zuordnen konnte, sagte ihr, dass das Stück aus den Dreißiger-, spätestens aus den Vierzigerjahren stammte, da die Firma nur bis in die frühen Vierziger hergestellt hatte. Ob die Verkäuferin das wohl gewusst hat?, fragte sie sich. Sicher nicht, denn sonst hätte sie ihr die Vase garantiert nicht zu einem Spottpreis von zwölf Pfund verkauft.

Sofort bekam Ruby ein schlechtes Gewissen. Ja, so war sie, was sie selbst manchmal echt nervte. Schließlich musste sie ein Geschäft führen und sich und ihren Vater über die Runden bringen.

Schon seit Jahren war er ohne Arbeit. Wer stellte denn auch einen Verrückten ein? Zumindest betitelten die Leute ihn als solchen. Leute, die ihn nicht kannten, die nicht wussten, was er durchgemacht hatte.

Sie hörte die Ladenglocke, drehte sich um und setzte ein Lächeln auf. »Guten Tag.«

Zwei Damen um die fünfzig betraten den Verkaufsraum und sahen sich um, gingen an den Tischen mit alten Lampen, Spiegeln, Schmuckschatullen, Vasen, Porzellan und Spieluhren entlang. Betrachteten die Gemälde, die an den Wänden hingen und die vor den Regalen standen. Sie blieben einen Moment lang vor einem der antiken Stühle stehen und begutachteten das Grammophon. Doch leider kauften sie nichts, und Ruby brachte die Vasen nach hinten. Später würde sie sie ordentlich säubern und polieren und sie mit einem Preis ausschildern, der ganz bestimmt mehr als zwölf Pfund betrug.

»Ruby? Bist du da?«, hörte sie jemanden rufen.

Sie hatte die Ladenglocke gar nicht vernommen. Wo war sie nur mit ihren Gedanken?

Schnell eilte sie nach vorne. »Hallo, Laurie. Wie geht es dir?«

»Ach, ich kann nicht klagen«, antwortete die rothaarige Frau, die ihren Laden zwei Türen weiter hatte. In Laurie's Tea Corner konnte man köstlichen Tee aus aller Welt bekommen. »Hier, ich dachte, den solltest du unbedingt probieren«, sagte sie und reichte Ruby einen Becher.

»Oh, wie lieb. Danke.« Sie nahm ihn entgegen und musste ihn gleich wieder abstellen, weil der Tee so heiß war. »Was ist das denn für einer?«

»Zitronengras und roter Pfeffer. Aus Guatemala.« Laurie erzählte und gestikulierte so freudig, dass dabei ihr orangefarbener Rock mitwippte.

»Hört sich interessant an. Ich werde ihn auf jeden Fall genießen. Sag mal, ist es bei dir auch so ruhig?« Normalerweise war Lauries Laden immer gerammelt voll. »Ich frage nur, weil du mitten am Vormittag vorbeikommst.«

»Ich habe doch jetzt eine Aushilfe. Hannah, die Künstlerin.«

»Ach ja, stimmt. Wie schön für dich.«

Ruby musste zugeben, dass sie Laurie ein wenig beneidete. Ihr Laden musste wirklich gut laufen, wenn sie sich eine Aushilfe leisten konnte. Keira aus der Chocolaterie nebenan hatte auch eine. Sie selbst konnte daran nicht einmal denken. Nein, sie musste von morgens bis abends im Laden stehen und hatte kaum Zeit für irgendetwas sonst. Nicht, dass da viel gewesen wäre, dem sie ihre Zeit lieber gewidmet hätte als ihrem geliebten Geschäft. Sie hatte keinen festen Freund, also gab es außer ihrem Vater niemanden, für den sie da sein musste, und ihren Hobbys konnte sie auch im Laden nachgehen. Die alten Klassiker und Biographien, die sie zu gerne las, und ihren Skizzenblock nahm sie sich einfach mit.

»Kommst du am Mittwoch?«, fragte Laurie nun.

»Aber sicher.«

Sie freute sich doch schon immer Tage vorher auf den Mittwochabend, an dem sie alle sich in Laurie's Tea Corner trafen und zusammen quatschten und dabei Tee tranken und Schokolade aßen. Eine Tradition, die die gute Valerie vor über hundert Jahren eingeführt hatte, weil sie fand, es sollte eine Zuflucht geben für jeden, der ein wenig Fürsorge oder einfach nur ein heißes Getränk brauchte.

»Susan kann nicht. Sie hat einen Termin.« Susan besaß den Wollladen auf der anderen Straßenseite.

»Schade.«

»Ja.« Laurie sah sie nachdenklich an. »Und wie geht es dir, Süße? Du siehst müde aus.«

Die anderen Frauen nannten sie immer »Süße« oder »Kleines«, weil sie die jüngste von ihnen war. Mit gerade einmal vierundzwanzig betrieb sie ihr eigenes Geschäft bereits seit fast drei Jahren. Sie hatte aufgrund unerwarteter Umstände schon früh lernen müssen, Verantwortung zu übernehmen.

»Es geht mir gut, danke.« Es musste ja nicht jeder wissen, wie schlecht es um den Laden stand. Laurie machte sich schon immer Sorgen genug. »Ich war heute Morgen auf dem Flohmarkt und habe zwei wunderschöne Vasen entdeckt. Möchtest du sie sehen?«

»Klar. Zeig her.« Ruby ging sie holen und präsentierte sie stolz. »Wow, die wäre was für mich. Wie teuer soll die sein?« Laurie zeigte auf die Vase, die Ruby als besonders wertvoll einschätzte.

»Das weiß ich noch nicht genau. Muss erst noch ein wenig recherchieren. Ich glaube nämlich, sie ist aus den Dreißigern und einiges wert. Wenn ich Glück habe, kann ich den Preis auf vierhundert Pfund ansetzen.«

»Oh. Na, das ist wohl doch nicht ganz mein Niveau.« Laurie grinste. »Aber schön ist sie, wunderschön. Weißt du, mir kommt es nicht so sehr darauf an, wie alt oder wie wertvoll etwas ist. Die Dinge können auch aus der Deko-abteilung bei Primark sein, solange sie hübsch sind.« Sie lachte.

Ruby sah die Sache natürlich ein bisschen anders, aber sie machte sich eine gedankliche Notiz. Sie würde die Augen nach ähnlichen Stücken aufhalten. Manchmal bekam man Billigware zu einem Spottpreis auf den Märkten. Und sie machte ihren Freundinnen gern eine Freude.

Laurie erzählte noch eine ganze Weile, was Ruby nicht störte, da sie eh nichts zu tun hatte. Ab und zu kam mal jemand in den Laden, sah sich um oder fragte nach einem bestimmten Gegenstand, aber die Sonntage verliefen meistens sehr ruhig, und so war es auch heute. Nicht, dass es an anderen Tagen sehr viel besser gewesen wäre.

»Hast du schon gehört? Tobin hat eine Freundin«, erzählte Laurie jetzt aufgeregt.

Seit Tobin als einziger Mann in ihrer Mitte im Februar den leeren Laden bezogen hatte, war er das Gesprächsthema Nummer eins in der Valerie Lane.

»Nein, das wusste ich noch nicht.«

Wo hörte Laurie das alles immer nur? Ruby hatte das Gefühl, als wäre sie immer die Letzte, die etwas erfuhr, andererseits plauderte sie ja auch nicht den lieben langen Tag lang mit jedem, der ihr begegnete, wie Laurie, die ständig in Tratschlaune war, viel und gern lachte und bei allen beliebt war. Sie selbst war eher still. Okay, ehrlich gesagt brachte sie sogar vor ihren Kunden kaum ein Wort heraus. Wenn das Thema auf Kinder, Hunde, Mode, Promis oder im schlimmsten Fall Beziehungsprobleme fiel, war sie der absolut falsche Ansprechpartner. Wollten sie über irgendetwas Historisches reden, war sie allerdings voll dabei.

»Sie ist wirklich hübsch, sehr schlank. Sieht ein bisschen so aus wie Orchid.«

Orchid – die Fünfte im Bunde. Sie besaß den Geschenkartikelladen auf der anderen Straßenseite direkt gegenüber von Ruby's Antiques.

»Halt mich auf dem Laufenden.«

Ruby sah Laurie an und hoffte nun doch, sie würde endlich gehen. Sie wollte sich um ihre neuen Errungenschaften kümmern, wollte herausfinden, woher die Vasen genau stammten.

»Na, ich geh dann mal wieder rüber«, sagte Laurie, als

könnte sie ihre Gedanken lesen. »Hab dich lange genug aufgehalten.«

»Ach was, es war schön, mit dir zu reden. Und danke noch mal für den Tee.«

Ihr fiel ein, dass sie den noch nicht mal probiert hatte. Der Becher stand unberührt auf dem Ladentisch. Laurie hatte fast eine halbe Stunde erzählt, er war inzwischen bestimmt kalt.

Ruby trank einen Schluck.

»Und?«, fragte Laurie mit strahlenden Augen.

»Superlecker«, sagte sie und verzog gedanklich das Gesicht.

Wer trank denn Pfeffer? Der Tee schmeckte so, als hätte man Pfeffer in heißes Wasser gegeben und eine Scheibe Zitrone dazu. Scharf war er außerdem. Sie musste ja zugeben, dass Laurie oft ganz großartige Sorten anbot – diese war allerdings keine davon.

Sobald Laurie weg war, schüttete Ruby den Tee in die Spüle und trank einen Schluck von dem Apfelsaft, den sie sich mitgebracht hatte. Dann setzte sie sich auf den Hocker an ihrem kleinen Arbeitspult, holte ihr Notebook heraus und begann zu googeln.

KAPITEL 2

Mit einem breiten Lächeln im Gesicht schloss Ruby um fünf Uhr abends die Ladentüren und machte sich auf nach Hause. Ihr Gefühl hatte sie wieder einmal nicht getrogen. Die eine Vase war zwar allenfalls aus den Sechzigern, aber die andere stammte ganz sicher aus den beginnenden Dreißigerjahren. Sie war tatsächlich von dieser kleinen schottischen Firma namens Haighesty's, die nur sehr wenige, in aufwendiger Handarbeit hergestellte Vasen verkauft hatte, und stieg allein damit an Wert. Zudem war die Vase noch in einwandfreiem Zustand – weder war die Farbe verblichen noch hatte sie irgendwo einen Riss oder einen Bruch. Ruby würde sie guten Gewissens für sechshundert Pfund anbieten können. Natürlich war es eine ganz andere Sache, dafür auch einen Kunden zu finden.

Sie war glücklich und strahlte, als sie über das Kopfsteinpflaster ging und die Ecke erreichte, an der wie so oft ein Mann auf dem Boden saß. Er war dreißig, viel zu hager und sein schwarzes Haar war viel zu lang. Er saß auf einem Stück Pappe und trug eine zu dünne Jacke für solch einen ungemütlichen Tag, aber eine dicke blaue Strickmütze, die nur von Susan stammen konnte. Der Mann hieß

Gary, und Ruby hatte sich in den letzten Monaten ein wenig mit ihm angefreundet.

Sie blieb stehen, und er blickte mit seinen traurigen Augen auf. Eigentlich sah er immer ganz schön traurig aus. Am liebsten hätte sie ihn gefragt, warum er nur so schrecklich betrübt war. Jemand wie Laurie oder Orchid hätte das sicher auch gemacht, aber Ruby war nicht so. Sie war introvertiert und hatte Probleme damit, mit Fremden zu reden. Selbst Leute, die sie kannte, mochte sie nicht auf ihre Sorgen ansprechen.

Ruby lächelte und fragte: »Hallo, Gary. Wie geht's dir heute?«

»Mir geht's gut, danke.« Das war seine Standardantwort, obwohl sie ihm nicht abnahm, dass er ehrlich war. Wie könnte sie auch? »Und dir?«

»Fantastisch. Ich habe heute auf dem Flohmarkt eine wertvolle Vase ergattert.«

»Das freut mich für dich.« Er lächelte schüchtern zurück.

Ruby spürte einen kleinen Tropfen auf der Nase. Es würde jeden Moment wieder anfangen zu regnen. Sie blickte Gary an, wusste nicht, ob sie es ihm erneut anbieten sollte. Dann entdeckte sie einen Pappbecher aus Laurie's Tea Corner neben ihm.

»Hat Laurie dir auch diesen komischen Pfeffertee gebracht?«

Gary verzog das Gesicht. »Wer gibt denn Pfeffer in Tee?«, fragte er.

Sie musste lachen, und das Eis war gebrochen. So war

es meistens bei ihnen. Sie brauchten immer erst einen Augenblick, um miteinander warm zu werden.

Die Tropfen begannen nun in immer kürzeren Abständen auf sie herabzufallen, und Ruby fasste sich ein Herz.

»Es sieht ganz danach aus, als ob es gleich richtig gießen würde. Willst du die Nacht vielleicht in meinem Laden verbringen?«

Hinten drin stand eine Couch, die Gary nun schon ein paarmal genutzt hatte, besonders in den kalten Wintermonaten. Auch wenn er ihr Angebot anfangs stets abgelehnt hatte.

Ruby hatte Mitleid mit Gary, ja, aber es war noch mehr. Immerhin handelte es sich bei ihrem Laden um die alten Räume von Valerie Bonham – und die hätte es so gewollt. Hätte wahrscheinlich überhaupt nichts anderes akzeptiert.

»Ich will dir keine Umstände bereiten«, erwiderte Gary, bescheiden wie immer, während der Regen tatsächlich stärker wurde.

Ruby spannte ihren Schirm auf. »Der Laden steht die ganze Nacht leer. Ich hätte wirklich ein besseres Gefühl, wenn du meinen Vorschlag annehmen würdest. Nicht, dass du dir noch eine Lungenentzündung holst.«

Gary, der schon ganz nass war, erhob sich und fuhr sich durchs feuchte Haar. »Okay.«

Sie nahm ihn unter ihren Schirm, brachte ihn zum Laden und schloss auf. »Du weißt ja, wo alles ist. Hinten im Schrank sind noch ein paar Kekse. Leider habe ich nichts zu trinken da, aber es gibt ja Leitungswasser.«

»Kein Problem. Ich danke dir.«

Er sah sie wieder so an, mit diesen traurigen Augen, die ihr eine Geschichte erzählen wollten. Und wie gern wäre sie geblieben und hätte sie sich angehört, sogar ganz ohne Worte. Doch sie hatte selbst genug Traurigkeit hinter sich und allerhand Sorgen, die auf sie warteten. Deshalb wünschte sie Gary eine gute Nacht und ging durch den prasselnden Regen davon.

»Dad! Ich bin wieder zu Hause!«, rief Ruby. Sie entledigte sich wie schon am Morgen ihrer nassen Sachen, lief ins Badezimmer und schnappte sich ein Handtuch, das sie sich ums triefende Haar wickelte. Der blöde Schirm hatte auf dem Heimweg den Geist aufgegeben. Und während sie die hundertfünfzig Meter von der Bushaltestelle bis nach Hause gerannt war, hatte es wie aus Eimern geschüttet. Sie fand ihren Vater auf seinem Sessel vor, wo er mit seinem Radio beschäftigt war. Es freute Ruby richtig, dass er so glücklich darüber war. Er schien sie gar nicht zu bemerken. »Dad, ich bin wieder hier und mache dir gleich was zu essen«, versuchte sie es erneut und ging zu ihm rüber.

»Eier?«, fragte er, ohne aufzusehen.

»Natürlich, was denn sonst?« Sie zwinkerte ihm zu. »Haben dir die hart gekochten Eier gereicht, die ich dir hingestellt habe?«, erkundigte sie sich und warf einen Blick auf den tiefen Teller, der, nun leer, auf dem Esstisch stand. Ihr Vater hörte sie wieder nicht. Wie gebannt lauschte er dem Radiosprecher. »Ich decke jetzt den Tisch und dann musst du dich mal für eine Weile von deinem Radio trennen, okay?«

»Darf ich es nicht beim Essen anlassen?«, fragte er und machte einen Schmollmund.

»Na gut, aber dann mach wenigstens Musik an, ich habe nämlich keine Lust auf den Sportkanal.«

»Es läuft gerade ein Fußballspiel. Italien gegen Holland.«

»Wer gewinnt?«

»Na, was mag ich lieber? Pasta oder Tulpen?«

Typisch ihr Dad. Wo war denn da bitte der Zusammenhang?

»Keine Ahnung. Hast du Tulpen denn schon mal gegessen?«, fragte sie, und ihr Vater lachte auf.

»Wo sind meine Eier?«

»Kommen sofort.«

Sie ging sich schnell umziehen und legte die nassen Sachen über den Wäscheständer. Die neu erstandenen Bücher, darunter sogar eine Erstausgabe, stellte sie in eines ihrer heiß geliebten Bücherregale.

In einer Jeans und einem T-Shirt mit der Aufschrift I LOVE MR. DARCY stand sie kurz darauf vor der Küchentür, holte den Schlüssel hervor und schloss auf. Das war eine Vorsichtsmaßnahme, die sie jeden Tag treffen musste, da schon so einige Male etwas schiefgegangen war, als sie ihren Vater allein in der Küche gelassen hatte. Zwei Mal hatten die Nachbarn sogar die Feuerwehr rufen müssen.

Wenig später saßen sie zusammen am Wohnzimmertisch, hörten den Oldiesender und aßen zu Abend. Dieses Mal Omelett.

»Wie war dein Tag, Dad?«, fragte Ruby, während sie in ihrem Essen stocherte.

Sie wusste gar nicht, ob sie aus Solidarität mit ihrem Vater mitaß oder weil sie es einfach satthatte, immer zwei verschiedene Sachen kochen zu müssen. Wie froh sie war, dass Sonntag war und er sich am kommenden Tag einem neuen Lebensmittel zuwenden würde.

»Sehr gut, sehr gut. Und deiner? Was ist das da Rotes in deinen Eiern?«

»Tomaten. In meinem Omelett sind Tomaten und Feta.« Sie fragte nicht, ob er das nicht auch gewollt hätte, denn sie kannte die Antwort. Es wäre ihm zu viel der Abweichung vom Normalen gewesen. Selbst die Scheibe Toast, die sie zu ihrem Omelett aß, hätte er als einen Feind auf seinem Teller betrachtet. »Mein Tag war auch gut«, nahm sie seine Frage wieder auf. Sie wusste, dass sie ihrem Vater von der Vase nichts zu erzählen brauchte, die interessierte ihn herzlich wenig. »Und, Dad? Warst du wenigstens ein bisschen draußen, oder hast du den ganzen Tag mit dem Radio auf deinem Sessel gehockt?«

»Wenn du nicht willst, dass ich den ganzen Tag mit dem Radio auf dem Sessel hocke, dann kauf mir kein Radio«, sagte er beleidigt.

»Ist doch okay, Daddy. Aber du musst mir versprechen, dass du morgen ein bisschen rausgehst, ja? Du könntest doch mal wieder in den Park gehen zum Schachspielen, oder komm mich im Laden besuchen.«

»Mal sehen.« Er nahm eine letzte Gabel von seinem Omelett und schielte zu seinem Radio.

»Versprich es mir, Dad.«

»Meinetwegen, versprochen.«

»Gut. Und nun kannst du von mir aus wieder den Sportsender einstellen. Ich gehe in mein Zimmer, lesen.«

Sofort stürzte ihr Vater sich auf das Radio und drehte an dem Rad, mit dem man den Kanal verstellte. Als er ihn gefunden hatte, nahm er das Gerät und ging zurück zu seinem Sessel.

»Viel Spaß noch, Dad«, sagte Ruby und gab ihm einen Kuss.

Dann brachte sie das Geschirr in die Küche und spülte es ab. Dabei wanderten ihre Gedanken wieder zu Gary zurück. Wie gern würde sie mehr über ihn erfahren. Sie hatten sich zwar schon öfter unterhalten, jedoch nur über Belangloses. Sie würde gern wissen, was ihm widerfahren war, weshalb er auf der Straße lebte, warum er sich mit seinen dreißig Jahren schon aufgegeben hatte. Wenn man ihn da an seiner Ecke sitzen sah, wirkte er beinahe wie ein alter Mann. Einer, der schon das Beste und das Schlimmste durchgemacht hatte.

Beim Lesen nickte sie immer wieder ein. Laurie hatte es ganz richtig erkannt, in letzter Zeit war sie müde, und sie wusste nicht einmal, warum. Genug Schlaf bekam sie, und körperlich überanstrengen tat sie sich auch nicht. Vielleicht war es unterbewusst einfach die Situation, die sie ermüdete – ihr Vater, der wie ein Kind war, um das man sich kümmern musste, der Laden, der nicht mehr richtig lief … Obwohl in letzter Zeit, seit ihre Freundinnen eine Anzeige im Wochenblatt für sie geschaltet hatten und sie jetzt sogar eine eigene Website hatte, wieder mehr Kundschaft kam, kauften die Leute einfach nicht genug. Als ihre Mutter das Geschäft geführt hatte, war das ganz anders gewesen. Konnte es daran gelegen haben, dass Meryl Riley eine ganze andere Persönlichkeit gehabt hatte als sie? Dass sie eine Fröhlichkeit ausgestrahlt hatte, die die Leute angezogen hatte? Dass die Gespräche, in die sie die Kunden verwickelt hatte, diese zum Kauf animiert hatten?

Sie musste unbedingt ein bisschen mutiger werden. Wie konnte sie das nur schaffen? Ruby nahm sich fest vor, sich zumindest zu bemühen. Den ersten Schritt würde sie machen, indem sie Gary auf seine Vergangenheit ansprach. Irgendwann, irgendwie.

Was er jetzt wohl machte, so ganz allein in ihrem Antiquitätenladen? Worüber er wohl nachdachte?

Gary kam aus Manchester, das hatte er ihr erzählt. Auch dass er einmal Autor gewesen war und schon früh mit dem Schreiben angefangen hatte. Bereits mit achtzehn hatte er einen Schreibwettbewerb gewonnen und seinen ersten Buchvertrag bekommen. Sie fragte sich, ob er Angehörige hatte, eine Frau, Kinder, Eltern. Warum musste er auf der Straße leben? Hatte er denn niemanden, der ihn aufnahm? Der ihm ein warmes Plätzchen zur Verfügung stellte? Sie würde ihm gern eins anbieten, gleich hier neben ihr in ihrem Bett.

Oh Gott, hatte sie das wirklich gerade gedacht?

Was war denn nur in sie gefahren? Doch dann erkannte sie, dass sie gar nicht auf das Offensichtliche aus war, sondern dass sie einfach nur gern jemanden bei sich hätte, jemanden, in dessen Armen sie liegen und mit dem sie reden konnte. Manchmal fühlte sie sich so schrecklich einsam.

Sie legte das Buch, *Der große Gatsby*, zur Seite und stand auf, um nach ihrem Vater zu sehen. Der saß noch immer auf seinem Sessel, hatte die Augen aber bereits geschlossen. Sie nahm ihm das Radio aus der Hand und ließ den Sprecher verstummen, dann deckte sie ihren Vater mit einer dicken Decke zu und schaltete das Licht aus.

Auf dem Weg zurück ins Bett wanderten ihre Gedanken zu der Zeit zurück, in der ihr Vater noch derjenige gewesen war, der sie zugedeckt hatte, nachdem er ihr eine Gute-Nacht-Geschichte vorgelesen und ihr einen kleinen Kuss auf die Stirn gegeben hatte. Es war so lange her. Ihr Vater war nicht mehr dieser Mann, schon lange nicht mehr, und sie war nicht mehr dieses Kind.

KAPITEL 3

Ruby erwachte von einem lauten Poltern. Kam es aus der Küche? Sie sprang auf und lief in den Flur hinaus.

»Verdammt!«, entfuhr es ihr.

Wie hatte sie vergessen können, die Tür abzuschließen? Natürlich wusste sie es. Ein gewisser Mann hatte sie von ihren Aufgaben abgelenkt, die sie normalerweise routinemäßig erledigte. Ihr Hormonhaushalt spielte wohl verrückt, weil sie so lange keine Nähe mehr gehabt hatte. Sie konnte sich nicht einmal daran erinnern, wie lange ihr letztes Date her war. Den letzten festen Freund hatte sie damals in London gehabt. An eine feste Beziehung war ja auch gar nicht zu denken, wenn man sich dieses Chaos hier ansah. Wer würde das schon mitmachen?

»Dad, was tust du da?«, schrie sie.

»Frühstück«, antwortete er stolz und drehte sich strahlend zu ihr um.

Ruby begutachtete die Küche. Überall standen Dosen mit gebackenen Bohnen in Tomatensauce – offene Dosen.

»Bohnen …«, sagte sie ungläubig und fragte sich gleichzeitig, woher er nur die ganzen Konserven hatte.

»Ich mag Bohnen. Du etwa nicht?«

Diese Woche waren es also Bohnen.

»Lass mich mal«, entgegnete sie nicht sehr sanft und scheuchte ihren Vater weg vom Herd. Er hatte sich den größten aller Töpfe genommen und ihn bis oben hin mit Bohnen gefüllt. Die Herdplatte war auf der höchsten Stufe eingestellt, die Tomatensauce blubberte und spritzte überallhin. Sie stellte den Herd aus und nahm den Topf herunter. »Sieh dir die Sauerei an, Dad. Was hast du nur angestellt?«

Die Freude in seinem Gesicht wich einem enttäuschten Ausdruck. Seine Lippen begannen zu zittern.

»Es tut mir leid, Ruby.«

Sie atmete einmal tief durch, dann zwang sie sich zu lächeln. Er konnte ja nichts dafür.

»Okay, dann sollen es halt Bohnen sein«, sagte sie mit einem Seufzer.

Ihr Vater nickte begeistert und füllte sich zwei Suppenkellen voll auf einen Teller.

»Hallo, Susan!«, rief Ruby der Wollladenbesitzerin zu, als sie sie eine Stunde später mit ihrem Hund Terry auf sich zukommen sah. Terry war ein treuer Cockerspaniel, das einzige männliche Wesen in Susans Leben.

»Guten Morgen. So früh schon hier?«

Ruby sah auf ihre Armbanduhr. Es war kurz nach acht.

»Ja, ich wollte noch ein wenig umdekorieren, bevor die ersten Kunden kommen.«

Das war nicht der eigentliche Grund. Sie hatte einfach nur ein wenig für sich sein wollen, raus aus dem Bohnenchaos. Außerdem hoffte sie, Gary noch im Laden zu erwischen, bevor er sich davonschlich.

Susan warf sich den langen schwarzen Zopf über die Schulter und lächelte. »Ich bin genauso. Ich könnte auch ständig umdekorieren. Wir wollen es ja hübsch haben für unsere Kundschaft, nicht?« Ruby nickte, sagte aber nichts weiter. Sie wollte nicht allzu lange aufgehalten werden. »Dann wünsche ich dir einen schönen Tag. Wir sehen uns am Mittwoch?«

»Ich dachte, du kämst nicht. Laurie erzählte was von einem Termin ...«

»Den hab ich auf Donnerstag verschoben. Ist nur ein Treffen mit meinem Steuerberater.« Susan verzog das Gesicht. »Da ziehe ich eure Gesellschaft doch vor.« Ruby nickte wieder nur und lächelte. »Geht es dir gut, Kleines?«, erkundigte sich Susan.

»Alles gut, danke.«

»Du siehst so unglaublich dünn aus. Isst du auch genug?«

»Natürlich, Susan. Du brauchst dir keine Sorgen zu machen.«

»Na, dann werde ich dir mal glauben.«

»Alles klar. Bis Mittwoch. Dir auch noch einen schönen Tag.«

Sie setzte ihren Weg fort.

»Ruby?«, hörte sie Susan rufen und drehte sich um. »Wie geht es deinem Vater?«

Sie seufzte wieder, aber so leise, dass Susan es nicht hören konnte. Für sie setzte sie erneut ein Lächeln auf und antwortete: »Blendend. Diese Woche sind es Bohnen.«

In ihrem Laden schloss sie die Tür hinter sich zu und atmete auf. Endlich Ruhe. Vor den verrückten Vätern dieser Welt. Vor Freundinnen, die sie ja im Grunde sehr mochte, die sie mit ihrer Fürsorge aber manchmal erdrückten. Vor der Welt da draußen, die einmal so viel Wunderbares für sie vorgesehen hatte. Es war verpufft wie ein Traum.

Enttäuscht sah sie, dass Gary schon weg war. Sie hatte ihn zwar nicht an seiner Ecke gesehen, weit konnte er jedoch kaum sein. Er hatte keinen Schlüssel und somit nicht abschließen können, doch er würde ihren Laden niemals aus den Augen lassen, das wusste sie mit Gewissheit.

Sie ging auf die Knie und hob die Diele an, holte die Bücher hervor, die sie dort vor langer Zeit entdeckt hatte, als ihre Mutter sie wie so oft mit in den Laden genommen hatte. Es waren die Tagebücher von Valerie Bonham, ihre wertvollsten Schätze. Viel wertvoller noch als die neue antike Vase oder der alte Sekretär, der angeblich Charles Dickens gehört hatte. Diese Bücher hatten einen unermesslichen emotionalen Wert für sie. Nicht nur, weil die gute Valerie ihre Gedanken und Gefühle hineingeschrieben hatte, sondern auch, weil sie Ruby an eine bessere Zeit erinnerten. Eine Zeit, die bedauerlicherweise niemals zurückkommen würde.

Während sie die erste Seite aufschlug, hielt Ruby vor Ehrfurcht die Luft an. Sie wusste, sie würde ihr Geheimnis irgendwann lüften müssen, denn sie fand, dass ihre

Freundinnen ebenso ein Anrecht darauf hatten, diese Bücher zu lesen, wie sie. Sie sollten auch all die Dinge von Valerie erfahren, die sie selbst schon wusste und die sie an ihren gemeinsamen Mittwochabendtreffen immer mal wieder unauffällig in Gespräche hatte einfließen lassen. Doch für eine kleine Weile wollte sie ihr Geheimnis noch für sich bewahren.

Ruby machte es sich auf dem alten Schaukelstuhl, den sie im vergangenen Jahr mit Laurie zusammen auf einem Flohmarkt entdeckt und den sie noch immer nicht verkauft hatte, gemütlich und blätterte behutsam die fragilen alten Seiten durch, bis sie an eine besondere Stelle kam, die sie schon unzählige Male gelesen hatte.

12. November 1889

Liebes Tagebuch,
heute habe ich dir Außergewöhnliches zu erzählen. Ich kann kaum in Worte fassen, was ich fühle, und danke dem Herrn dafür, mich mit solch einem lieben Ehemann gesegnet zu haben. Samuel ist ein Engel auf Erden. Dieser wunderbare Mann hat mich heute aus einer scheinbar aussichtslosen Lage gerettet, und das allein mit seinem weisen Verstand und mit seinem großen Herzen.
Eine Frau kam ins Geschäft und brauchte Kohle und Brot, hatte aber nicht genügend Geld dabei und hätte sich für eines von beidem entscheiden müssen. Man konnte ihr ihre verzwickte Lage an der Nasenspitze ansehen: Sollte sie lieber die Kohle nehmen, damit ihre vier Sprösslinge es

warm hatten, oder sich für das Brot entscheiden, damit sie keinen Hunger leiden mussten?

Ich überlegte, was ich tun könnte, denn die Frau namens Bonnie kenne ich gut, und ich weiß, dass sie nie und nimmer Almosen annehmen würde. Ich war also drauf und dran, ihr vorzuschlagen, dass sie anschreiben könne, als Samuel, der hinten alles mitbekommen hatte, nach vorne in den Laden kam und zwei große Brotlaibe in die Höhe hielt. »Frau, die sind mir heruntergefallen«, sagte er. »Sie sind nicht schmutzig, doch wir können sie nicht mehr verkaufen. Weißt du, was ich mit ihnen machen könnte?«

Mein Herz schmolz dahin, als Bonnies Augen sich vor Freude weiteten. Ich sagte Samuel, ich wüsste schon, was wir damit anfangen könnten, und überreichte Bonnie die Brote. Eine Träne lief ihr übers Gesicht, als sie sich überschwänglich bedankte. Als sie fortging, nach Hause zu ihren Kindern, die für den Tag gerettet waren, nahm ich meinen Samuel in die Arme und sagte ihm, was für ein guter Mensch er sei und dass ich ihn überhaupt nicht verdient habe. Er lachte nur und erwiderte: »Diese Worte von dir, der großherzigsten Frau von Oxford? Ich danke dem Herrn an jedem einzelnen Tag, dass ich an deiner Seite verweilen darf, mir all diese Dinge von dir abschauen und so zu einem besseren Mann werden kann.«

Tage wie diese machen das Leben lebenswert. Es sind ganz genau Tage wie diese.

Valerie

Ruby holte ein Taschentuch hervor und trocknete sich die Augen. Sie erinnerte sich daran, wie sie diesen Tagebucheintrag einmal an einem kalten Wintertag vor vielleicht zehn Jahren gelesen hatte. Damals war sie ein Teenager gewesen und dabei, sich selbst zu finden. Sie war zu ihrer Mutter gegangen und hatte ihr anvertraut: »Mum, eines Tages möchte ich so werden wie die gute Valerie.«

Ihre Mutter hatte ihr in die Augen gesehen, ihr über die Wange gestrichen und liebevoll gesagt: »Das wirst du ganz bestimmt, ich glaube fest daran.«

Sie wurde von einem Klopfen an der Tür aus ihren Tagträumen gerissen und legte schnell das Buch beiseite. Ein älterer Mann stand draußen und winkte. Ein Blick auf die Uhr sagte ihr, dass es bereits acht nach neun war. Schnell eilte sie zur Tür, um sie zu öffnen.

»Guten Morgen. Entschuldigen Sie bitte, ich habe gar nicht mitbekommen, dass es schon so spät ist.«

»Kein Problem. Darf ich eintreten?«

»Aber natürlich.« Sie hielt die Tür weit offen und ließ den Mann herein.

Er blickte sich kurz um und fragte dann: »Führen Sie alte Bücher? Erstausgaben?«

»Einige. In dem Regal dort hinten.«

Sie deutete auf ein schweres dunkles Regal aus Holz, dessen beiden obere Fächer mit sehr alten Büchern vollgestellt waren. Raritäten. Einige standen schon seit ihrer Kindheit da und mussten immer wieder abgestaubt werden. Sie bedauerte, dass die wertvollen Bücher in dem Meer von all den anderen Dingen völlig untergingen.

Die Augen des Mannes weiteten sich, und er lief erwartungsvoll auf das Regal zu. Er legte seinen Kopf schief und schien jeden einzelnen Buchrücken entziffern zu wollen.

Ruby wollte ihm gerade eine Lupe anbieten, als er rief: »Ha! Sir Arthur Conan Doyle. *Der Hund von Baskerville.* Wunderbar!« Der Mann, er trug einen gezwirbelten Schnurrbart und konnte nichts anderes als ein Literaturprofessor an einer der vielen hiesigen Universitäten sein, wandte sich ihr zu. »Ist das eine Erstausgabe? Dürfte ich es mal sehen?«

Ruby ging lächelnd zu ihm. Das Buch hatte sie erst kürzlich auf einem Antiquitätenmarkt erstanden und gleich gewusst, dass es ein wahrer Schatz war.

»Leider ist es keine Erstausgabe. Aber es ist eine sehr alte Edition aus dem Jahr 1906.«

Sie nahm das Buch behutsam aus dem Regal und reichte es dem Mann. Er betrachtete es eingehend, klappte den Deckel auf und studierte das Impressum.

»Wie viel wollen Sie dafür haben?«

»Achtzig Pfund, sehen Sie?« Sie deutete auf das Preisschild und hielt den Atem an. War das zu hoch angesetzt?

»Achtzig Pfund, hm ...«, machte der Mann und starrte nicht mehr ganz so verzückt auf das Schildchen, das sie in das Buch gelegt hatte. Niemals hätte sie es mit einem Preisaufkleber verunstaltet.

»Es ist noch sehr gut erhalten«, versuchte Ruby sich zu rechtfertigen. »Hat weder Knicke noch ist es in irgendeiner Weise beschriftet.«

»Das ist wohl wahr. Hm …«, machte er wieder. Sie erkannte genau, dass er sie zappeln lassen wollte. Das machten viele Kunden, als wären sie auf einem Flohmarkt und nicht in einem etablierten Geschäft, das festgesetzte Preise hatte. »Ich gebe Ihnen fünfzig. Mehr kann ich nicht aufbringen«, sagte er und sah ihr dabei offen ins Gesicht.

»Tut mir wirklich leid, aber das kann ich nicht machen.«

Er nickte verständnisvoll. »Wissen Sie, ich hatte vor, es in meinen Literaturkurs mit einzubeziehen. Ich unterrichte meine Studenten gerade in Bezug auf Doyle und Sherlock Holmes. Es wäre eine schöne Gelegenheit gewesen … Schade, dass wir uns nicht einig werden konnten.« Er zuckte die Schultern und machte Anstalten, den Laden zu verlassen. »Ich wünsche einen schönen Tag.«

»Warten Sie!«, rief sie ihm nach, als er bereits die Türklinke in der Hand hielt. »Vielleicht können wir uns ja doch einig werden.« Fünfzig Pfund waren immerhin besser als nichts. Es bedeutete, dass sie ihrem Dad all die Bohnen kaufen konnte, die er in dieser Woche essen wollte. »Sagen wir sechzig?«

Lächelnd drehte der Mann sich zu ihr um. Als er wenige Minuten später mit dem Buch in einer Papiertüte mit der Aufschrift *Ruby's Antiques* verließ, ließ sie sich wieder in den Schaukelstuhl sinken. Ihre Mutter hätte das sicher besser hinbekommen. Aber sie war nicht mehr da, und alles war an ihr hängengeblieben. Immerhin war ihr ein klitzekleiner Erfolg gelungen.

Wenn Sie wissen möchten,
wie es weitergeht, lesen Sie
Manuela Inusa
Der zauberhafte Trödelladen

ISBN 978-3-7341-0625-5/
ISBN 978-3-641-22575-9 (E-Book)
Blanvalet Verlag